HEALING MISTER LONDON

ELLA MCQUEEN

1. Auflage September 2022

Ella McQueen

c/o JCG-Media

Freiherr-von-Twickel- Str.11

48329 Havixbeck

An die Adresse können nur Briefe gesandt werden. Für Pakete bitte gesondert via Email anfragen: ellamcqueenwrites@gmail.com

Lektorat: Sabrina Cremer, https://textwerkstatt.org

Korrektorat: Leonie Ritz, www.leonies-lektorat.de

Illustrationen Cover: Olexandra Sirko, https://www.behance.net/olexandra_sirko

For the heartbroken.

1

»Ist sie sehr nervös?«

Alec sitzt neben mir und blättert zum wiederholten Mal durch das kleine Heftchen, das auf unseren Plätzen gelegen hat, und in dem die Noten einiger Lieder und das kurze Programm der Trauung abgedruckt sind. Amüsiert blicke ich zu ihm und nehme ihm das Booklet aus der Hand, denn so unvorsichtig, wie er damit umgeht, wird es die Zeremonie nicht überstehen.

»Wahrscheinlich nervöser als du.«

Ich grinse und schaue ihn kopfschüttelnd an. »Was ist denn los mit dir? Hast du das Auto nicht abgeschlossen oder warum bist du so unruhig?«

»Ach, keine Ahnung«, erwidert er und rutscht in der Kirchenbank hin und her. »Ich bin kein Anzugtyp und hoffe, aus diesem steifen Ding bald herauszukommen.«

Ich mustere ihn, denn seine Aussage irritiert mich. Alec ist eigentlich eher der Typ, der in sich ruht. Ihn so angespannt zu erleben, kenne ich gar nicht. Wahrscheinlich hat er Stress im Job, denn dass ihn das Tragen eines Anzugs so aus der Fassung bringt, wage ich zu bezweifeln. Trotzdem entscheide ich mich, nicht weiter darauf einzugehen, und spiele die Sache herunter. Schließlich gilt es, eine Hochzeit zu feiern.

»Ein bisschen hast du schon noch vor dir. Aber nach der Trauung kannst du schnell dein Jackett ausziehen.«

Erneut muss ich an diesem Tag feststellen, wie gut er im Anzug aussieht. Alec arbeitet mit meiner besten Freundin Anna zusammen in einem Architekturbüro und hat sich beruflich für einen klassisch legeren Look entschieden, was eben auch bedeutet, dass er nur selten einen Anzug anzieht. Schade eigentlich, denn der dunkelblaue Zweireiher, den er gerade trägt, steht ihm hervorragend.

»Gott sei Dank«, stöhnt er neben mir und ich kann mir ein Grinsen nicht verkneifen. »Diese Krawatte bringt mich noch um.«

Noch bevor er nach seiner Krawatte greifen kann, um den Knoten etwas zu lockern, schiebe ich meine Hand in seine und drücke sie liebevoll.

»Du siehst gut aus. Und sehr anziehend noch dazu.«

Ich hoffe wirklich, dass mich niemand hört und drehe mich kurz verstohlen um. Statt zu antworten, verzieht Alec leicht gequält seinen Mund zu einem Grinsen und hebt unsere verschlungenen Hände hoch zu seinem Mund, um mir einen sanften Kuss auf den Handrücken zu drücken.

»Und du siehst so heiß aus, dass ich dich am liebsten ausziehen möchte«, haucht er mir leise zu und ich reiße die Augen auf.

»Psssst, wenn dich einer hört!«

»Hat ja keiner.« Er zwinkert mir zu und lehnt sich entspannt auf seinem Stuhl zurück. »Sei nicht immer so verkrampft. Andere Menschen haben auch Sex.«

»Ja, ja«, knurre ich und blicke mich unruhig um. Ich bin zwar nicht verklemmt, aber die breite Öffentlichkeit muss nicht unbedingt mitbekommen, was zwischen mir und Alec im Bett passiert. Dass er auch immer wieder damit spielen muss, wie unangenehm mir solche Situationen sind.

Noch dazu in einem kleinen Städtchen wie Whitewall. Wenn man hier wohnt, gibt es kaum ein Event, bei dem nicht nahezu alle anwesend sind und so kenne ich tatsächlich jeden, der mit uns in der Kirche sitzt. In dem kleinen Hafenstädtchen im Nordosten Englands, in dem ich aufgewachsen bin, kennt jeder jeden. Für manche Menschen mag das der blanke Horror sein, aber für mich gab es nichts Schöneres, als nach meinem Psychologiestudium wieder hierhin zurückzukehren, um hier eine Praxis für Paartherapie zu eröffnen. Hier ist mein Zuhause, hier fühle ich mich wohl und bin umgeben von Menschen, die mich lieben. Vielleicht kommt da auch ein kleines bisschen die Romantikerin in mir durch.

Langsam füllt sich die Kirche und alle Hochzeitsgäste nehmen ihre Plätze ein. Pete, der von seinem Trauzeugen und Bruder Charly begleitet wird, schreitet über den Mittelgang nach vorn. Hier und da bleibt er kurz stehen und grüßt die Anwesenden. Als er an der ersten Reihe ankommt, in der Alec und ich sitzen, beugt er sich kurz zu mir herunter und küsst mich auf die Wange. Dann nickt er in Alecs Richtung, bevor er sich zu seinem Platz begibt.

Er trägt einen klassischen Dreiteiler in schwarz und

sieht wirklich gut aus. Normalerweise kennt man Pete nur in funktionaler Arbeitskleidung, denn als Landschaftsgärtner kommt es eher darauf an, dass seine Kleidung wasserfest und schützend ist, anstatt optisch etwas herzumachen. Ich muss auch nach Jahren immer noch darüber lachen, dass Anna und Pete sich schon seit ihrer Kindheit kennen und früher alles andere als harmonisch miteinander umgegangen sind. Zumindest so lange, bis Pete ihr mehr als deutlich zu verstehen gegeben hat, was er für sie empfindet.

Für einen kurzen Moment schweifen meine Gedanken zu dem Tag, an dem Alec und ich uns kennengelernt haben, doch dann nehme ich wahr, wie viele der Anwesenden aufgeregt in Richtung der Eingangstür blicken. Augenblicke später setzt die Musik ein und alle erheben sich. Als sich die Köpfe zu Anna und ihrem Vater umdrehen, geht ein Raunen durch die Menge und aus allen Ecken hört man die »Ohs« und »Ahs« der Hochzeitsgäste. Anna ist eine wunderschöne Braut und als sie an mir und Alec vorüberschreitet, und uns einen raschen Blick zuwirft, rollt mir eine Träne des Glücks über die Wange.

Anna trägt ein mit Spitze besetztes Brautkleid im Meerjungfrauenstil, das ihre schlanke Silhouette wunderbar betont. Ihre seidig blonden Haare sind hochgesteckt und ein kleiner Kamm, der mit Steinchen, Perlen und sogar etwas Spitze versehen ist, gibt ihnen den letzten Schliff. Ihren Teint ziert ein strahlender Glow und das zarte Blush in Rosé-Tönen und der Highlighter lassen ihn frisch und jung aussehen. Schon zu Schulzeiten war Anna eine Schönheit, die von vielen angehimmelt wurde, und so manches Mal fühlte ich mich neben ihr wie ein hässliches

Entlein, denn meine braunen Locken machten grundsätzlich immer, was sie wollten, und standen schnell mal in alle Himmelsrichtungen ab. Inzwischen fallen sie nicht mehr so wild und heute ist es mir tatsächlich gelungen, sie mit Fön und Lockenstab in schön fallende Wellen zu stylen. Manchmal habe selbst ich eine Sternstunde, was meine Haare angeht. Häufig fehlt mir einfach die Lust, mich stundenlang ins Bad zu stellen und so drehe ich mir meine Haare meist zu einem Messybun, lege dezentes Make-up auf und tupfe etwas Lippenstift auf die Lippen, bevor ich in den Tag starte.

»Ist sie nicht die schönste Braut, die du jemals gesehen hast?«

Ich lehne mich an Alec, der lediglich nickt. Männer.

Anna steht nun Pete gegenüber und sowohl Charly als auch ihre Schwester Vicky, die ihre Trauzeugin ist, treten einen Schritt zurück, damit dem Brautpaar die volle Aufmerksamkeit zuteilwird. Anna lächelt ihren Zukünftigen an und streicht noch kurz die Spitze ihres Brautkleides glatt. Pete scheint sich jeden Millimeter ihres Anblicks einprägen zu wollen, denn aufmerksam gleitet sein Blick an ihr auf und ab. Dann lächelt auch er.

»Du siehst sehr gut aus«, sagt er zu ihr, dass nur die erste Reihe es hören kann. »Das Kleid steht dir hervorragend.«

Eine feine Röte erreicht Annas Wangen und sie atmet tief durch. »Danke. Ich liebe dich.«

Noch bevor Pete antworten kann, beginnt die Trauung und ich nehme wahr, wie mein Herz vor Aufregung ein bisschen schneller schlägt.

»Anna und Pete haben sich dazu entschieden, ihre eigenen Eheversprechen zu schreiben. Bevor ich euch also nun frage, ob ihr den Bund der Ehe eingehen möchtet, dürft ihr jetzt eure Worte zueinander sprechen. Anna, mögest du beginnen.«

Die Stimme des Pfarrers dringt an mein Ohr und ich nehme wahr, wie alle Anwesenden im Raum förmlich die Luft anhalten und an den Rand ihrer Bank rutschen. Ein eigenes Eheversprechen zu formulieren und sich dann vor allen Gästen aus tiefstem Herzen zu sagen, was man sich bedeutet, ist immer wieder etwas Besonderes. Tatsächlich hat Anna es bis jetzt geheim gehalten, was sie Pete sagen möchte, und daher tobt in mir ein kleines Feuerwerk der Emotionen, denn ich kann es kaum erwarten, ihre Worte zu hören.

Sie zieht einen kleinen Zettel hervor, faltet ihn auseinander und blickt dann zu Pete. Sie räuspert sich, bevor sie mit zittriger Stimme spricht: »Pete, wer hätte vor vielen Jahren gedacht, dass wir einmal hier stehen würden, um den Bund der Ehe einzugehen? Du warst immer der Junge, der mir im Kindergarten an den Haaren gezogen hat. Der mich in der Schule nie in seiner Mannschaft haben wollte, weil er fand, dass ich wie ein Mädchen werfen würde. Der mich plötzlich auf dem Abschlussball geküsst und dafür gesorgt hat, dass ich nie wieder allein im Dunkeln nach einer Party nach Hause gehen musste. Du bist nicht nur der Mann, den ich liebe, du bist mein bester Freund. Du kümmerst dich darum, dass mein Auto in die Waschanlage kommt, nimmst ohne zu murren immer die untere Hälfte vom Brötchen, damit ich die obere haben kann, und isst aufopferungsvoll die ungarischen Chips, damit die orientalischen ganz für mich bleiben. Ich kann es nicht abwarten, den Rest meines Lebens mit dir zu verbringen und viele Abenteuer zu bestreiten.«

Um mich herum bleiben die »Ahs« und »Ohs« nicht aus und wie automatisch nehme ich Alecs Hand und drücke sie fest. Wenn ich nicht aufpasse, breche ich gleich in hemmungsloses Schluchzen aus, so schön sind Annas Worte.

Während sie ihren kleinen Zettel zu Vicky reicht, richtet sich die Aufmerksamkeit auf Pete. Im Gegensatz zu Anna ist er eher der minimalistische Typ, was das Ausdrücken von Emotionen angeht, aber Pete hat nicht nur Anna schon das ein oder andere Mal überrascht, sodass er sicherlich wunderbare Worte für sie gefunden haben wird.

»Anna, als du damals auf meine Frage, ob du mich heiraten möchtest, mit Ja geantwortet hast, war ich der glücklichste Mann auf Erden. Meine Zukunft mit dir zu verbringen und gemeinsam mit dir alt zu werden, waren das Ziel, das an oberster Stelle in meinem Leben stand. Du warst die Frau, der ich mein Leben anvertraut habe. Die Frau, die ich als Mutter meiner Kinder gesehen habe.«

Bin nur ich das, die realisiert, dass Pete in der Vergangenheit spricht? Schnell schiebe ich diesen Gedanken weg und lausche weiter seinen Worten.

»Du bist eine Frau, die weiß, was sie will. Die nicht mit sich spielen lässt. Die sich nimmt, was sie braucht. Das schätze ich sehr an dir. Deine Zielstrebigkeit und dein Wille, alles zu erreichen, sind Qualitäten, die ihresgleichen suchen. Ebenso bewundernswert ist dein großes Herz. Du begegnest jedem Menschen offen und bist dabei trotzdem nicht naiv und bleibst vorsichtig. Durch dich habe ich gelernt, Menschen so anzunehmen, wie sie sind, und gleichzeitig auch Dinge kritisch zu hinterfragen.«

Pete hält inne und sein Blick löst sich von Anna. Stattdessen blickt er in den Raum und scheint die Menge nach etwas abzusuchen. Als sein Blick auf mir landet, stoppt er. Obwohl uns einige Meter trennen, entdecke ich etwas in seinen Augen, das mich aufschrecken und sprichwörtlich an den Rand der Kirchenbank rutschen lässt. Irre ich mich, oder formt er lautlos die Worte »Es tut mir leid«? Was geschieht hier?

Dann dreht Pete sich wieder zu Anna und deutet im nächsten Moment auf die kleine Leinwand hinter ihnen, auf der eben vor der Trauung eine Slideshow mit Bildern der beiden zu sehen war. Fast unbemerkt zieht er sein Handy aus seiner Anzugjacke.

»Du hast mir irgendwann einmal gesagt, dass du es liebst, wie aufmerksam ich bin. Du hast unfassbar viel Arbeit in die Hochzeitsvorbereitungen gesteckt. Daher habe ich es mir nicht nehmen lassen, auch für dich eine Kleinigkeit zusammenzustellen. Ich will, dass nicht nur ich weiß, was für ein Mensch du bist, sondern auch alle hier Anwesenden sollen sehen, wer Anna Compten wirklich ist.«

Er tippt etwas auf seinem Mobiltelefon und Sekunden später erscheint sein Handybildschirm auf der Leinwand. Es dauert einen Augenblick, bis ich verstehe, was ich da sehe, aber dann gefriert mir das Blut in den Adern.

»Saoirse«, höre ich Petes Stimme und alles um mich

herum scheint plötzlich in Watte gehüllt. Ich nehme nur wahr, wie sich alle Köpfe zu mir umdrehen.

»Es tut mir furchtbar leid, dass du es auf diese Art und Weise erfahren musst, aber da Anna und Alec sich entschieden haben, uns beide so zu hintergehen, sollen sie auch mit den Konsequenzen leben und sich nicht bei ihren Freunden herausreden können.«

Ich nehme Petes Worte wahr, aber gleichzeitig auch nicht. Gebannt ist mein Blick auf die Leinwand gerichtet und auf einmal wird mir klar, mit wem Anna eben vor der Trauung noch so eifrig getextet hat, und warum der Mann neben mir so angespannt wirkte.

Alec: Ich kann nicht glauben, dass du das Ding durchziehst. Wir hätten durchbrennen können.

Anna: Das kann ich Pete nicht antun. Er ist ein toller Mann. Ich liebe ihn.

Alec: Ich dachte, du liebst mich.

Anna: Das tue ich auch. Ich vergöttere dich und weiß jetzt schon, wie sehr mir deine Berührungen, deine Küsse und dein sagenhafter Schwanz fehlen werden.

. . .

Ein Raunen geht durch die Menge und plötzlich passiert alles ganz schnell. Anna schreit auf und versucht, die Leinwand umzustoßen, während Pete Nachricht um Nachricht zwischen den beiden auf die Fläche projiziert. Annas Vater greift schockiert nach dem Arm seiner Frau, die sich mindestens genauso fassungslos die Hand vor den Mund schlägt. Vicky sieht aus wie ein Fisch auf dem Trockenen und auch Petes Eltern scheinen nicht zu wissen, ob sie ihrem Sohn zur Hilfe eilen oder am liebsten direkt im Erdboden versinken sollen. Mit dieser Art von Hochzeitsüberraschung hat definitiv niemand gerechnet. Am wenigsten ich.

Der Mann neben mir, dessen Hand ich bis vor wenigen Sekunden noch gehalten habe, springt auf und will mich hoch in seine Arme ziehen.

»Saoirse, es ist nicht so, wie es aussieht. Ich liebe dich. Anna war ein Fehler, das musst du mir glauben. Du bist alles für mich.«

Auch ohne mich umzublicken, weiß ich, dass der Großteil der Blicke in der Kirche jetzt auf uns beide gerichtet ist, denn dass Pete mit seiner Aktion auch mein Leben in eine andere Bahn gebracht hat, steht außer Frage. Ich zittere am ganzen Körper, als ich wieder und wieder versuche, mich aus Alecs Umarmung zu lösen und ihn von mir zu drücken. Doch dann schaltet mein Körper in den Überlebensmodus.

»Lass mich los«, stoße ich vor lauter Ekel hervor und taumle fast aus unserer Sitzreihe auf den Gang. Ich blicke zwischen ihm und Anna hin und her. »Wie lang ging das zwischen euch beiden schon? Wie lang führt ihr uns an der Nase herum und spielt mit unseren Gefühlen?«

Alec scheint verstummt und fährt sich angestrengt mit

der Hand durch sein Haar. Deutlich erkennt man die Schweißperlen auf seiner Stirn. Von Anna ist ebenfalls keine Antwort zu erwarten, denn in fast lächerlicher Manier versucht sie, Pete an sich zu ziehen, der die Hände abwehrend gehoben hat und inzwischen Gott sei Dank die Übertragung der Nachrichten auf die Leinwand gestoppt hat. Noch mehr Bloßstellung könnte ich auch nicht vertragen.

Sie weint und mir wird bewusst, dass ich keine ehrliche Antwort bekommen werde. Genauso wie mir bewusst wird, dass ich hier wegmuss.

Mein letzter Blick trifft Pete, bevor er sich durch den Seiteneingang verabschiedet, und dann laufe ich den Gang entlang, den eben noch Anna in ihrem wunderschönen Brautkleid beschritten hat. Natürlich bin ich mir bewusst, dass alle Anwesenden das Spektakel aufgeregt verfolgen. Ich stoße die große Tür auf und renne aus der Kirche, verlasse den Ort meiner Schmach und stehe Augenblicke später an der frischen Luft. Die Spätsommersonne steht am Himmel und zaubert ein wunderschönes Licht.

Pah, wie toll das auf den Hochzeitsfotos ausgesehen hätte, denke ich ironisch und schaue mich um.

Die Autoschlüssel hat Alec und ein Taxi ist weit und breit nicht zu entdecken. Whitewall ist zu klein, als dass hier ein regelmäßiger Taxiservice vonnöten wäre. Ich streife meine High Heels von den Füßen, atme dreimal tief durch und blicke die Auffahrt herunter, die von der Kirche wegführt. Zu Fuß sind es knapp zwanzig Minuten bis zu meinen Eltern, denn dass mich in Alecs und meine gemeinsame Wohnung keine zehn Pferde mehr bekommen, steht außer Frage. Es ist mir egal, dass mir nach wenigen Metern die nackten Füße wehtun und dass mich kurze Zeit später die ersten Autos einiger Hochzeitsgäste überholen. Ich will weg. Weg von hier und weg von Alec. Weg von dem Mann, dem ich nicht gut genug war. Von dem Mann, der mir einen Teil meines Herzens und meiner Seele genommen hat.

2

Wenn ich die Augen zusammenkneife und ganz viel Fantasie mit ins Spiel bringe, könnte ich mir einreden, dass alles noch genauso aussieht wie vor knapp acht Jahren, als ich meinem alten Kinderzimmer den Rücken gekehrt habe, um zu studieren. Die Frage ist nur, ob ich das will, denn dann würde ich den Bilderrahmen über meinem kleinen Schreibtisch sehen, in dem ich ein Moodboard angefertigt habe, das die Träume für mein Leben in Bildern zeigt. Ich würde das kleine Haus mit dem weißen Gartenzaun sehen, das Bild des Hochzeitskleides, das ich schon als kleines Mädchen schön fand, und die Babyschuhe, die ich für mein erstes Kind stricken würde.

In Wahrheit erinnert hier bis auf ein paar Kleinigkeiten nichts mehr an mein Zimmer, denn inzwischen hat meine Mutter es zu einem Nähzimmer umdekoriert, in dem hin und wieder Gäste übernachten. Mein Jugendbett ist einem bequemen Schlafsofa gewichen, die Poster sind von den

Wänden verschwunden und auch mein alter Schrank wurde durch einen neuen ersetzt, in dem meine Mutter die Wintermäntel, ihr Nähzeug und das Bettzeug aufbewahrt. Ich mache meiner Mutter keinen Vorwurf, denn wie kann sie ahnen, dass ihre Tochter Jahre später zurückkommt, um sich hier vor der größten Peinlichkeit zu verstecken, die ihr in ihrem Erwachsenenalter bisher begegnet ist. Ernsthaft. Selbst als ich vor drei Jahren beim Schlittschuhlaufen auf dem Weihnachtsmarkt so unglücklich gefallen bin, dass meine Hose am Hintern gerissen ist und ich dem halben Ort meine rosagepunktete Unterwäsche präsentierte: Nichts ist auch nur in Ansätzen mit dieser Sache vergleichbar, die Alec mir angetan hat. Alec und Anna.

Es ist eine Sache, wenn einen der Partner betrügt, aber dass das ausgerechnet mit der besten Freundin passieren muss und man davon vom zukünftigen Ehemann eben dieser auf der Hochzeit der beiden erfährt, ist schon wirklich filmreif. Sollte sich Hollywood melden, ich bin gern bereit, die Filmrechte zu verkaufen. Ich stehe auch als Expertin am Set zur Verfügung. Natürlich für den Fall, falls die Hauptdarstellerin Probleme damit hat, sich in meine Situation zu versetzen. Ich lasse sie selbstverständlich an meinen Gefühlen teilhaben. Sollte sich Emily Blunt dazu entscheiden, mich zu spielen, liebend gern.

Natürlich musste ich mich nicht erklären, als ich gestern mit meinen Heels in der Hand und in meinem Kleid vor der Haustür meiner Eltern stand. So eine Sache wie der Vorfall während der Trauung von Pete und Anna verbreitet sich in einem Ort wie Whitewall wie ein Lauffeuer. Keine Ahnung, wer die erste Nachricht per Tweet,

WhatsApp oder sonst etwas abgesetzt hat, aber binnen Minuten wussten so ziemlich alle Bewohner, was passiert war. Ich weiß nicht, was schlimmer ist. Entweder, dass man mich nun bemitleidet oder tatsächlich, dass man vielleicht beginnt, die Gründe für Alecs Fremdgehen bei mir zu suchen.

Egal für welche der beiden Dinge sich die Menschen entscheiden, ich kann mich im Ort nicht mehr sehen lassen. Vor allem wird mir die Aktion der beiden auch beruflich schaden. Darüber bin ich mir im Klaren. Denn wer setzt sich bei einer Paartherapeutin auf die Couch, die selbst nicht in der Lage ist, ihre eigene Beziehung zu retten oder überhaupt ein Fremdgehen zu bemerken?

Kann man jemanden deswegen eigentlich verklagen? Und wenn ja, was würde es ändern? Wäre diese Sache in einer Großstadt wie London passiert, hätte ich mir eine neue Wohnung gesucht und fertig. Aber in einem beschaulichen Städtchen wie Whitewall gibt es keine Fluchtmöglichkeit. Leider.

Erneut schließe ich die Augen, versuche etwas Schlaf zu finden, doch der konstante Gedanke an Annas und Alecs Gesichter hält mich wach. Vielleicht ist das auch besser, denn noch einmal einen Traum wie heute Nacht zu erleben, ist mindestens genauso wenig wünschenswert. Da habe ich die beiden nämlich in flagranti erwischt. Natürlich hatte sie noch ihr Brautkleid an und Alec raunte ihr ins Ohr, dass sie ja so viel besser als ich im Bett sei und nicht so verkrampft. Ich frage mich, wie lang die Geschichte zwischen den beiden schon läuft. Ich Dummerchen habe mir nichts dabei gedacht, wenn Alec mal wieder länger arbeiten musste und auch Anna im Büro festhing und einen unserer Weinabende absagte. Wie viele der mir vorgetragenen Aufträge, die so viel Arbeit bedeuteten, waren wohl erstunken und erlogen? Und will ich das überhaupt wissen?

Woher weiß Pete von der Sache? Soll ich ihn fragen? Und wieso hat er mich nicht vorgewarnt und mich dieser furchtbaren Situation ausgesetzt? Kann bitte jemand dieses verdammte Karussell in meinem Kopf ausstellen?

Meine Gedanken rasen und da ich weiß, dass ich eh nicht mehr zur Ruhe kommen werde, schlage ich die Bettdecke zurück und setze mich auf. Der Blick auf die Uhr, die an der Wand hängt, verrät mir, dass es kurz nach sieben ist. Es ist Sonntag, da muss ich nicht früh aufstehen und wahrscheinlich kann ich morgen ohne Weiteres liegen bleiben. Denn ich gehe davon aus, dass mein Neun-Uhr-Termin absagen wird.

Plötzlich piept mein Handy und das Display leuchtet hell auf. Wer ist denn an einem Sonntag schon so früh wach? Es ist unmöglich, dass es Pete, Anna oder Alec sind, denn ohne auch nur ein zweites Mal darüber nachzudenken, habe ich gestern Abend all ihre Nummern geblockt.

Ich greife neben mich, fische das Handy vom Nachttischschrank und öffne die Nachricht.

Leah.

Auch ohne nachzuschauen, weiß ich, dass es mindestens zwanzig Nachrichten in unserer Familiengruppe gibt, denn warum sonst sollte sich meine Cousine aus London bei mir melden? Vor allem so früh an einem Sonntagmorgen.

. . .

L: Girl, was muss ich da hören? Wie geht es dir?

In dieser Familie bleibt nichts lange geheim. Meine Cousine leitet in London ihr eigenes Magazin. *Elements* hat sich in den vergangenen Jahren etabliert und überzeugt regelmäßig mit spannenden Berichten rund um die Bereiche Lifestyle, Sport und Mode. Ich kenne keine Frau, die so ackert wie meine Cousine und gleichzeitig ihr Leben in vollen Zügen genießt. Um ehrlich zu sein, habe ich sie noch nie mit einem festen Partner gesehen. Obwohl wir uns heutzutage seltener sehen als früher, haben wir trotz ihres vollen Terminkalenders immer Kontakt gehalten.

Ich atme tief durch und tippe eine Antwort.

S: Wenn ich brillant schreibe, glaubst du mir?

Es dauert keine fünfzehn Sekunden, da ist Leahs Antwort auch schon da.

L: Nicht im Geringsten. Du musst da raus! Und am besten sofort!

Kann sie Gedanken lesen? Leah hat gut reden. Leichter gesagt als getan.

. . .

S: Erzähl mir was Neues!

L: Schon mal über Urlaub nachgedacht?

S: Schon mal einem nackten Mann in die Taschen gepackt?

L: Nö, aber bei den Worten nackter Mann bin ich dabei. Taschen hin oder her.

Ob ich will oder nicht, bei Leahs letzter Nachricht muss ich lachen. Meine Cousine ist und bleibt unverbesserlich. Es dauert nicht lang, da kündigt sich bereits die nächste Nachricht von ihr an.

L: Im Ernst ... Komm nach London. Ich bin für die nächsten drei Wochen in Mailand, Stockholm und Paris auf Fashion Week. Du könntest meine Wohnung besetzen und dich um meine Pflanzen kümmern. Louisa ist mit Jake in Cornwall, die kann ich dafür dieses Mal nicht abstellen. Du würdest nicht nur rauskommen, sondern mir auch noch einen riesigen Gefallen tun. Komm, sag ja!

Drei Wochen Urlaub in London in Leahs Stadtwohnung? Der Gedanke gefällt mir. Da ich mir eine neue Wohnung suchen muss, brauche ich gar keinen

Gedanken auf einen größeren Urlaub zu verschwenden, daher käme die kleine Auszeit wie gerufen. Ich blicke mich erneut in meinem alten Zimmer um und bevor ich mich noch weiter bemitleiden kann, tippe ich eine Antwort.

S: Ich könnte übermorgen kommen.

Tatsächlich ist es immer heimlich mein Traum gewesen, in einer größeren Stadt wie London zu leben, aber irgendwie habe ich es mich nie wirklich getraut. Und als ich Alec kennenlernte und wir uns gemeinsam in Whitewall eine Wohnung suchten, war der Gedanke an ein Leben in der Großstadt auch einfach nicht mehr aktuell. Mal ganz abgesehen davon, dass ich viel zu unhip für eine Stadt wie London bin. Zwar bin ich kein hässliches Entlein, aber wenn man die Worte trendy, stylisch und cool nachschlägt, wird man vergeblich nach einem Bild von mir suchen.

Wieder piept mein Handy.

L: Wunderbar. Da bin ich zwar leider schon weg, aber ich werde dem Concierge Bescheid geben, dass er dich reinlässt. An ihn kannst du dich immer wenden, wenn es Probleme gibt. Er wird dir auch den Zugangscode zum Haus geben. Hach, ich freu mich.

. . .

UNGLÄUBIG STARRE ICH AUF MEIN HANDY. CONCIERGE? Zugangscode? Ich wusste zwar, dass Leah umgezogen ist, seit das Magazin so gut läuft, aber dass sie sich inzwischen eine Wohnung in einem Haus mit Concierge leisten kann, ist mir neu. Aber hey, wenn sich einer ein bisschen Luxus nach dieser Katastrophe verdient hat, dann definitiv ich.

3

Es war ein Leichtes, die Termine mit meinen Klienten für die nächsten drei Wochen umzudisponieren. Tatsächlich behielt ich nämlich recht mit meiner Vermutung, dass es Stornierungen rasseln würde. Was die ganze Situation für meine Karriere bedeutet, mag ich zum jetzigen Zeitpunkt nicht bedenken, aber dass es nichts Gutes heißt, steht außer Frage.

Während ich im Taxi sitze, das mich vom Bahnhof zu Leahs Wohnung fährt, versuche ich nicht dauernd über das nachzugrübeln, was auf mich zukommen wird, wenn ich aus London zurück sein werde. Ich bin ein Mensch, der Veränderungen nicht sonderlich mag, sodass ich schon leichten Unmut beim Gedanken an die Wohnungssuche verspüre. Zwar weiß ich, dass meine Eltern mich sicherlich nicht vor die Tür setzen werden, aber sind wir ehrlich: Mit siebenundzwanzig wohnt man nicht mehr bei Mama und Papa. Mit siebenundzwanzig hat man sein Leben im Griff. So wie ich bis vor wenigen Tagen.

»Sind Sie geschäftlich in London?«

Die Stimme des Taxifahrers dringt zu mir nach hinten und ich werde aus meinen Gedanken gerissen.

»Privat«, antworte ich knapp, denn eigentlich habe ich nicht sonderlich Lust auf eine Unterhaltung mit einem fremden Menschen. Als ich aber seinen prüfenden Blick im Rückspiegel sehe, ergänze ich freundlich: »Tatsächlich mache ich ein paar Tage Urlaub hier.«

»Sie ganz allein?«

»Das ist der Plan«, sage ich nickend und frage mich, ob es immer noch so ungewöhnlich ist, wenn eine Frau allein in den Urlaub fährt.

»Aufregend«, murmelt er und verstummt im nächsten Moment wieder.

Ich lehne mich auf dem Sitz zurück und blicke aus dem Fenster. Zwar bin ich schon einige Male in London gewesen, aber drei Wochen am Stück sind auch für mich etwas Neues. Ich könnte lügen und behaupten, dass ich mir eine ellenlange Liste mit Dingen gemacht habe, die ich unternehmen möchte, aber die Wahrheit ist, dass ich nicht weiß, wie ich die nächsten drei Wochen gestalten werde. Um ehrlich zu sein, weiß ich noch nicht einmal, wie ich den morgigen Tag bewerkstellige. Immer wieder holen mich die Gedanken an den Moment während der Trauung zurück und immer wieder verfalle ich in eine Form von Schockstarre und kann nichts anderes tun, als einfach vor mich hinzustarren und untätig die Zeit verstreichen zu lassen. Die abendlichen Lichter der Stadt lenken mich zumindest für den Augenblick ein bisschen ab, denn überall gibt es etwas zu sehen.

Wäre ich meine eigene Klientin, würde ich natürlich sagen, dass ich unter Leute muss, etwas unternehmen soll und mich nicht verschließen darf. Aber wann hört man schon auf die rationale Stimme im eigenen Ohr, wenn es doch so wunderbar einfach ist, sich im Elend zu suhlen?

»Wir sind da«, sagt der Fahrer einige Zeit später. »Das nenne ich mal eine Unterkunft. Sie haben Bekannte in der Stadt?«

Fragend blicke ich ihn durch den Rückspiegel an. »Ja, warum?«

»Nun, der Lincoln Square ist eben kein Hotel«, antwortet er knapp, steigt aus und begibt sich zum Kofferraum des Taxis, um mein Gepäck zu entladen.

Ich schaue um mich und kontrolliere, ob ich nichts im Taxi vergesse und steige dann ebenfalls aus. Dass meine Cousine sich sicherlich eine gute Wohngegend aussuchen wird, war mir im Vorfeld klar, aber als ich jetzt vor dem hohen Komplex stehe, verschlägt es mir die Sprache.

Der Lincoln Square befindet sich im geschäftigen Herzen der Stadt. Die Wohnanlage wirkt wie eine ruhige Oase, die wenige Gehminuten von Covent Garden mit seinen Restaurants, Boutiquen und Theatern entfernt liegt. Das Gebäude passt sich perfekt in die Architektur der Umgebung ein und wirkt wie eine raffinierte Mischung aus Vergangenheit und Gegenwart. Besonders spannend finde ich die Farbpalette der Fassade, denn die Beige-, Grau-und Weißtöne sorgen dafür, dass das zehnstöckige Bauwerk mit seinen raumhohen Fenstern und gestapelten Balkonen definitiv etwas hermacht. Am helllichten Tag wirkt das Ganze bestimmt noch imposanter.

Kein Wunder, dass es hier einen Concierge gibt, denn wer hier wohnt, hat Geld.

»Ich wünsche Ihnen einen wunderbaren Aufenthalt«,

sagt der Fahrer zum Abschied, nachdem ich bezahlt habe. Dann steigt er zurück in sein Taxi und rauscht davon.

»Da wären wir also, Saoirse Harris«, murmle ich und noch bevor ich die Tür zum Gebäude aufstoßen kann, wird sie für mich geöffnet.

Warum auch immer ich in meinem Gehirn das Bild eines klassischen Concierge abgespeichert habe, der in seinen Fünfzigern ist, eher klein und unauffällig in seiner Uniform erscheint, weiß ich auch nicht. Aber dieses Exemplar von Concierge kann sich sehen lassen. Er ist maximal ein paar Jahre älter als ich, gut gebaut und hat das strahlendste Lächeln, das ich seit Langem bei einem Mann gesehen habe. Normalerweise mache ich mir nicht unbedingt etwas aus blonden Männern, aber für ihn könnte ich glatt eine Ausnahme machen.

»Sie müssen Saoirse sein, Leahs Cousine«, werde ich auch schon im nächsten Moment begrüßt und wie selbstverständlich wird mir dabei geholfen, das Gepäck ins Innere des Gebäudes zu verfrachten. Zugegeben, so ein Rollkoffer ist jetzt nicht ein furchtbares Ungetüm, aber welche Frau genießt es nicht, auch mal ein bisschen bedient zu werden? Männer wollen gebraucht werden. Ist doch so, oder?

»Das bin ich.«

Ich nicke und reiche dem Concierge die Hand. Macht man so etwas überhaupt? Selbst wenn nicht, lässt er es zu und lächelt mich freundlich an. Der Druck seiner Hand ist genau die richtige Mischung aus respektvoll und fest. Es gibt doch nichts Schlimmeres als einen Mann, der so einen fahrigen Händedruck hat, dass sich einem innerlich die Nackenhaare aufstellen.

»Angenehm«, höre ich ihn sagen und er ergänzt strahlend: »Ich bin Louis. Immer zu Ihren Diensten.«

»War das ein Angebot oder ein Versprechen?«, höre ich mich dann auch bereits im nächsten Augenblick fragen und bin für eine Sekunde geschockt über mein Auftreten.

Saoirse, was ist nur los mit dir und wo ist dein gutes Benehmen?

Louis lacht nur, was die Situation augenblicklich angenehmer macht. »Das werden wir sicherlich in den nächsten drei Wochen herausfinden. Leah sagte, so lange wollen Sie bleiben?«

»Das ist der Plan.«

Ich lasse es zu, dass er mich samt Koffer bis zum Aufzug begleitet.

»Hier ist der Zugangscode zur Wohnung.« Er reicht mir einen kleinen Zettel. »Schaffen Sie das, oder soll ich mit raufkommen?«

Wenn ich mich nicht völlig irre, blitzt es verräterisch in seinen Augen. Freundchen, so einfach mache ich es dir bestimmt nicht.

»Das schaffe ich«, antworte ich schnell und bin froh, als sich der Aufzug ankündigt und sich Augenblicke später die Türen öffnen.

»Hervorragend.« Louis schiebt mein Gepäck in den Aufzug. »Wenn Sie mich brauchen, rufe Sie einfach hier unten am Concierge-Tisch an. Die Nummer ist überall in den Wohnungen im Telefon hinterlegt. Vierundzwanzig Stunden kann ich zwar nicht für Sie da sein, aber zwischen zwei Uhr Nachtmittags und zehn Uhr abends helfe ich gern. Nächste Woche habe ich die Spätschicht, dann können Sie mich auch später kontaktieren, wenn Sie Hilfe brauchen.«

»Vielen Dank für das Angebot«, säusle ich und streiche eine Strähne aus meinem Gesicht. In den Filmen sieht das immer herrlich verführerisch aus, wenn Frauen das machen, und ich bilde mir ein, gerade die gleiche Wirkung auf Louis zu haben. Wenn es so ist, überspielt er sie gekonnt, denn bevor er sich von mir verabschiedet, drückt er auf den obersten Knopf des Fahrstuhls und meine Augen werden groß. Zehnte Etage? Ganz oben? Wahnsinn. Was auch immer meine Cousine macht, sie macht etwas richtig.

»Na, dann kommen Sie erst mal gut an und wenn Sie irgendwann mal einen Guide brauchen, lassen Sie mich es wissen.«

Er zwinkert mir zu und als sich die Aufzugtüren schließen, lehne ich mich an die kalte Wand an und atme tief ein und aus. Ich wusste schon immer, dass die Menschen in der Großstadt um Einiges lockerer sind als in einem kleinen, beschaulichen Örtchen wie Whitewall. Stellt sich nur die Frage, ob ich die nächsten drei Wochen mit dieser Lockerheit mithalten kann.

4

Es dauert einen Moment, bis der Aufzug die oberste Etage des Wohnkomplexes erreicht. Ich beobachte, wie die Beleuchtung hinter den Knöpfen von einer Etage zur nächsten springt. Fünf, sechs, sieben. Gleich ist es geschafft. Augenblicke später öffnen sich die Aufzugtüren mit einem *Ping*. Ich atme einmal tief durch und greife nach meinem Koffer. Dann schiebe ich ihn vor mir her und trete auf den Flur.

Verstohlen blicke ich mich um. Insgesamt befinden sich hier vier Wohnungstüren. Zwei auf der Seite des Aufzugs, zwei auf der gegenüberliegenden. Anhand des Türschildes kann ich beim Gang auf die Türen zu erkennen, dass sich Leahs Wohnung hinter der ersten Tür auf der rechten Seite befindet. Ein bisschen unsicher tippe ich den Zahlencode auf dem kleinen Display neben der Tür ein. Noch nie zuvor habe ich eine Haustür gesehen, die sich nicht mit einem Schlüssel, sondern auf diese Weise öffnen lässt. Zwar scheint sich die Tür auch regulär mit einem Schlüssel entriegeln zu lassen, aber den besitze ich noch nicht. Laut

Leah liegt aber für den Notfall einer für mich in der kleinen Schale neben der Tür.

Es macht *Klick* und die Wohnungstür springt auf. Gespannt werfe ich einen Blick hinein und erkenne sofort, dass Leahs Einrichtungsstil anders ist als mein eigener. Zwar teilen wir die Vorliebe für helle Töne, aber ihre Wohnung wirkt um einiges minimalistischer als meine. Überall liegt helles Fischgrätenparkett. Von der Eingangstür fällt der Blick sofort auf den großen Esszimmertisch, der auf einem beigen Teppich steht, und an dem sich sechs Stühle befinden. Auf dem Tisch befindet sich ein großes rundes Marmortablett, auf dem eine Glasvase mit Pampasgras dekoriert ist. Hinter dem Tisch lehnt ein großer Spiegel mit antikem Goldrahmen. Vom Esszimmer geht man direkt ins Wohnzimmer, in dem zwei große beige Sofas und zwei dazu passende Stühle stehen. An den Wänden hinter dem Sofa hängen Bilder, die ins Farbkonzept der Wohnung passen. Gerade will ich mich weiter umschauen, als mein Handy klingelt. Es ist Leah. Schnell nehme ich den Anruf an.

»Leah, ich bin soeben angekommen.«

»Wie wunderbar. Hat mit dem Zahlencode alles funktioniert? War Louis dir behilflich?«

Die gute Laune meiner Cousine dringt durch den Hörer und für einen Moment finde ich es schrecklich traurig, sie jetzt nicht drücken zu können. Es ist viel zu lange her, dass wir uns gesehen haben.

»Hat alles geklappt«, antworte ich ihr lächelnd und lege meine Handtasche auf dem Wohnzimmertisch ab. »Kleiner Charmeur, dein Concierge.«

»Klein?« Leah lacht. »Louis flirtet für sein Leben gern.

Bisher hat er vergeblich versucht, mit mir auszugehen. Ich finde ihn zwar durchaus attraktiv, aber ich habe keine Lust, ihm täglich begegnen zu müssen, wenn die Sache mit uns durch ist.«

Amüsiert schüttle ich den Kopf. Leahs Männerverschleiß scheint also noch wie eh und je zu sein.

»Habe ich dir schon gesagt, wie dankbar ich bin, dass ich hier ein paar Tage wohnen darf? Dich hat der Himmel geschickt.«

»Mindestens viermal. Saoirse, alles gut. Du bist jederzeit herzlich willkommen. Hast du schon einen Plan, wie du deine nächsten Tage gestalten wirst?«

Ich fühle mich ertappt und muss mich erst einmal setzen.

»Ähm.« Ich räuspere mich, bevor ich weiterspreche. »Um ehrlich zu sein, nein.«

Leahs Antwort ist ein herzliches Lachen. »Dachte ich es mir doch. Wie gut, dass du mich hast.«

»Ja?«

»Na klar. Aber das verrate ich dir jetzt nicht. Das musst du schon selbst entdecken. Was du scheinbar noch nicht getan hast.«

»Du verwirrst mich, Cousinchen«, gebe ich zu und versuche, aus ihren Worten schlau zu werden.

»Wunderbar. Ich muss jetzt leider auflegen. Mein Taxi ist soeben am Veranstaltungsort angekommen und die nächste Show geht gleich los. Ich sage dir eins, dieser Fashionzirkus ist ein Highlight für sich.«

»Das glaube ich.« Ich stelle mir vor, wie fehl am Platz ich mich auf einer Modenschau fühlen würde.

Leah verabschiedet sich und hat im selben Moment

schon aufgelegt. Was auch immer sie damit meinte, dass es gut sei, dass ich sie habe.

Ich stehe auf und schiebe meinen Koffer in Richtung Gästezimmer, das Leah mir in einem unserer letzten Telefonate beschrieben hat. Und sie hat nicht übertrieben. Als Gast werde ich mich hier bestimmt wie zu Hause fühlen. Wie überall in der Wohnung regieren helle sanfte Töne den Raum. Das Bett ist gefühlt riesig und wirkt mit seinen schönen Kissen und der beigen Tagesdecke wunderbar einladend. In der Ecke neben dem Schrank steht ein kleiner Schreibtisch samt gemütlichem Sessel und vor dem bodentiefen Fenster hängen helle Vorhänge.

Ich schiebe sie ein Stück zurück und blicke auf den beleuchteten Innenhof, in dem ein wunderschöner Garten samt Wasserspiel angelegt ist. Einige der Apartments haben ebenfalls einen Balkon zu dieser Seite des Gebäudes hin, jedoch verfügen vor allem die Wohnungen in der obersten Etage über sensationelle Dachterrassen. Leahs gehört dazu.

Während ich noch den Ausblick genieße, meldet sich mein Magen zu Wort. Ein gar nicht mal so leises Knurren erinnert mich daran, dass ich seit dem Frühstück nichts mehr gegessen habe.

Inzwischen ist es Abend und die Lichter der Stadt fallen vereinzelt durch die Scheiben der Wohnung. Kurz entschlossen verlasse ich das Zimmer und gehe auf die Küche zu. Hoffentlich hat Leah wenigstens eine Kleinigkeit im Kühlschrank und hat ihn vor ihrer Abreise nicht völlig leer hinterlassen. Mein Blick fällt auf die Kühlschranktür, auf der eine handgeschriebene Notiz meiner Cousine klebt.

. . .

Wenn du das Eisfach öffnest, findest du das weltbeste Eis, das du dir vorstellen kannst. Ich kenne dich emotionales Wesen. Eis hilft immer. Kleiner Tipp: Geh auf den Balkon, genieß den Ausblick und wenn du meinst, weinen zu müssen, dann tu das. Aber nur heute. Ab morgen reißt du dich gefälligst am Riemen.

Dicken Kuss, Leah

Vielleicht ersetzt Eis keine Mahlzeit, aber wenn es darum geht, mein Belohnungszentrum im Hirn anzusteuern und damit Glückshormone auszuschütten, dann hatte Leah wohl die perfekte Idee. Eis geht definitiv immer.

Ich öffne die Tür zum Gefrierfach und sofort fällt mein Blick auf den großen Becher mit Cookie Dough-Eis. Als hätte Leah meine Gelüste erahnen können, entdecke ich neben dem Kühlschrank eine große Flasche Schokosoße und beim erneuten Hinschauen kann ich mein Glück kaum fassen, denn es ist tatsächlich eine dieser Soßen, die hart wird, wenn man sie übers Eis gibt. Ich bin im Himmel. Zumindest im Eishimmel, was für den Moment gar nicht so schlecht ist. Ja, ich könnte mir eine Schale aus dem Schrank nehmen und mir zwei Kugeln Eis auffüllen, aber sind wir ehrlich, zwei Kugeln Eis werden nicht reichen. Daher nehme ich den Deckel vom Becher, gebe einen gewaltigen Schuss Schokosoße über die kalte Köstlichkeit und verbanne sämtliche Gedanken an Kilokalorien aus meinem Hirn. Wie pflegt meine Mum zu sagen? Eis fließt einfach nebenher. Gute Sichtweise auf die Dinge.

Auf einmal wird mir anders. Ich weiß nicht, was es auslöst, aber plötzlich fühle ich mich schrecklich beengt und brauche Luft. Viel Luft. Augenblicklich laufe ich zur Tür, die zur Dachterrasse führt, und öffne sie. Binnen Sekunden strömt mir die Kühle des Abends entgegen. Für einen Augenblick halte ich inne, atme tief ein und trete hinaus. Sofort verschlägt es mir den Atem. Ich hätte mir denken können, dass der Ausblick von hier oben grandios sein wird, aber nichts hätte mich auf das vorbereiten können, was ich jetzt sehe. Die Schönheit der Stadt bei Dunkelheit präsentiert sich mir in ihrer ganzen Fülle und ich gehe dicht zum Geländer und stütze mich ab. Ich sehe die Lichter der Stadt. Ich sehe Teile von Covent Garden, St. Paul's Cathedral und das Royal Opera House.

Ich atme erneut tief ein und zum ersten Mal registriere ich, dass ich allein bin. So wirklich allein. Ohne einen Menschen in meiner Nähe, den ich kenne. Und tatsächlich ist das ein fremdes Gefühl. Ich bin nie allein. Also nie wirklich, denn in einem Nest wie Whitewall, wo jeder jeden kennt, hat man selten Phasen, in denen man niemanden um sich herum hat. Vor allem nicht, wenn man mit seinem Freund zusammenwohnt.

Halt, ich korrigiere: Ex-Freund.

Plötzlich nehme ich wahr, dass mir Tränen über die Wange laufen. Auch wenn ich mich noch so anstrenge, ich schluchze auf einmal laut auf und dann weine ich. Ich weine um meine Partnerschaft, weine um meinen verlorenen Stolz und mein Selbstwertgefühl, das sich irgendwo im Nirgendwo verabschiedet hat. Ich weine um das, was ich verloren habe, und darüber, dass ich so blind war. Ich werde vom Kummer geschüttelt und schaffe es gerade noch, den Becher Eis auf den Tisch hinter mich zu stellen, bevor er auf den Boden fällt. Es ist, als ob sich diese Trauer in mir aufgestaut hat. Mich übermannt eine Welle des Schmerzes, die ich nicht habe kommen sehen. Ich schlage meine Hände vors Gesicht und nehme nur wie aus der Entfernung wahr, dass mein ganzer Körper zittert. Ich weiß nicht, wie lange ich weine, aber erschrocken zucke ich zusammen, als ich ein Geräusch höre. Hastig blicke ich mich um, versuche herauszufinden, von wo das Geräusch kam. Dann sehe ich, wie die Balkontür der Wohnung nebenan geschlossen wird.

O Gott, ist jemand Zeuge meines Zusammenbruchs geworden? Hat man mich schluchzen gehört? Schnell wische ich mir die Tränen aus dem Gesicht und atme ein paarmal tief durch, lasse die Kühle des Abends in meine Lungen strömen und merke, wie ich langsam wieder ruhiger werde.

5

Es ist bereits halb neun, als ich das erste Mal die Augen öffne und auf das Display meines Handys schaue, um die Uhrzeit zu checken. Die Sonne scheint in mein Schlafzimmer und zaubert wunderschöne Lichtspiele auf die gegenüberliegende Seite meines Bettes. Ich habe bei offenem Fenster geschlafen, bleibe ein paar Minuten liegen und lausche den Klängen des anbrechenden Tages. Vogelgezwitscher mischt sich mit den Geräuschen der Straße. Wie anders als Whitewall sich eine Großstadt doch anhört.

Nachdem ich gestern Abend noch eine Flasche Wein geöffnet und es mir auf dem großen Sofa im Wohnzimmer bequem gemacht habe, tat das Ausschlafen gut. Keine Ahnung, was andere Frauen schauen, wenn sie sich aufheitern müssen, aber ich habe mir die halbe Nacht mit den ersten Folgen von *Sex and the City* um die Ohren geschlagen. Als Paartherapeutin habe ich meine eigene Sicht auf das bunte Treiben von Carrie, Samantha, Charlotte und Miranda und irgendwie hoffe ich, dass alle Zuschauenden erkennen, dass es um moderne Frauen geht, die lernen müssen, wie sie ihre emotionalen und sexuellen Bedürfnisse gleichzeitig stärken und äußern können – und nicht nur ausschließlich um Sex. Aber hey, was weiß ich schon. Anscheinend sollte man besser nicht auf meine Ratschläge hören, schließlich bin ich mein größtes persönliches Scheiterungsprojekt. Ich schaffe es selbst nicht, eine Beziehung zu halten und zu erkennen, wann ich belogen und hintergangen werde.

Vielleicht sollte Frau einfach sämtliche Emotionalität abschalten und weniger mit dem Herzen als mit der Region zwischen ihren Beinen denken. Dann bliebe uns zumindest der Herzschmerz erspart und wir hätten einfach guten Sex. Ohne Verbindlichkeit.

Was ich nicht kann.

Was ich noch nie hatte.

Ich bin hoffnungslos.

Stöhnend schiebe ich die Decke an die Seite und schwinge die Beine aus dem Bett. Es ist zu früh für so viel emotionalen Stress und ich hatte noch keinen Kaffee. Eine schwierige Kombination also. Zum Glück muss mich heute Morgen niemand ertragen. Oder ich jemanden.

Ich trotte in die Küche und bin ein bisschen erleichtert, dass mich Leahs Kaffeemaschine nicht vor neue Herausforderungen stellt. Den Kampf mit einer Siebträgermaschine hätte ich wahrscheinlich verloren. Leah hat eine reguläre Kapselmaschine und da die Dose mit dem Kaffee direkt danebensteht, fühle ich mich dieser Aufgabe gewachsen.

Ich öffne den Schrank, um eine der Tassen herauszuholen, und halte überrascht inne. An der vordersten Tasse klebt ein kleiner Zettel, auf dem deutlich Leahs Handschrift zu erkennen ist. Was hat sie mir denn jetzt schon wieder hinterlassen?

Guten Morgen, Süße! Ich hoffe, du hast deine erste Nacht im fremden Bett gut geschlafen. Genieß deinen Tag und ach ja, ich habe dir eine kleine To-do-Liste gemacht, damit du weißt, was du in London so tun kannst. Zu Hause rumgammeln ist nämlich nicht. Schau beim Memoboard neben der Küchentür vorbei.

Dicken Kuss!

Instinktiv muss ich lächeln, denn man merkt Leah an, dass es ihr wichtig ist, dass ich mich auch ohne sie nicht verloren fühle.

Ich warte, bis mein Kaffee durchgelaufen ist, schnappe mir einen Schluck Milch aus dem Kühlschrank und wandere zum Board. Mein Blick fällt auf die Zettel, die Leah dort fein säuberlich hingehangen hat. Tatsächlich befinden sich am Board sieben Notizzettel, alle verdeckt. Auf der Rückseite befinden sich die Nummern eins bis sieben. Vor dem ersten Zettel hängt noch ein weiterer, auf dem anscheinend ein paar Instruktionen für mich notiert sind.

Beginne mit Zettel eins. Und untersteh dich, schon unter die anderen Zettel zu lugen. Alles schön der Reihe nach!

. . .

Ich nehme den besagten Zettel vom Board. Mit einer Mischung aus Angst und Neugierde drehe ich ihn um. Für eine erwachsene Frau bin ich unfassbar schissig, das muss ich schon sagen. Herrje.

Tag 1 in London. Wir starten easy. Ich weiß, dass du ungern allein unterwegs bist und dich in großen Mengen beobachtet fühlst, aber glaub mir, London allein zu entdecken, macht furchtbar viel Spaß. Du startest heute mit einem Trip zum British Museum. Viele Menschen gehen allein ins Museum und so wirst du in den Ausstellungen gar nicht auffallen. Genieß es, mach ein paar Erinnerungsfotos und kauf dir unbedingt einen der leckeren Kekse in dem kleinen Café in der Halle. Und noch ein weiterer Tipp: Die Ägyptenausstellung ist phänomenal!

Ich liebe meine Cousine dafür, dass sie ahnt, dass ich langsam starten muss. Wie das klingt. Eigentlich sogar äußerst lächerlich, wenn man es richtig bedenkt. Da bin ich, Saoirse Harris, studiert und mit einem Universitätsabschluss in der Tasche, und einfach nicht in der Lage, völlig unbekümmert allein irgendwo zu sein, ohne sofort das Gefühl zu bekommen, angestarrt zu werden. Ob es anderen Singlefrauen auch so geht? Oder auch ganz anders gefragt: Habe ich mir jemals Gedanken über Menschen gemacht, die allein in einem Café saßen oder im Kino? So ganz nach dem Motto *Haben die keine Freunde?* Wohl nicht. Ich muss dringend etwas für mein Selbstwertgefühl tun. Dass das Ganze nach Alecs Aktion einfach ist, wage ich jedoch zu bezweifeln.

Ein Gutes hat Leahs Vorhaben. Ich muss vor die Tür. Und das bedeutet, dass ich mich fertig machen muss und den Tag nicht im Schlafanzug verbringen kann.

~

Knapp zwei Stunden später stehe ich im Aufzug und fahre runter in die Lobby. Ich erwähne jetzt nicht, dass ich mir ernsthaft Gedanken über das perfekte Outfit für einen Museumstag allein gemacht habe. Letztendlich ist es eine knöchellange, elegante Hose geworden, zu der ich einen beigen Blazer kombiniert habe und drunter ein weißes T-Shirt trage. Zusammen mit einer schicken Handtasche ein stylisches Outfit, mit dem ich mich im Museum sicherlich sehen lassen kann. Da das Wetter es zulässt, ist meine Entscheidung schnell gefallen, den Weg dorthin zu laufen. Letztendlich sind es weniger als zwanzig Minuten und so bekomme ich ein bisschen Bewegung und kann auf dem Weg die Menschen um mich herum beobachten.

Unten in der Lobby nehme ich mir einen Moment Zeit, die Hinweistafel zu lesen, die über die einzelnen Bereiche des Gebäudes informiert. Zu meiner Überraschung verfügt das Gebäude über einen eigenen Wellnessbereich mit Sauna, Whirlpool und Fitnessraum. Tatsächlich gibt es sogar einen hauseigenen Kinosaal, den man anmieten kann. Leah wohnt definitiv im Luxus, das muss ich schon sagen.

Auch wenn ich hin und wieder mal längere Spaziergänge mache, ist das die einzige Form von sportlicher Aktivität, die man bei mir findet. Selbst wenn ich Sex hätte, würde ich wahrscheinlich mehr Kalorien verbrauchen, als ich es in den letzten Jahren durch Sport getan habe. Aber da der Sexpart nun auch wegfällt, sollte ich wohl ein bisschen bewusster auf meine Ernährung achten oder verdammt viel spazieren gehen.

Als ich aus dem Gebäude trete, spüre ich sofort die warmen Sonnenstrahlen auf meiner Haut. Vitamin D tut doch herrlich gut. Ich setze meine Sonnenbrille auf und fühle mich sofort eins: Cooler. Okay, vielleicht auch weniger beobachtet, aber was tut das schon zur Sache?

Nach kurzer Zeit erreiche ich den Vorhof des British Museum, auf dem sich schon zahlreiche Menschen tummeln. Es ist eine bunte Mischung aus Schulklassen und Touristen wie mir. Tatsächlich ist es mein erster Besuch in diesem Museum und obwohl ich schon viel darüber gehört und gelesen habe, verschlägt es mir glatt die Sprache, als ich durch den imposanten Eingang schreite und das Museum betrete. Selbst wenn man kein Interesse an Kunst, Ausstellungen oder Geschichte hat, wird man nicht drum herumkommen, von diesem überdachten Innenhof begeistert zu sein. Er ist Zeugnis davon, wie wunderbar Altes und Modernes miteinander verbunden werden kann und zu einer harmonischen Einheit wird. In der Eingangshalle gibt es Informationsschalter, Souvenirshops, kleine Cafés und zahlreiche Sitzgelegenheiten, die zum Verweilen einladen. Von hier kommt man in die unterschiedlichen Ausstellungen und sofort fühle ich mich von den ägyptischen Exponaten magisch angezogen. Wer kann schon behaupten, eine Mumie mal in echt gesehen zu haben? Die alten Ägypter waren ein faszinierendes Volk. Bereits im ersten Raum erwartet das Publikum ein absolutes Highlight: der berühmte Stein von Rosette. Mit Hilfe dieses Steins wurden die ägyptischen Hieroglyphen entschlüsselt. Auf dem Stein befindet sich die Inschrift in drei Sprachen: in Demotisch, Griechisch und eben Hieroglyphen. So war es möglich, die alten Hieroglyphen zu entziffern und das erworbene Wissen auf andere Inschriften zu übertragen.

Es vergeht eine ganze Weile, in der ich von Raum zu Raum schlendere. Jeder einzelne ist aufwendig gestaltet und aufbereitet. Ich merke kaum, wie die Zeit vergeht, während ich bei den einzelnen Exponaten stehen bleibe und unfassbar viel Neues erfahre.

Irgendwann verschlägt es mich zurück in die Eingangshalle und ich hole mir in einem der kleinen Cafés einen Milchkaffee und einen Blueberry Muffin. Dann setze ich mich und beobachte für eine Weile das bunte Treiben um mich herum. Obwohl es recht voll ist, was unter anderem an den vielen Schulklassen liegt, verteilt sich alles sehr gut und der Geräuschpegel in dem überdachten Innenhof ist angenehm geschäftig.

Ich ziehe mein Handy aus der Tasche, mache ein Foto von mir mit den Treppen zum alten Lesesaal des British Museum im Hintergrund und schicke es Leah. Es dauert nicht lange, da ruft sie auch schon an.

»Gibt es eigentlich Momente in deinem Leben, in denen du dein Handy nicht bei dir trägst? Du bist gefühlt ständig erreichbar.«

Ich höre Leahs herzliches Lachen und grinse über ihre Antwort. »Was denkst du?«

»Jeder Mensch hat beim Sex das Telefon nicht dabei, das zählt nicht.«

»Ähm ...«

Ich reiße die Augen auf. »Du gehst beim Sex ans Telefon?«

Vielleicht frage ich das ein bisschen zu laut, denn eine ältere Frau, die in einiger Entfernung rechts neben mir sitzt, rümpft die Nase und wirft mir kurz einen tadelnden Blick zu. Klappt ja super damit, nicht aufzufallen.

»Wir reden hier von Telefonsex, oder?«, hake ich dann doch ein bisschen neugierig nach, wohl darauf bedacht, dass es niemand mitbekommt.

»Nö«, antwortet Leah lachend und liefert sofort eine Erklärung, als wäre es das Natürlichste der Welt. »Der Typ war echt schlecht und ich habe halt einen wichtigen Anruf erwartet. Anscheinend hat es ihn aber angeturnt, dass uns jemand zuhören konnte und ich war dann schnell mit der Sache durch. Zu deiner Info, ich nehme das Handy nicht mit ins Badezimmer und aufs Klo. Sonst habe ich es eigentlich immer dabei.«

»Du bist schlimm.« Ich breche ein Stückchen von meinem Muffin ab und stecke es mir genüsslich in den Mund. »Ich wollte eigentlich nur berichten, dass ich die erste Aufgabe von deinen Notizzetteln erledigt habe. Und ich lebe noch. Tatsächlich ist es sogar richtig schön.«

»Na siehst du. Ich hoffe, du hast nicht heimlich unter die anderen Zettel geschaut?«

»Nein, habe ich nicht«, antworte ich wahrheitsgemäß und merke, dass ich neugierig werde, was sich darunter befinden könnte.

»Sehr gut. Was steht für den Rest des Tages an?«

»Gute Frage. Ich wollte noch in die Asien-Ausstellung hier und dann heim. Du weißt doch, wie das für einen Introvert wie mich ist. Wir fühlen uns nach sozialen Aktivitäten oder viel Kontakt mit anderen erschöpft und brauchen Ruhe.«

»Ich würde jetzt nicht behaupten, dass ein Museumsbesuch schon als viel Kontakt mit anderen bezeichnet werden kann, aber es ist dein erster Tag in London, du hast sicherlich nicht so tief geschlafen wie sonst und eine Großstadt ist eben auch hektischer als ein Städtchen wie Whitewall.«

»Genau. Ich denke, ich werde nachher auf deinem gigantischen Balkon ein bisschen lesen. Verrat mir mal, wo du die Wohnung herhast und wie du dir die leisten kannst?«

Leah lacht. »Die ist super, oder? Sagen wir so, das Magazin läuft hervorragend und ich kann mich nicht beschweren. Momentan bin ich nur viel zu selten daheim, weil ich so viele Termine habe. Umso dankbarer bin ich, dass du die Wohnung hütest und nach dem Rechten siehst. Du merkst also, dein Besuch kam genau zum richtigen Zeitpunkt.«

»Ich hätte gern einen anderen Anlass gehabt«, gebe ich zerknirscht zu und trinke den Rest meines Kaffees.

»Das weiß ich. Aber wir haben uns doch vorgenommen, nicht mehr über das Arschloch Alec nachzudenken«, sagt sie tadelnd und ich horche auf.

»Wir?«

»Okay, du. Du brauchst Ablenkung, aber du bist auf dem besten Weg. Ach übrigens, wenn ich du wäre, würde ich in der Wohnung vielleicht noch nach anderen Zetteln Ausschau halten.«

»Andere Zettel?«

»Genau. Aber die findest du schon allein. Ich gebe dir einen kleinen Tipp: Fang in meinem Büro an. So, und nun muss ich auflegen. Die nächste Show geht gleich los. Wir hören uns!«

Ich kann mich gar nicht so schnell verabschieden, wie Leah auflegt. Kurz schaue ich verdattert auf das Display meines Handys, bevor ich es wieder in meiner Handtasche verschwinden lasse. Es gibt also noch andere Zettel? Ich werde gleich zu Hause auf die Suche gehen müssen. Verrücktes Huhn, mein Cousinchen.

Eine Weile später stehe ich auf, werfe den Kaffeebecher und meine Serviette weg und schließe mich dann einer kleinen Gruppe Menschen an, die sich auf den Weg in die Asienausstellung macht. Leah hatte recht, Museumsbesuche allein kann ich. Check.

6

Es gibt sicherlich so einige Dinge, die mich sprachlos machen, aber was sich mir gerade präsentiert, wird definitiv in den Top Drei landen. Ich starre abwechselnd auf den kleinen Zettel in meiner Hand und auf den Bildschirm vor mir. Ohne Zweifel, das ist die richtige URL, die ich eingegeben habe.

Einfach, weil du immer helfen willst, steht auf Leahs Zettel. Irritiert blicke ich auf die leere Seite auf dem Bildschirm, über der nur der Schriftzug »Heart(br)ok(en)« steht. Die Seite wirkt wie ein Blog ohne Inhalt und ich frage mich, was Leah mir hier zeigen will. Es gibt nur eine Unterseite, die vorprogrammiert ist und eine »Über Mich-Seite« zu sein scheint. Neugierig klicke ich darauf, was umgehend zur Folge hat, dass ich mich sammeln muss. Wieder und wieder lese ich die Worte, die dort stehen. Das kann doch nicht ihr Ernst sein.

. . .

Miss S. Manchmal ist dein Herz dein bester Ratgeber. Für die anderen Fälle hast du mich.

Augenblicklich greife ich nach meinem Handy und drücke auf Wahlwiederholung. Natürlich dauert es wieder nicht lang, bis ich die Stimme meiner Cousine höre.

»Na? Welchen Zettel hast du gefunden?«

»Ich sitze an deinem Schreibtisch und starre auf etwas, das mich zu der Erkenntnis bringt, dass meine Cousine sie nicht mehr alle hat.«

»Wieso?« Wie unschuldig ein Mensch doch klingen kann.

Ich schnaube hörbar auf und schüttle den Kopf, mir durchaus darüber im Klaren, dass Leah das natürlich nicht sehen kann.

»Was ist das für eine Seite, die ich hier vor mir sehe und auf der mehr oder weniger mein Name steht?«

»Ich habe gedacht, du könntest dich austoben, du kleine Romantikerin.«

»Leah, die Antwort ist mehr als nur ungenügend. Ich wiederhole, was ist das?«

»Es ist eine Seite, die ich dir eingerichtet habe, auf der du dir deinen Kummer von der Seele schreiben kannst. Vielleicht kannst du auch einfach über Dinge schreiben, die dich beschäftigen. Und sollten plötzlich auf magische Weise andere Frauen auf deinen Blog aufmerksam werden, machst du das, was du am besten kannst. Ihnen Ratschläge geben. Schließlich bist du Therapeutin.«

»Der alle Klienten weggerannt sind, weil sie selbst nicht in der Lage ist, eine Beziehung zu halten.«

»Geh nicht so hart mit dir ins Gericht.« Ich höre Leahs kritische Stimme meilenweit durchs Telefon. »Ich bin mir sicher, das tut gut. Manchmal muss man sich Sachen einfach von der Seele schreiben.«

»Aha. Und das soll ich öffentlich tun?«

»Hat ja niemand den Link zu der Seite«, kommentiert sie meine Bedenken fast beiläufig.

»Du hast gerade selbst gesagt, dass ja vielleicht andere Frauen auf meinen Blog aufmerksam werden könnten.«

»Ach, Saoirse, lass doch einfach Dinge auf dich zukommen. Vielleicht tut es dir gut.«

»Ist das wieder so ein Leah-Ding? Nur weil es deiner Freundin Louisa damals geholfen hat, so eine Kolumne zu schreiben, muss das ja nicht mir helfen.«

»Erstens ist das keine Kolumne, sondern ein Blog, zweitens kennt die Seite niemand und drittens hat Louisa damals so die Liebe ihres Lebens kennengelernt.«

»Rede dir das ruhig schön«, knurre ich und frage mich echt, ob Leah jetzt völlig den Verstand verloren hat.

»Na, wie auch immer. Mach es oder mach es eben nicht. Es war auch nur eine Idee.«

»Abgesehen von allem, weiß ich gar nicht, worüber ich schreiben soll, beziehungsweise wie ich überhaupt anfangen soll.«

»Ach, dabei helfe ich dir gern.« Leah lacht. »Das Leben als Singlefrau hält doch so manche Überraschung bereit.«

»Erinnere mich nicht daran.« Genervt fahre ich den Computer herunter und verlasse Leahs Büro.

Jetzt dreht sie durch. Ich soll einen Blog führen? Zu Liebesdingen? Um mir selbst den Kummer von der Seele zu schreiben? Sicher nicht.

»Hast du eigentlich noch irgendwo Eis oder muss ich jetzt tatsächlich noch einkaufen gehen?«

Mein Versuch, Leah vom Thema abzulenken, funktioniert hoffentlich.

»Ganz hinten im Eisfach muss noch etwas sein. Bediene dich gern. Ansonsten ist der Supermarkt auch nur die Straße runter.«

»Danke, habe ich bereits entdeckt. Da will ich morgen mal hin. Ich kann dir schließlich nicht deine ganzen Vorräte wegessen.«

Leah lacht. »So voll sind meine Schränke nun auch nicht. Ich habe nur für dich ein bisschen eingekauft. Meine Küche habe ich, glaube ich, seit dem Einzug ganze viermal benutzt.«

»Ich bin entsetzt. Die ist doch so toll.«

»Das stimmt, aber ich gehe lieber essen. So kann ich mir dann auch das Saubermachen sparen.«

»Unglaublich. Na gut, meine Liebe, dann genieß mal deinen Showabend heute noch. Was steht an? Aftershow-Party?«

»Ja. Ich bin auf der Party von ein, zwei Designern eingeladen. Mal schauen, wo ich hingehe. Ich tendiere dahin zu gehen, wo die hübschesten Männer sind.«

»Sind in der Modelwelt nicht alle schön?«, erkundige ich mich und öffne das Eisfach, in dem ich recht schnell den Eisbecher finde.

»Meistens, ja. Von daher bin ich guter Dinge.«

»Prima! Dann wünsche ich dir einen ereignisreichen Abend und tu nichts, was ich nicht auch tun würde.«

Was ein blöder Satz aus meinem Mund. Das scheint auch Leah so zu sehen, denn sie prustet ins Telefon.

»Ich bin mir sicher, ich tue so einiges mehr.«

Wir verabschieden uns und als wir aufgelegt haben, öffne ich die Tür zum Balkon und trete nach draußen. Der Tag ist sonnig geblieben und so setze ich mich mit meinem Buch auf das gemütliche Lounge-Sofa, löffle mein Eis und lasse mir die Sonne ins Gesicht strahlen. Zumindest hier scheint die Welt noch in Ordnung.

EINIGE STUNDEN SPÄTER IST ES DUNKEL GEWORDEN UND ICH sitze mit einem Glas Wein im Bett und widme mich meinem Buch. Zumindest ist das der Plan, jedoch scheint der werte Nachbar mit meinem Vorhaben ein Problem zu haben, denn laute Musik verhindert, dass ich mich konzentrieren kann. Ich bin sicherlich keine, die sich sofort beschwert, aber als die Lautstärke auch nach fast einer halben Stunde nicht abnimmt und ich vergeblich versuche, den Krach zu ignorieren, muss ich mir eingestehen, dass an Ruhe und Entspannung nicht zu denken ist.

Frustriert stelle ich mein Glas auf den Nachttisch, schlage die Bettdecke zurück und stehe auf. Ein Blick auf die Uhr verrät mir, dass es kurz vor Mitternacht ist. Definitiv deutlich nach der Nachtruhe. Entweder sind die anderen Hausbewohner nicht da oder taub. Zumindest hier oben auf dem Flur muss die Musik von allen gehört werden. Das scheint meinen Nachbarn aber nicht im Geringsten bei seiner Party nebenan zu stören. Ich mutmaße jetzt mal, dass es sich um einen Mann handelt, warum auch immer.

Kurz blicke ich an mir herunter und stelle dann fest,

dass es mir total gleichgültig ist, wie ich aussehe. Ich trage einen kurzen Seidenpyjama, der leider seit knapp zwanzig Minuten einen Weinfleck etwas oberhalb der rechten Brust aufweist. Egal. Es ist spät, ich will meine Ruhe und die bekomme ich so lange nicht, wie nebenan der Bär steppt. Oder was auch immer dort vonstattengeht.

Sichtlich genervt schnappe ich mir den Schlüssel von dem kleinen Tischchen an der Tür. Natürlich habe ich den Zugangscode zur Wohnung, aber der kleine Sicherheitsfreak in mir braucht einfach einen Schlüssel, wenn er das Haus verlässt. Es könnte ja passieren, dass der Strom ausfällt und ich dann nicht mehr reinkomme. Mitten in der Nacht. Natürlich. Jederzeit denkbar.

Ich tapse barfuß über den Flur und muss nicht lange überlegen, von wo die Musik kommt. Es ist eindeutig die Nachbarwohnung links neben mir. Ein Gutes hat der Zwischenfall. Zumindest finde ich jetzt heraus, wer mich gestern Abend auf dem Balkon beim Weinen beobachtet haben könnte.

Ich klopfe heftig an die Tür und natürlich hört mich keiner. Erneut mache ich mich durch lautes Klopfen bemerkbar und plötzlich wird die Musik etwas leiser gedreht. Ich hämmere noch einmal an die Tür.

Dann wird sie aufgerissen und mein Mund fällt offen.

Okay, Saoirse, stell sofort das Sabbern ein.

Vor mir steht ein Typ, der mit nichts anderem bekleidet ist als einem Handtuch. Er hat es lose um seine Hüften gebunden und es würde nur eine falsche Bewegung kosten, und er stünde nackt vor mir. Es dauert nicht lang, um zu kombinieren, dass er mehr oder weniger frisch aus der Dusche kommt. Sein Haar ist noch nass und einige längere

Locken hängen ihm ins Gesicht. Leider sind meine Augen nicht in der Lage, sich ausschließlich auf sein Gesicht zu konzentrieren, denn mein Blick wandert an ihm hinab und ich komme nicht umhin, ihn anzustarren. Er hat einen fantastischen Körper, ist trainiert, ohne bullig zu wirken, und seine nackte Brust, die viel zu nah vor meinem Gesicht ist, hebt sich gleichmäßig. Seine Bauchmuskeln sehen aus wie gemeißelt und dass er über diese sexy V-Lines verfügt, hilft in der aktuellen Situation auch nicht sonderlich.

Außerdem hat er wahnsinnig anziehende Gesichtszüge. Scharf geschnittene Wangenknochen, ein markantes Kinn und sinnlich volle Lippen, die zum Küssen einladen.

Warum macht mein Hirn sich gerade Gedanken darüber, wie er wohl riechen könnte? Mit großer Wahrscheinlichkeit erfrischend sauber und gefährlich appetitlich.

Noch bevor er etwas sagen kann, platzt es aus mir heraus.

»Machst du die Tür immer nur mit einem Handtuch bekleidet auf?«

Klingt das sehr gereizt?

»Ich wollte eigentlich gar nicht öffnen, aber es kommt nicht alle Tage vor, dass jemand um diese Zeit an meine Tür klopft.«

»Und du kannst dir nicht denken, warum das geschieht?«

»Ich bin mir sicher, du wirst es mir gleich sagen.«

Er lehnt sich gegen den Türrahmen und verschränkt seine Arme vor der Brust, was dazu führt, dass ich für einen kurzen Moment abgelenkt bin.

Dann blicke ich zu ihm auf und hole tief Luft.

»Die Musik ist etwas laut. Geht das vielleicht auch leiser?«

»Na klar.« Er grinst.

Wieso grinst er denn jetzt so blöd?

»Wärst du auch in der Lage, das umzusetzen?«

Er lässt seinen Blick an mir auf und ab wandern und erst jetzt wird mir bewusst, dass ich in meinem Pyjama vor ihm stehe. Dem Pyjama, der diesen schrecklichen Fleck in der Nähe meiner Brust hat. Natürlich bleibt sein Blick eine Millisekunde länger in der Region haften.

»Ausgehend von meinen körperlichen Fähigkeiten? Aber natürlich.«

Was ist das denn jetzt wieder für eine dämliche Antwort?

Ich versuche, mich nicht beirren zu lassen.

»Klingt nach einem Aber.«

»Kein Aber.«

»Machst du es also dann?«

Herrje, hat dieser Mann tolle blaue Augen. Und dieser sexy Bart.

»Nein.«

Okay, vergessen wir die Gedanken von gerade. Spinnt er?

»Warum nicht? Es ist spät, die Musik ist zu laut.«

Er verzieht seinen Mund zu einem Grinsen.

»Nun, du hast mich noch nicht lieb darum gebeten.«

»Ich habe bitte was nicht?«

Fassungslos starre ich ihn an.

»Du hast mich schon verstanden. Sag bitte.«

Dieser Satz ist eine Unverfrorenheit. Hat er gerade noch dazu auch den Abstand zu mir verringert? Flirtet er etwa?

Was er getan hat, ist seine Arme wieder runterzunehmen, und sie an den Knoten seines Handtuchs zu legen. Er wird doch wohl nicht ...

Ich funkle ihn an. »Den Teufel werde ich tun.«

Er will gerade antworten, da dringt plötzlich eine Stimme aus der Wohnung zu uns.

»Cole?«

Ganz eindeutig ist das die Stimme einer Frau. Er hat Frauenbesuch und diskutiert hier ungeniert mit mir auf diese Weise? Jetzt geht's aber los! Entsetzt starre ich ihn an. Männer sind doch alle gleich.

»Ich gehe davon aus, das mit der Lautstärke wird sich jetzt regeln«, gebe ich knapp von mir, deute mit dem Zeigefinger an ihm vorbei in die Richtung, aus der die Musik kommt, und drehe mich im nächsten Moment um, um zurück in Leahs Wohnung zu gelangen.

»Ich empfehle übrigens Zitronensaft und Salz.«

»Wie bitte?«

Ich fahre erneut zu ihm herum. Noch immer steht er mit diesem unfassbar verführerischen Blick in der Tür.

»Für den Fleck. Auch wenn er als Eyecatcher super funktioniert und man automatisch auf deine Brust starrt, gehe ich davon aus, du willst den Rotweinfleck loswerden. Zitronensaft auf den Fleck geben und dann mit reichlich Salz bestreuen.«

Statt zu antworten, stoße ich genervt die Luft raus, schüttle den Kopf und marschiere zurück zu meiner Wohnungstür. Als die Tür hinter mir ins Schloss fällt, bin ich auf hundertachtzig. Nicht weil die Musik immer noch zu hören ist, sondern weil ich sauer über so ein provozierendes Verhalten bin. Was glaubt er eigentlich, wer er ist?

Ohne groß darüber nachzudenken, hole ich meinen Wein und eine Decke aus dem Schlafzimmer und laufe in Leahs Büro. Dort schalte ich den Rechner an. Wie war das? Ich soll mir alles von der Seele schreiben? O Leah, glaub mal, heute Abend funktioniert das hervorragend. Augenblicklich tippe ich drauf los.

Liebes Universum, wenn ich eins in den letzten Tagen gelernt habe, dann dass Männer Arschlöcher sind. Okay, nicht alle, aber manche Exemplare sind wohl der festen Überzeugung, dass ihnen die Welt gehört …

7

Als ich am nächsten Morgen die Augen aufschlage, horche ich eine Sekunde in mich und stelle fest, dass mein Kopf sich dazu entschieden hat, ein bisschen Radau zu machen. Das Pochen im Bereich meiner Schläfen ist nicht zu ignorieren. Es könnte tatsächlich an dem wenigen Schlaf liegen oder daran, dass ich die Flasche Rotwein gestern Nacht allein geleert habe. Da ich selten Alkohol trinke, ist das definitiv nicht ohne. In der Hoffnung, dass Leah Kopfschmerztabletten hat, schlurfe ich ins Bad und öffne das kleine Schränkchen, das sich über dem Waschbecken befindet. Gott sei Dank werde ich fündig und trotte im Anschluss in die Küche, um mir einen Kaffee zu kochen. Auch wenn ich meinen Kaffeekonsum in den letzten Monaten schon stark reduziert habe, bin ich ohne nahezu funktionsunfähig.

Dann fällt mir ein, dass auf mich ja noch ein neuer Zettel an Leahs Memoboard wartet. Gespannt nehme ich den zweiten Zettel ab und drehe ihn um. Wieder finde ich eine handgeschriebene Notiz vor.

. . .

TAG 2 IN LONDON. HEUTE GEHT ES FÜR DICH AUFS WASSER, denn eine Sightseeing-Tour steht auf dem Programm. Ich bin mir sicher, du hast die Sehenswürdigkeiten Londons entlang der Themse noch nicht auf diese Art kennengelernt. Die Bootsfahrt startet am Westminster Pier. Mach dir keine Gedanken, auf welcher Seite du an Bord sitzt. Es ist eine Rundfahrt, sodass du alles in Ruhe entdecken kann. Freu dich auf eine neue Sicht auf das London Eye, Big Ben, die Houses of Parliament und so viel mehr. Ich empfehle dir, das Ganze definitiv mit einem Spaziergang am Südufer der Themse abzurunden. Besuch den Borough Market. Du wirst ihn lieben.

LEAH SCHEINT GEDANKEN LESEN ZU KÖNNEN, DENN tatsächlich habe ich mir für heute vorgenommen, durch die trubeligen Markthallen zu streifen und mich kochtechnisch für die nächsten Tage inspirieren zu lassen. Ich kann mich schlecht in der nächsten Zeit nur von Eiscreme und Muffins ernähren und da Kochen mich herrlich entspannt, freue ich mich auf den Streifzug über einen der ältesten Lebensmittelmärkte Londons. Witzigerweise macht es mir nichts aus, beim Einkaufen allein zu sein, und beobachtet habe ich mich dabei auch noch nie gefühlt. Vielleicht liegt es daran, dass ich wunderbar abgelenkt bin, denn Essen gehört zu einer meiner größten Leidenschaften und das kleine Fangirl in mir hofft, auf dem Markt auch Jamie Oliver zu entdecken, denn es ist bekannt, dass der Sternekoch hier hin und wieder selbst einkauft.

Kurze Zeit später verlasse ich gut gelaunt die Wohnung, werfe der Tür meines Nachbarn einen vernichtenden Blick zu und genieße wenige Augenblicke später auch schon die Sonnenstrahlen, die mich draußen bereits erwarten. Ausgerüstet mit bequemen Schuhen mache ich mich auf den Weg.

Natürlich begegne ich nach der Bootstour nicht Jamie Oliver auf dem Borough Market, aber das ist auch egal. Völlig fasziniert von dem bunten Treiben, den herrlichen Gerüchen und der Atmosphäre streife ich durch die einzelnen Stände. Überall gibt es etwas zu sehen oder sogar zu probieren. Mit einem Kaffee in der Hand schaue ich mir eine Live-Kochshow an, die am Rande des Marktes stattfindet, und überlege währenddessen, was ich heute selbst in der Küche zaubern könnte. Nachdem ich die letzten Tage so süß gegessen habe, darf es gern etwas Herzhaftes sein und so landet am Ende alles für eine Frittata aus Süßkartoffeln, Brokkoli und Feta in meiner Tasche.

Ich probiere zig Käsesorten, nehme ein paar kleine Küchlein für Zuhause mit, kaufe eine neue Flasche Rotwein und lasse es mir nicht nehmen, an einem der Stände eine kleine Schale mit selbst gemachter Pasta und leckerer Tomatensauce zu essen. Ich nehme mir fest vor, in der nächsten Woche noch einmal herzukommen, aber für den Moment bin ich fast ein bisschen platt von den ganzen Eindrücken, sodass ich den Weg nach Hause nehme.

Für den Rückweg entscheide ich mich für die Tube und während ich in der U-Bahn sitze, fällt mir zum ersten Mal auf, wie spannend es ist, die unterschiedlichen Leute zu beobachten. Ich liebe die Vielfalt der Menschen, die Kulturen, die hier aufeinandertreffen, und den Vibe, der so anders ist als in meiner Heimatstadt. Als mein Blick den eines anderen jungen Mannes trifft, lächle ich und schaffe es, nicht zu erröten. Mein Gegenüber lächelt zurück und nickt mir freundlich zu.

Werde ich etwa angeflirtet?

Was für ein Unterschied es doch sein kann, wenn man sich gut fühlt. Anscheinend strahle ich meine gute Laune gerade aus. Zwar will ich mich noch nicht so weit aus dem Fenster lehnen, dass mir das jetzt immer leichtfallen wird, aber für den Moment verbuche ich diesen kleinen Blickkontakt als Erfolg.

Saoirse Harris, anscheinend besteht doch noch Hoffnung für dich, nicht für immer und ewig als Single durchs Leben schreiten zu müssen.

NACHDEM ICH DIE FRITTATA AUS DEM OFEN GEHOLT HABE und mir der Geruch von Brokkoli und Feta entgegenströmt, richte ich das Essen für mich auf einem Teller an und schicke Leah davon ein Foto. Ich hänge ein zweites Foto an, wie ich während der Themse-Bootstour unter der Tower Bridge herfahre und über das ganze Gesicht strahle. Heute ist ein guter Tag. Wirklich. Heute ist Balsam für die Seele. Sonne, hervorragendes Essen und ein leckerer Wein. Was braucht es mehr, um glücklich zu sein?

Und nein, Saoirse, untersteh dich, jetzt *Liebe* zu sagen.

Da es draußen angenehm ist, öffne ich die Türen zum Balkon, nehme mir eine Decke mit und mache es mir in einem der Lounge-Sessel bequem. Die Lichter der Stadt begeistern mich aufs Neue und ich frage mich, ob ich Leah nicht einfach darum bitten sollte, dass ich hier für immer einziehe. Okay, vielleicht ist das nach zwei Tagen etwas übertrieben zu sagen und wahrscheinlich würde ich Whitewall schrecklich vermissen, aber gerade gibt es absolut nichts, was mich dahin zurückzieht. Wieso auch. Es reicht schon, dass ich immer von Alec und Anna träume, da muss ich mir das Debakel nicht auch noch live geben. Wahrscheinlich ist sie inzwischen bei ihm eingezogen und meine Habseligkeiten wurden bereits in Kartons gepackt. Ich habe keine Ahnung, was zu Hause abgeht, was daran liegen könnte, dass ich ihre Nummern noch blockiert habe. Meine Eltern mussten mir hoch und heilig versprechen, sich nur zu melden, wenn etwas Schlimmes passiert ist. Ich brauche Abstand, und nach zwei Tagen ist der nun wirklich noch nicht gegeben. Das merke ich, als ich jetzt langsam ruhiger werde und meinen Blick über die Dächer Londons wandern lasse. Ich schäme mich nicht, dass sich wieder Tränen in meinen Augen sammeln. Wie viele gebrochene Herzen sich wohl in den unzähligen Wohnungen und Häusern befinden? Wie viele Menschen wohl, ohne es zu wissen, meine Leidensgenossinnen und Leidensgenossen sind? Und gibt es in einer Großstadt mehr Glück als Liebeskummer?

»O jaaaaa. Tieeeeefer.«

Erschrocken blicke ich mich um, als ich auf einmal von irgendwoher eine Stimme wahrnehme. Erst überlege ich, ob ich mich verhört habe und es jemand unten auf der Straße war, aber nein. Wieder dringt die Stimme einer Frau an mein Ohr.

»Gib es mir. Soooo ... O Gott, jaaa.«

Ohne Zweifel, da hat jemand Sex. Und anscheinend gar nicht mal so schlechten. Die Frau, die sich lauthals mitteilt, scheint auf ihre Kosten zu kommen. Tatsache, die Laute kommen, wie ist es auch anders zu erwarten, aus der Wohnung neben mir. So wie ich meinen werten Nachbarn von gestern Nacht einschätze, wird es ihn nicht im Geringsten jucken, wenn jemand davon etwas hört. Selbstverliebter Großkotz.

Beim nächsten lauten Stöhnen erröte ich, und das, obwohl ich selbst völlig harmlos hier unter der Decke sitze und nichts tue, außer zu essen und zu atmen. Wieder blicke ich mich um. Soll ich husten, damit die da drüben wissen, dass jemand mitbekommt, was sie da treiben?

Unfassbar. Ich schlucke, als der nächste Lustschrei zu mir herüberdringt, und überlege tatsächlich, ob ich peinlich berührt einfach reingehen soll, aber irgendetwas lässt mich hier sitzen bleiben und dem illustren Treiben lauschen. Etwas macht mich stutzig.

Wenn es um die Intensität der Laute der werten Bettgespielin geht, dann frage ich mich, ob sie wirklich so viel Spaß bei der Sache hat, oder einfach nur versucht, ihn anzufeuern und ihm ein gutes Gefühl zu geben. Tatsächlich finde ich die ganzen »Uuuuhs« und »Aaaahs«, die inzwischen zu vernehmen sind, ein bisschen übertrieben. Und wenn ich genau hinhorche, meine ich, ein Muster zu entdecken. Ich grinse. Okay, es würde mich nicht wundern, wenn gleich ein »Du bist so gut, so gut war noch keiner vor dir« kommt. Dicht gefolgt von einem »O Gott, ich komme.«

Ich sollte Hellseherin werden, denn keine Minute später höre ich die Frau laut stöhnen: »O, du bist so gut. Ich komme gleich. Ich komme gleich. Ja, ja, ja.«

Vielleicht sollte ich applaudieren? Anfeuern? Sind wir mal ehrlich, welche Frau stöhnt in solch epischer Breite im Bett? Und welcher moderne Mann glaubt heutzutage noch daran, dass sie wirklich wegen ihm so abgeht? Erfahrungsgemäß viel zu viele. Häufig kommt das Thema während Therapiesitzungen auf, wenn der Mann zum Beispiel erzählt, dass im Bett alles funktioniert, nur im normalen Alltag nicht. Meistens reagiert die Frau dann zunächst mit betretenem Schweigen und muss ihm im nächsten Moment klarmachen, dass sie den Orgasmus schon jahrelang nur vortäuscht. Traurig, wirklich traurig. Vor allem ist damit niemandem geholfen.

Ich selbst kann beim Sex nicht zum Orgasmus kommen, das habe ich Alec von Anfang an erklärt. Somit bleibt uns das Schauspiel erspart. Falsch, uns *blieb* das Schauspiel erspart.

Ich will schon meine Sachen zusammenpacken, um es mir drinnen gemütlich zu machen, da höre ich, wie nebenan die Balkontür weit geöffnet wird. Instinktiv rutsche ich tief auf dem Sessel runter und ziehe die Decke noch ein ganzes Stück über mich, damit ich nicht mehr zu sehen bin. Gott sei Dank brennen keine Kerzen, sodass niemand auf die Idee kommen könnte, dass ich hier sitze. Es dauert einen Moment, bis nebenan etwas passiert, aber dann sehe ich auf einmal den Typen von gestern Nacht, wie er auf den Balkon nach draußen tritt und sich … ja, was macht er da eigentlich? Strecken? Der wird doch nicht … macht er jetzt Sport? Liegestütze? Irritiert rutsche ich ein bisschen aus meiner halb liegenden Position hoch und starre zu ihm hinüber. Tatsache. Der Typ macht wahrhaftig Liegestütze. In Boxerbriefs. Halleluja.

Dieses Mal bin ich klar im Vorteil. Ich kann ihn beobachten, ohne dass er es mitbekommt. Ja, er bleibt ein selbstverliebter Großkotz, aber ich muss zugeben, dass er über einen hammermäßigen Körper verfügt. Vielleicht wäre sein Ego nicht ganz so groß, wenn er wüsste, dass seine Bettgespielin von gerade eine wunderbare Schauspielerin ist, aber das muss nicht meine Sorge sein.

Das Mondlicht fällt auf seinen nackten Oberkörper und die tief auf seinen Hüften sitzenden Shorts. Es zeichnet deutlich die Konturen seiner Muskeln nach. Dieser Mann hat sich definitiv richtig angestellt, als es um die Verteilung von schönen Gesichtern und makellosen Körpern ging. Schade nur, dass er so eingebildet ist. Ich traue mich kaum zu atmen, so groß ist die Angst, von ihm entdeckt zu werden. Vor allem, wie sieht das denn aus, wenn er mitbekäme, dass ich ihn anstarre? Wie es sich wohl anfühlt, diesen Traumkörper zu berühren? Popcorn wäre jetzt nicht schlecht. Dann hätte das Ganze etwas von einem Kinoerlebnis.

»Gute Nacht, Frau Nachbarin«, dringt da plötzlich seine Stimme zu mir herüber und ich versinke förmlich vor Scham im Erdboden. Ruckartig ziehe ich mir die Decke über den Kopf. Wie kann er mich gesehen haben? Ob er mich beobachtet hat?

Verstecken bringt jetzt auch nichts und so springe ich auf und packe in einem Anflug von Panik alle Sachen zusammen, bevor ich Hals über Kopf zurück in die Wohnung stürze. Noch bevor ich die Balkontür hinter mir schließen kann, dringt sein Lachen an mein Ohr und verdammt, selbst das klingt unwahrscheinlich sexy und betörend. Ich hoffe, er hat wenigstens hässliche Füße. Oder einen schiefen Zahn. Zumindest hinten, wo es keiner sieht.

Genervt von mir selbst bringe ich meinen Teller in die Küche und gieße mir noch ein Glas Wein ein. Man könnte meinen, das entwickle sich hier zur Gewohnheit. Dann stampfe ich rüber in mein Schlafzimmer und hole meinen Laptop aus meiner Tasche. Mein Laptop gehört zu den Dingen, die ich auf Reisen dabeihaben muss. Jetzt erspart er mir, mich in Leahs Zimmer zu setzen. Ein Bett ist definitiv bequemer als ein Stuhl. Innerhalb kürzester Zeit habe ich »Heart(br)ok(en)« aufgerufen und traue meinen Augen nicht. Es gibt tatsächlich einen Kommentar auf meinen letzten Eintrag. Ach, was sage ich, letzten Eintrag. Auf meinen ersten Eintrag. Wie kann das denn sein? Zufälle gibt's.

Ich klicke auf den Avatar des Users, aber natürlich kann ich damit überhaupt nichts anfangen. Trotzdem habe ich wohl eine Verbündete gefunden, denn zu meinem letzten Beitrag hat sie ganz eindeutig den Kommentar *Amen to that* hinterlassen. Wie witzig.

Ich mache es mir im Bett gemütlich und überlege für einen Augenblick, was ich heute schreiben könnte. Es dauert nicht lang, da fliegen meine Finger bereits über die Tastatur.

Liebe Frauenwelt, tut euch selbst den Gefallen und täuscht keinen Orgasmus vor. Warum? Weil wir nicht in einer Welt leben wollen, in der Männer denken, sie wären die tollsten Hengste, und weil wir ein Recht auf guten Sex und unsere

Befriedigung haben. Denkt immer dran: Wenn ihr euren Orgasmus vortäuscht, verhindert ihr guten Sex für alle Frauen, die nach euch kommen. Tja, und außerdem wollen wir keine weitere Generation von Männern, die der festen Annahme ist, dass mit ein bisschen Rein und Raus jede Frau kommen könne.

8

Ich stehe gerade im Badezimmer und putze mir die Zähne, als es an der Wohnungstür klopft. Verdattert starre ich mein Spiegelbild an, aber ich habe mich nicht verhört. Irgendwer klopft an die Wohnungstür. Da, schon wieder. Ganz eindeutig ist da ein Geräusch.

Rasch kontrolliere ich, ob ich noch Zahnpastaspuren am Mund habe und laufe dann zur Tür, um sie zu öffnen. Mit einem Schwung reiße ich sie auf. Keine Ahnung, mit wem ich gerechnet habe, aber sicherlich nicht mit einer mir wildfremden Frau, die barfuß und nur in Pants und einem Karohemd, unter dem sie ein weißes Tanktop zu tragen scheint, bekleidet vor mir steht.

»Ähm, ja bitte?«, entfährt es mir umgehend, als ich sie genauer betrachte.

»Oh! Du bist ja gar nicht Leah. Hi. Sorry für die frühe Störung, aber hast du vielleicht Zucker? Mein Kerl bekommt seinen Kaffee nur so runter und es ist nichts mehr im Haus.«

Immer noch sichtlich irritiert blicke ich die junge Frau

an, aber warum sollte ich ihr nicht behilflich sein. Und so zucke ich mit den Schultern und sage: »Ich denke ja, klar. Moment.«

Ich drehe mich um, um zurück in die Küche zu gehen, als ich wahrnehme, dass die junge Frau mir wie selbstverständlich in die Wohnung folgt. Unbemerkt ziehe ich eine Augenbraue hoch und rede mir ein, dass ich sie im Notfall überwältigen könnte, würde sie versuchen, mich zu überfallen.

»Wohnst du hier?«, höre ich sie hinter mir sagen. »Ich hatte Leah erwartet. Habt ihr jetzt eine WG aufgemacht? Ich habe dich hier noch nie gesehen. Ist Leah nicht da?«

Statt erst einmal eine Antwort von mir abzuwarten, gehört sie wohl zu den Frauen, die wie ein Wasserfall reden.

Während ich die oberen Schränke in Leahs Küche öffne, um nach dem Zucker zu suchen, macht es sich die Unbekannte auf einem der Hocker an der Kücheninsel bequem. Entweder geht sie hier bei Leah ein und aus und fühlt sich daher wie zu Hause, oder sie gehört zu den stumpfesten Kreaturen, denen ich je begegnet bin.

»Ich bin Saoirse«, stelle ich mich vor und entdecke endlich die Dose, auf der Zucker steht. »Ich bin Leahs Cousine und bin für drei Wochen hier zu Besuch und hüte Leahs Wohnung. Sie ist geschäftlich unterwegs.«

»Freut mich! Ich bin Madison.«

Als ich mich zu ihr umdrehe, blickt sie mich mit einem herzlichen Lächeln an und ich habe keinen Grund, ihre offene Art anzuzweifeln.

»Bist du ganz allein hier?«

»Jep«, erwidere ich knapp und mache mich auf die

Suche nach einem kleinen Döschen, um Madison ein bisschen von dem Zucker abzufüllen. »Ganz allein.«

»Und was machst du dann hier den ganzen Tag so? Doch sicherlich nicht nur in der Wohnung hocken, oder? Was hast du alles geplant?«

Wieder diese Salve an Fragen. Innerlich muss ich lachen, denn in meinem Beruf bin ich Fragen zwar auch gewohnt, jedoch erfolgen die sichtlich anders.

»Leah hat ein bisschen was für mich geplant, damit ich mich nicht langweile. Ich war zwar schon einige Male in London, aber nie allein. Ich bin quasi noch im Entdeckermodus. Mal sehen, was ich noch so anstelle.«

»Triffst du dich mit Freunden? Hast du überhaupt Freunde in London? Ach herrje, wie klingt die Frage denn? Bitte entschuldige. Ich hatte noch keinen Kaffee. Also nicht, dass du denkst, ich würde denken, du hättest keine Freunde. Entschuldige.«

Jetzt muss ich lachen, denn über Madisons Gesicht huscht ein entsetzter Ausdruck. Außerdem wirkt sie auf mich, als hätte sie schon mindestens drei Espresso zu viel gehabt.

»Alles gut. Habe ich schon nicht so verstanden. Und die Antwort ist nein. Außer Leah kenne ich in London niemanden.«

»Oh, das müssen wir ändern!« Madison springt auf und klatscht in die Hände.

»Müssen wir?«

»Aber ja! Das geht doch nicht, dass du hier in London vereinsamst.«

Habe ich gesagt, dass ich einsam bin?

»Ich bin gar nicht einsam«, sage ich zu meiner

Rettung, aber Madison lässt mich kaum zu Wort kommen. Sie geht auf mich zu und nimmt mir die Dose mit dem abgefüllten Zucker ab. Dann zeigt sie mit dem Zeigefinger auf mich.

»Wir haben ein Date. Heute Abend. Was hältst du davon, wenn wir etwas zusammen trinken gehen? Ach, was frage ich. Ich formuliere um. Wir zwei gehen heute Abend etwas zusammen trinken. Treffen um halb acht in der Lobby? Komm, sag ja!«

Ich ziehe eine Augenbraue hoch und mustere die leicht bekleidete, mir bis vor wenigen Augenblicken noch völlig fremde Frau, die in Leahs Wohnung steht.

»Habe ich eine andere Wahl? Du klingst sehr überzeugend.«

»Perfekt! So muss das sein! Bis später, Saoirse. Ich freu mich. Ach, und zieh was Nettes an. Dann finden wir dir auch einen Kerl und du bist den Rest deines Urlaubs beschäftigt.«

Noch bevor ich wirklich reagieren und antworten kann, ist Madison raus aus der Wohnung und ich schließe immer noch völlig verdattert die Eingangstür hinter ihr.

Erst jetzt fällt mir auf, dass ich überhaupt keine Kontaktdaten von ihr habe. Herrje, so wurde mir gerade auch die Chance genommen, die Verabredung abzusagen und ihr vorzugaukeln, ich hätte tierische Kopfschmerzen und könnte nicht vor die Tür. Wunderbar.

Mein Blick fällt auf Leahs Memoboard mit den Zetteln, das dicht neben der Tür ist, und ich schüttle den Kopf. Nicht mit mir heute. Zwei Aktionen pro Tag, die mich überfordern könnten, ertrage ich nicht. Außerdem sind es nur sieben Zettel und ich bin drei Wochen hier. Es ist also bestimmt okay, wenn ich einen Tag aussetze, beziehungsweise nach hinten verschiebe.

Der Tag hat noch nicht einmal richtig angefangen und ich spüre jetzt schon eindeutig zu viel Aufregung für diese Uhrzeit. Bin ich jemals allein ausgegangen? Oder mit einer mir völlig fremden Person? Die Antwort ist leicht gefunden. Nein!

Ich habe keine Ahnung warum, aber Leahs Idee, mich auf »Heart(br)ok(en)« auszutoben, entpuppt sich als Glücksgriff. Auch wenn ich eher der introvertierte Typ bin, habe ich zu Hause immer Menschen um mich herum, und es vergeht kaum ein Tag, an dem ich nicht mit anderen im Gespräch bin – natürlich auch berufsbedingt. Das fehlt mir hier gewaltig. Ich scheine mir also ein anderes Ventil zu suchen. Irgendwie tut das gut.

Ich logge mich auf der Seite ein und zu meiner Überraschung gibt es wieder jemanden, der meinen letzten Beitrag geliked hat. Dieses Mal ist ihr Username zu erkennen und so weiß ich jetzt, dass Tatyana mit mir übereinstimmt. Ich fühle mich wunderbar.

Plötzlich werde ich stutzig, denn es gibt tatsächlich sogar einen Kommentar auf meinen letzten Beitrag von gestern. Gespannt halte ich die Luft an und fliege über die Zeilen, die *NoStringsinLondon* gepostet hat. Sekunden später höre ich mich selbst laut »Nicht sein Ernst« sagen. Das hat er nicht wirklich gepostet. Wieder und wieder lese ich seine Antwort und kann nicht glauben, was ich da sehe.

WIE WÄRE ES, WENN FRAU AUCH MAL LERNEN WÜRDE, WIE MAN anständig kommuniziert, was ihr im Bett gefällt? Wir können nicht hellsehen und außerdem macht das Rein und Raus nicht sonderlich Spaß, wenn sie da liegt wie ein Brett. Kein Wunder, dass es uns zu den Frauen treibt, die ihre Sinnlichkeit leben und lieben. – NoStringsinLondon

ES MAG JA VIELLEICHT SEIN, DASS *NOSTRINGSINLONDON* recht damit hat, dass Kommunikation auch im Bett das A und O ist, aber muss er das so platt ausdrücken? Männer.

Bevor ich mich noch weiter darüber aufrege, tippe ich eine Antwort.

WIE WÄRE ES, WENN MANN AUCH MAL LERNEN WÜRDE, UNS Frauen ein gutes Gefühl zu geben, dass wir eben genau das dürfen? Es gibt leider zu viele Typen, die Unverbindlichkeit leben und denen die schnelle Nummer wichtiger ist als gemeinsames Erfahren von Lust und die Kommunikation darüber. – Miss S

ÜBERRASCHENDERWEISE DAUERT ES KEINE ZWEI MINUTEN, DA postet *NoStringsinLondon* eine Antwort. Wie auch immer er auf meine Seite gekommen ist, er scheint bereit für eine Diskussion.

NIEMAND HAT BEHAUPTET, DASS LUST NICHT IN DER Unverbindlichkeit erlebt werden kann. Wie mir scheint, Miss S., hast du da noch Erfahrungen nachzuholen. #idareyou - NoStringsinLondon

. . .

PFFFF … DU TRAUST DICH JA NICHT. ICH WERDE MICH HIER sicherlich nicht mit so einem Kommentar herausfordern lassen. Allerdings hat der werte Herr es geschafft, dass ich beginne, über eine Sache nachzudenken. Nicht nur, weil mich seine Aktivität dazu veranlasst, sondern auch die Einladung von Madison.

Ich öffne einen neuen Beitrag und beginne darüber zu erzählen, dass ich heute spontan von jemandem, mir bisher völlig Fremden, zu gemeinsamen Drinks eingeladen worden bin. Es kann doch nicht sein, dass ich die Einzige bin, die so etwas noch nie gemacht hat.

Zum Abschluss meines Beitrages tippe ich folgende Frage, bevor ich den Rechner ausmache und mit einer neuen Mission in Richtung Leahs Ankleidezimmer stiefele:

Wann habt ihr das letzte Mal etwas zum ersten Mal gemacht?

9

S: Sag mal, wäre es okay, wenn ich deinen Kleiderschrank plündere? Ich bin verabredet.

Es dauert natürlich wieder keine drei Minuten, bis mich eine Antwort von Leah erreicht. Sie scheint also nicht auf dem Klo zu sitzen.

L: Du hast ein Date? NICHT DEIN ERNST! Das ging ja flott. Ja, natürlich. Bediene dich. Mein Kleiderschrank ist dein Kleiderschrank.

War klar, dass Leah sofort so etwas vermutet. Und wie sie sich freut. Herzallerliebst.

. . .

S: Kein Date. Ich wurde von Madison eingeladen. Ich glaube, ihr kennt euch?

L: Ah ja. Madison ist nett. Da wirst du viel Spaß heute Abend haben. Ich habe leider nicht viel Zeit zu schreiben, aber du darfst anziehen, was du möchtest. Erzähl mir später einfach davon! Viel Spaß!

Wie herrlich erfrischend Leah immer ist. Als wäre es das Normalste von der Welt, mit wildfremden Leuten auszugehen. Okay, wahrscheinlich ist es das für Leah auch und nur ich mache mir hier einen Kopf.

Ich stehe also bestimmt gefühlt zehn Minuten vor der geöffneten Kleiderschranktür und starre auf das, was sich mir präsentiert. Dass Leah viele Klamotten besitzt, war mir klar, aber dass dieser riesige Schrank, der über die komplette Zimmerbreite geht, bis oben randvoll ist, habe ich nicht erwartet. Vor allem nicht, weil es an der Wand an der anderen Seite des Raumes noch einen großen Kleiderschrank gibt. In dem befinden sich jedoch nur Mäntel und Jacken.

Ich habe keine Ahnung, was man zum Ausgehen in London anzieht. Und noch weniger habe ich Ahnung davon, wo Madison mit mir hinwill. Keine gute Voraussetzung, wenn es um die passende Outfitwahl geht. Dass meine Outfits auf jeden Fall nicht sonderlich londontauglich sind, zumindest für den Abend, steht außer Frage.

Plötzlich überkommt mich eine verrückte Idee. Was, wenn ich mich einfach mal sexy und somit völlig untypisch für mich kleide? Schließlich kennt mich hier niemand und hey, steht heute nicht sowieso alles unter dem Motto *Wann habe ich das letzte Mal etwas zum ersten Mal gemacht?*

Ich habe mich zumindest noch nie in einer fremden Stadt aufreizend gekleidet und bin etwas trinken gegangen. Wenn ich es schaffe, nicht vorher schon völlig panisch in Ohnmacht zu fallen, könnte das funktionieren. Auf jeden Fall werde ich mit großer Wahrscheinlichkeit niemanden von den Menschen wiedersehen, die mir heute Abend begegnen könnten.

Mit jedem Kleidungsstück, das ich aus dem Schrank ziehe, verfestigt sich mein Plan mehr und nach einiger Zeit blicke ich auf mein Ergebnis. Vor mir liegt ein schwarzes Cocktailkleid in Midi-Länge, das oben am Hals geschlossen ist, dafür aber mit einer interessanten Rücken- und Schulterpartie überzeugt. Das Bein ist hochgeschlitzt und wahrscheinlich werde ich mir in den schwarzen Heels, die ich dazu rausgesucht habe, die Hacken brechen. Wie heißt es so schön? Wer schön sein will muss leiden. Gott sei Dank scheint Leah fast zu jedem Outfit die passende Handtasche zu haben und so entscheide ich mich für eine elegante schwarze Handtasche von YSL mit goldenem Logo und Kette. Na, wenn das Outfit nicht typisch London schreit, dann weiß ich es auch nicht.

~

Es ist kurz vor halb acht abends, als ich aus dem Aufzug in die Lobby trete und mich umschaue. Von Madison ist noch nichts zu sehen und als mein Blick auf die Spiegelfläche zu meiner Linken fällt, erkenne ich mich selbst kaum wieder.

Nach einer gefühlten Ewigkeit im Bad, haarsträubenden Frustmonologen mit dem Glätteisen und meinem Make-up habe ich es geschafft, meine Haare zu bändigen und mich für den Abend fertig zu machen. Jetzt fallen meine braunen Haare in sanften Locken über meine Schultern und ein zarter Glow ziert meine Wangen. Ich habe die Augenpartie stärker in Braun- und Goldtönen betont und die Lippen nudefarben gelassen. Tatsächlich fühle ich mich wohl, wer hätte das gedacht?

»Oh, wo soll es hingehen?«

Überrascht drehe ich mich in die Richtung, aus der die Stimme kommt und natürlich, wie war es anders zu erwarten, steht mein selbstverliebter Nachbar Cole an den Briefkästen, die sich für jedes Apartment hier unten in der Lobby befinden. Wenigstens ist er heute mal vollständig angezogen. Premiere.

Völlig unverfroren lässt er seinen Blick über meinen Körper wandern und tut dies mehr als nur ein bisschen offensichtlich. Wenn ich es nicht besser wüsste, könnte man glatt meinen, er zöge mich mit seinen Augen aus.

»Ich bin verabredet«, sage ich daher schnell, um mich möglichst zügig aus dieser Situation zu befreien. Mein werter Herr Nachbar scheint nicht zufrieden mit der Antwort, er verzieht seinen Mund zu einem viel zu gut aussehenden Grinsen.

»Das beantwortet meine Frage nicht.«

Warum bloß muss seine Stimme so sinnlich und rau sein? Mein Gefühl sagt mir, dass ich ihn nur richtig anschauen müsste, um Schnappatmung zu bekommen, aber den Gefallen tue ich ihm nicht.

»Also?«

Nicht drauf eingehen, Saoirse. Nicht drauf eingehen.

»Mir scheint, da hat jemand Geheimnisse.«

Ich stoße die Luft aus und fahre dann doch zu ihm herum. Ich nehme Blickkontakt mit meinem selbstverliebten Nachbarn auf Zeit auf. Definitiv der schlimmste Fehler, den ich begehen konnte, denn Cole schaut mich eindringlich an und ich vergesse für einen Moment, warum ich genervt bin. Warum fühlt es sich bitte so an, als würde sein Bick über mein Gesicht streicheln?

»Ich habe keine Geheimnisse, aber mir ist jetzt nicht nach Smalltalk.«

Statt sauer zu reagieren, verzieht sich Coles Mund zu einem Lächeln, das seine Grübchen zum Vorschein bringt und mich nahezu schachmatt setzt.

Himmel, hat dieser Kerl sinnliche, volle Lippen.

Aus dem Augenwinkel nehme ich wahr, wie Louis zu uns schaut und sich anschließend in Bewegung setzt. Schlendernd kommt er auf uns zu.

»Saoirse, da sind Sie ja.« Sein Blick wechselt zwischen mir und Cole hin und her. »Ich habe eine Nachricht für Sie von Madison. Sie musste schon los und erwartet Sie da. Ich soll Sie in ein Taxi setzen und Sie zu ihr schicken.«

Binnen Sekunden wird mir ganz anders. So selbstsicher ich mich noch vor einer Minute gefühlt habe, so unsicher fühle ich mich plötzlich. Ich spüre, wie mich der Mut verlässt und ich schlucke. Soll ich allein in den Club? Oder in die Bar, die Madison für uns ausgewählt hat? Ich weiß doch gar nicht wohin. Tatsächlich gehöre ich sogar zu den Menschen, die lieber vor einem Café oder einem Restaurant auf die Verabredung warten, statt allein reingehen zu müssen. Und jetzt soll ich das Ganze hier in London machen? Es war eine ganz bescheidene Idee, dem Abend mit Madison zuzustimmen. Wobei, wenn man es genau nimmt, hat sie mir ja nicht wirklich eine Chance gelassen, Einspruch einzulegen.

Louis scheint mir meine Bedenken nicht anzumerken. Stattdessen fährt er fort:

»Ich rufe Ihnen ein Taxi und gebe Ihnen Bescheid, sobald es da ist. Warten Sie gern hier in der Lobby, das dauert nicht lang.«

Stumm und mehr als nur ein bisschen überfordert nicke ich und beobachte, wie er wieder zu seinem Concierge-Tresen geht.

Ich zucke zusammen, als ich Coles Körper dicht neben mir wahrnehme. Seine warme Stimme dringt an mein Ohr.

»Du wirst jetzt doch wohl nicht auch nur eine Sekunde daran denken, dieses unsagbar reizende Outfit nicht auszuführen. Untersteh dich.«

Irritiert blicke ich ihn an. Kann Cole Gedanken lesen?

Seine Augen sind auf mich gerichtet und er mustert mich. Ich habe mir sämtliche Mühe gegeben, dass man mir meine Unsicherheit nicht ansieht, aber auf Cole scheint das nicht zu wirken. Aufmerksam halten mich seine Augen förmlich im Griff.

»Ich, ähm …«

Weiter komme ich nicht, denn da ruft Louis bereits zu mir rüber: »Das Taxi ist da. Kommen Sie, Saoirse.«

Noch immer zögere ich, doch dann spüre ich Coles Hand auf meinem Rücken.

»Los«, höre ich ihn raunen und langsam setze ich einen Fuß vor den anderen, während ich mich von Cole zum Ausgang leiten lasse.

»Ich übernehme.« Louis tritt hinter seinem Tresen hervor, doch hält umgehend in der Bewegung inne, als Cole abwehrend seine linke Hand hebt.

»Nicht nötig. Ich geleite Saoirse nach draußen und sorge dafür, dass sie sicher ins Taxi kommt.«

Trotz meiner Unsicherheit entgeht mir nicht, dass sich Louis kurz versteift, dann aber zustimmend nickt und nicht weiter auf mich zukommt. Cole hat sprichwörtlich sein Revier markiert. Wäre ich eine Frau, der so ein Gehabe imponiert, würde ich mich wahrscheinlich noch mehr nach hinten lehnen, um seine Hand stärker zu spüren, aber gerade in diesem Moment bin ich viel zu sehr damit beschäftigt, mir nicht vor Unsicherheit in die Hose zu machen. Herrje, es ist nur eine Taxifahrt zu einer Bar, in der du noch nie warst, und wo du bereits erwartet wirst. Was soll schon passieren?

Wie angekündigt parkt das schwarze Taxi vor dem Gebäude und Cole öffnet mir die Wagentür, damit ich Platz nehmen kann. Ich rutsche auf die Rückbank des Autos und atme tief durch. Aussteigen wäre jetzt mehr als nur ein bisschen blöd und außerdem sähe es sehr bescheiden aus, würde ich auf der anderen Seite wieder aus dem Taxi springen.

»Viel Spaß«, sagt Cole und nickt mir zu, bevor er die Tür schließt. Dann lehnt er sich zum Fahrer und stützt sich kurz in dessen geöffneten Fenster ab.

»Bitte bringen Sie die Dame zum *Cocktail Club* in der Great Portland Street.«

Der Fahrer nickt und Sekunden später setzt sich das Taxi bereits in Bewegung. Ich lehne mich auf der Rückbank zurück in den Sitz, nur um mich im nächsten Moment wieder ruckartig aufzusetzen. Woher weiß Cole, wo ich hinmuss? Ich habe nicht mitbekommen, dass Louis ihm in der Lobby die Adresse genannt hat. Ich drehe mich um und starre aus dem Rückfenster. Dort, wo Cole noch vor einem Augenblick gestanden hat, ist niemand mehr zu sehen.

10

Ich weiß nicht, was ich erwartet habe, aber als das Taxi an der Great Portland Street vor dem *Cocktail Club* anhält, staune ich nicht schlecht. In meinem Kopf sah die Cocktailbar, zu der mich Madison bestellt hat, irgendwie anders aus.

Vielleicht liegt es daran, dass es in Whitewall andere Locations als diese hier gibt, aber ich habe mich gedanklich auf eine simple Bar eingestellt, die die Gäste an der Tür bereits mit einer großen Getränkekarte begrüßt und die vereinzelt Stehtische vor dem Eingang platziert hat, damit auch draußen ein paar Cocktails genossen werden können.

Vor dem gesamten Eingang liegt ein schwarzer Teppich aus, den abwechselnd Pflanzenkübel und Lichtstrahler zieren. Es gibt die Möglichkeit, auch draußen Cocktails zu trinken, doch neben den Stehtischen, die ich erwartet habe, sind einladende Lounge-Möbel mit hellen Polstern aufgebaut. Um die Gäste vor neugierigen Blicken etwas abzuschirmen, gibt es eine zusätzliche Abgrenzung durch kleine Palmen.

Neben der Eingangstür steht ein Security, der zwar niemandem den Zutritt zu verwehren scheint, aber trotzdem auf eine entsprechende Garderobe und passendes Auftreten achtet. Die großen Fensterfronten sind teilweise geöffnet und Livemusik dringt nach außen. So viel höre ich selbst im Taxi.

Ich bezahle den Fahrer, der mir beim Aussteigen viel Vergnügen wünscht und Augenblicke später düst er bereits weiter in den Abend.

Das wird also mein erster Ausflug in das Londoner Nachtleben im Alleingang. Zumindest in Teilen, denn wenn alles mit rechten Dingen zugeht, müsste Madison mich drinnen erwarten.

Ich hole tief Luft und straffe die Schultern. Von außen sieht die Bar nicht so riesig aus, sodass ich die Hoffnung noch nicht ganz verliere, Madison zügig zu finden. Kaum auszudenken, müsste ich mich durch einen riesigen Club schieben und Tanzfläche um Tanzfläche absuchen. Eine Cocktailbar schaffe ich.

Der Security lächelt mir freundlich zu, als ich auf ihn zutrete. Natürlich spüre ich seinen Blick auf mir, als er mein Outfit begutachtet, aber ich weiß, dass ich passend gekleidet bin und erwarte daher keine böse Überraschung. Er hält mir die Tür auf.

»Willkommen bei uns«, sagt er einladend. »Es ist sehr voll heute Abend, da wir Livemusik haben, aber wenn du ein Stück weiter reingehst, müsstest du definitiv noch einen freien Platz finden.«

»Danke«, antworte ich, drücke meine Handtasche etwas fester unter den Arm und schiebe mich an ihm vorbei. Dann lasse ich meinen Blick durch den Raum schweifen.

Irgendwie hatte ich gehofft, Madison würde mir sofort am Eingang um den Hals fallen, aber von ihr fehlt weit und breit jede Spur. Für einen Moment bin ich abgelenkt, denn der *Cocktail Club* hat wirklich einen interessanten Aufbau. Zu meiner Überraschung ist der Raum recht groß. Über die gesamte rechte Seite erstreckt sich die lange Bar, an der hektisches Treiben herrscht. Mindestens zehn Barkeeper wuseln dahinter umher, nehmen Bestellungen entgegen und mixen Getränke. Es sieht so aus, als wäre die Bar in eine Höhle gebaut, was natürlich nur fake ist, jedoch der Atmosphäre keinen Abbruch tut. Eine interessante Lichtinstallation gibt der Szene zusätzlich eine coole Stimmung.

Der Bereich vor der Bar teilt sich in zwei Sektionen. Während der vordere, mehr zur Tür liegende Teil, mit Tischen versehen ist, schließt sich dahinter die Tanzfläche samt Bühne an, auf der gerade eine Band spielt. Und das absolut nicht schlecht.

Die Stimme der Sängerin ist kräftig und erinnert ein kleines bisschen an Melissa Etheridge. Bei den leiseren Tönen hat sie aber auch verdammt etwas von Billie Eilish. Was eine krasse Klangfarbe.

Ich recke den Kopf und versuche auszumachen, wie die Frau wohl aussehen mag, die so eine Stimme hat. Ich staune nicht schlecht, als ich die Sängerin erkenne. Keine Geringere als Madison steht auf der Bühne und performt ihre Version von *No Roots*.

Fasziniert schiebe ich mich an den Sitztischen vorbei und finde tatsächlich ganz in der Ecke an der Bühne einen leeren Stehtisch, den ich anpeile. Ich stelle meine Handtasche ab und greife nach der Getränkekarte, die vor mir auf dem Tisch liegt. Es ist schon eine Weile her, dass ich Cocktails getrunken habe, aber dann fällt meine Wahl auf einen *Kombuyakasha*. Die Mischung aus Hibiskus, Passionsfrucht und Tequila klingt spannend und aufregend. Ich weiß, dass ich bei Tequila aufpassen muss, aber ein Cocktail wird mich schon nicht gleich aus der Bahn werfen.

Es dauert nicht lang und der Kellner stellt mir das Getränk vor die Nase. Herrlich. Vorsichtig nippe ich an dem Cocktail und sofort gefällt mir, was ich bestellt habe. Dann nehme ich wahr, wie die Musik wechselt und Madison stimmt *Rumour has it* von Adele an. Das ist eins meiner Lieblingslieder. Ich beginne, im Takt der Musik zu wippen, und stelle zu meiner Freude fest, dass Madison mich entdeckt hat. Während des Songs winkt sie zu mir und ich hebe meinen Cocktail zum Gruß. Keine Ahnung, ob es an dem Cocktail liegt oder daran, dass ich weiß, dass ich gleich nicht mehr allein bin, aber ich bringe etwas Abstand zwischen mich und den Tisch und bewege mich im Rhythmus der Musik. Früher bin ich unheimlich gern tanzen gegangen und ich frage mich, warum ich das all die Jahre nicht mehr getan habe. Gut, nach der Arbeit bin ich einfach müde vom Tag, aber wie herrlich es ist, zu guter Musik zu tanzen, wird mir innerhalb weniger Augenblicke wieder bewusst. Kurze Zeit später ist der Song vorbei und der Applaus um mich herum ist Beweis genug dafür, dass es die Band wirklich draufhat. Madison kündigt eine kurze Pause durch das Mikrofon an und steht Augenblicke später auch schon vor mir am Tisch.

»Saoirse, da bist du ja! Wie wunderbar, dass du hergefunden hast.«

Ich lache. »Das hat der Taxifahrer so gerade noch auf die Kette bekommen.«

Sie zwinkert mir zu. »Tut mir leid, dass ich nicht auf dich warten konnte, aber ich hatte völlig vergessen, dass wir heute etwas früher mit unserem Set starten.«

»Gar kein Problem. Ich habe es auch allein geschafft.«

Dass ich dabei aber zumindest erst einen imaginären Tritt in den Hintern von meinem selbstverliebten Nachbarn auf Zeit gebraucht habe, verschweige ich ihr.

»Ich muss zugeben, du hast eine hammermäßige Stimme. Sehr cool.«

»Danke«, antwortet Madison und strahlt dabei über das ganze Gesicht. »Freut mich, dass es dir gefällt. War eine Weile recht dürftig mit den Auftritten, aber jetzt läuft es Gott sei Dank wieder richtig gut.«

»Das freut mich für dich. Trittst du hier regelmäßig auf?«

»Aktuell ja.« Sie nickt und signalisiert dem Kellner, dass er ihr etwas zu trinken bringen soll. »Wir haben momentan zwei Gigs pro Woche. Das Publikum ist megadankbar und die Bezahlung gut. Und die Getränke sowieso. Ich hoffe, du bist bereit, dich durch die Karte zu probieren? Die Getränke gehen heute Abend selbstverständlich auf mich. Ich habe dem Kellner gerade schon Bescheid gesagt.«

»O Gott«, stoße ich prustend aus und halte mir theatralisch die Stirn. »Ich bin doch nichts mehr gewohnt. Noch zwei Cocktails und ich tanze auf den Tischen.«

»Ach, es gibt Schlimmeres.« Madison lacht und winkt einem ihrer Bandmitglieder zu, der auf die Uhr an seinem Handgelenk deutet.

»Musst du schon wieder auf die Bühne?«, erkundige ich mich, doch Madison schüttelt mit dem Kopf.

»Nein, ich habe noch knapp zehn Minuten. Nach dem

nächsten Set haben wir eine größere Pause, diese ist nur fünfzehn Minuten lang. Ich kann dich doch so lang noch allein lassen?«

»Aber klar«, beruhige ich sie und bin über mich selbst überrascht. Normalerweise hätte es mich gestört, dass wir zwar verabredet sind, sie aber nicht wirklich Zeit für mich zu haben scheint, doch irgendwie macht es mir gerade nichts aus.

»Ich freue mich wirklich, dass du hier bist, Saoirse. Sag an, wie gefällt dir London bisher? Genießt du deine Zeit?«

Ich nehme einen großen Schluck von meinem Cocktail und überlege für einen kurzen Moment. Dann nicke ich.

»Tatsächlich lebe ich mich so langsam ein. Aber ich muss mich noch daran gewöhnen, allein etwas zu unternehmen. Da bin ich normalerweise nicht der Typ für.«

»Echt? Das hätte ich jetzt nicht gedacht. Dafür hast du hier gerade schon sehr sexy mit einem scharfen Hüftschwung getanzt. Das erwartet man nicht von einer Frau, die sich unsicher ist, allein etwas zu unternehmen.«

Ich bin froh, dass das Licht in der Bar etwas gedimmt ist, sodass Madison nicht auf direktem Blick erkennen kann, dass ich leicht erröte.

»Na ja, so sexy war das jetzt auch nicht«, versuche ich die Sache runterzuspielen.

»Auf jeden Fall sah es so aus, als hättest du Spaß. Den Hüftschwung teilst du dir mit deiner Cousine.«

Ich ziehe eine Augenbraue hoch und blicke Madison fragend an.

»Komm, als wüsstest du nicht, dass Leah weiß, wie sie ihr Leben genießen muss.«

Unwillkürlich muss ich grinsen. »Daran habe ich nie gezweifelt.«

»Ich muss zugeben, dass ich sie echt ein bisschen beneide. Ich meine, ich erlebe auch viel, allein schon durch die Auftritte, aber Leah lebt echt ein cooles Leben. Das Magazin, ihre Reisen. Die Männer, die sie überall trifft. Sie hat immer eine hammermäßige Zeit. Gerade auch schon wieder. Ich bin großer Fan ihres Instagramaccounts und auch das, was sie auf Twitter postet, lese ich leidenschaftlich gern.«

Ich folge meiner Cousine zwar auch auf besagten Social Media-Kanälen, aber im Gegensatz zu Madison sehe ich ihre Posts wohl nicht als Evangelium an. Was unter anderem auch daran liegen mag, dass ich mir selbst aus Social Media nicht ganz so viel mache.

»Gerade heute wieder hat sie einen voll coolen Link gepostet. Ich meine, ich habe zwar gedacht, dass niemand mehr wirklich bloggt, aber diese Seite könnte echt einschlagen.«

Überrascht spitze ich die Ohren. »Diese Seite?«

»Ja!« Madison greift hinter sich und zieht ihr Telefon aus der Hosentasche. »Hier, schau mal. Das ist der Link zu so einem neuen Blog, noch total im Aufbau. Wie ich das verstanden habe, hat die Bloggerin den gestartet, um Frauen Ratschläge zu geben und um sich selbst ein bisschen zu therapieren. Eigentlich nichts Neues, aber irgendwie hat sie eine interessante Sichtweise auf die Dinge. Ich sage nur: Orgasmus vortäuschen.«

Als Madison mir ihr Handy unter die Nase hält, staune ich nicht schlecht. Da ist Leahs Twitteraccount und unter dem Motto *Frauen helfen Frauen* hat sie den Blog verlinkt, den sie für mich eingerichtet hat. Ich schlucke und weiß für einen Moment überhaupt nicht, wie ich reagieren soll. Noch bevor ich sehen kann, ob Leute ihren Beitrag kommentiert haben, zieht Madison ihr Handy zurück und deutet auf die Bühne.

»Ich muss los. Ich spiele jetzt sechs Songs und dann gehöre ich dir für etwas länger. Du bleibst doch noch, oder?«

Ich nicke. »Ja«, presse ich dann hervor und merke, dass mir heiß und kalt zugleich ist. Leah hat den Link zu meinem Blog gepostet. Jetzt wissen die Leute von mir. Was, wenn sich alle über mich naives Ding lustig machen? Mich in der Luft zerreißen?

»Alles okay, Saoirse? Du siehst aus, als hättest du einen Geist gesehen.« Besorgt blickt Madison mich an. »Hast du den Alkohol nicht vertragen?«

»Doch, alles gut bei mir. Mir ist nur eingefallen, dass ich mal ganz dringend telefonieren muss. Ich verspreche dir, ich verpasse maximal zwei Songs, dann bin ich wieder da.«

»Einverstanden«, ruft Madison gut gelaunt und ist schon halb auf dem Weg zur Bühne, bevor sie sich noch einmal umdreht. »Ich will den sexy Hüftschwung wieder sehen. Keine Widerrede!«

Ich sehe ihr nach, wie sie sich den Weg durch die Menge bahnt, während ich die Augen verdrehe und den Kopf schüttle. Ihre Antwort ist ein herzliches Lachen und Augenblicke später ist sie wieder in ihrem Element und kündigt den nächsten Song an.

Ich greife nach meinem Cocktail und leere ihn in einem kräftigen Zug. Dann seufze ich. Irgendwie muss ich

Leah in die Finger bekommen und sie fragen, ob sie von allen guten Geistern verlassen ist. Ich drehe mich um, doch bevor ich auch nur einen Schritt vom Tisch machen kann, steht plötzlich jemand vor mir.

»Wohin des Weges? Du willst doch nicht etwa schon gehen?«

Ich blicke hoch und mir wird ein strahlendes Lächeln geschenkt. Der Typ vor mir ist größer als ich. Er hat dunkelbraune Haare, strahlend blaue Augen und sieht ein bisschen aus wie die erwachsene Version von Harry Styles. Während er mich anlächelt, erscheint auf seiner Wange ein sexy Grübchen.

Oh, oh. Gefährlich.

»Ich muss telefonieren«, presse ich hervor, doch bin auf magische Art und Weise auf der Stelle festgenagelt.

»Ich finde, das kannst du auch später noch tun. Ich würde gern etwas mit dir trinken. Und vielleicht auch eine Runde mit dir tanzen. Ich habe dich eben beobachtet. Ich weiß, das klingt schrecklich abschreckend, aber du hast dabei echt gut ausgesehen.«

Ich bin solche Komplimente nicht gewohnt und erröte. Ich kann nur hoffen, dass es nicht so aussieht, als würde ich ihn anstarren.

»Du bist süß, wenn du rot wirst«, höre ich ihn sagen und frage mich, ob alle Männer in London so mutig sind. Für zwei Menschen, die sich noch nie begegnet sind, stehen wir verdammt dicht voreinander. So dicht, dass ich sein Aftershave riechen kann. Er riecht gut. Männlich. Vielleicht ein wenig zu aufdringlich, aber seine nette Art macht den leicht dominanten Duft wieder wett. Dann streckt er mir die Hand entgegen.

»Wie unhöflich von mir. Wo sind meine Manieren. Ich bin Reed.«

»Freut mich. Ich bin Saoirse«, antworte ich und nehme seine Hand. Sie ist warm und umhüllt meine komplett.

»Hast du irische Wurzeln? Du bist die erste Saoirse, die ich kennenlerne. Ich wette, es gibt unzählige Leute, die deinen Namen falsch aussprechen?«

Instinktiv muss ich lachen, denn tatsächlich habe ich bereits mehr als einmal den Leuten erklären müssen, wie man meinen Namen ausspricht.

»Meine Urgroßmutter kam aus Irland. Von ihr habe ich auch den Namen. Und natürlich habe ich schon die abenteuerlichsten Varianten meines Namens gehört. Aber ich mag ihn, von daher macht mir das nichts aus.«

»Er klingt auch klasse«, stimmt Reed mir zu und ich nehme wahr, dass ich immer noch seine Hand halte. Dann fällt mir auf, dass der Drang, Leah anzurufen, gerade in diesem Moment nicht mehr sonderlich groß ist. Schließlich kann ich ihr auch noch in einer Stunde die Meinung geigen.

»Also? Trinken wir noch etwas, oder möchtest du tanzen?«

»Tanzen«, sage ich wie aus der Pistole geschossen, greife nach Reeds Hand und ziehe ihn hinter mir her auf die Tanzfläche. Aus dem Augenwinkel sehe ich, dass Madison mir zuwinkt und zustimmend nickt. Dann stimmt sie die ersten Takte von *Blurred Lines* an und binnen Sekunden zieht mich der Rhythmus der Musik in seinen Bann. Reed kann zu meiner Überraschung gut tanzen und wir grooven uns ein. Ich bewege mich zunehmend lasziver und verschmelze förmlich mit der Musik, lasse mich treiben.

Dabei achte ich aber darauf, genügend Abstand zu meinem Tanzpartner zu halten, damit das hier nicht ausartet. Meine Laune steigt von Moment zu Moment und ich mache mir keine Gedanken darüber, wie ich auf die Außenstehenden wirken könnte. Ich kann mich nicht daran erinnern, wann ich das letzte Mal mit Alec tanzen gewesen bin. Er war sowieso eher der Typ Mann, der am Rand der Tanzfläche gestanden und die anderen beobachtet hat. Für gewöhnlich hat er im Anschluss alles kommentiert und für den Fall, dass ich mich in seinen Augen einmal zu erotisch bewegt haben könnte, hat er mir das im Nachhinein immer direkt aufs Brot geschmiert.

Reed lässt mich nicht aus den Augen und irgendwann legt er seine Hand auf meine Taille und zieht mich näher zu sich. Obwohl er dabei äußert charmant ist, schüttle ich den Kopf, lasse die Hüften kreisen und baue wieder etwas Abstand zwischen uns auf.

»Wie wäre es mit einer kurzen Verschnaufpause?« Er schaut mich fragend an.

»Gern«, antworte ich und deute hinter mich. »Ich muss jetzt aber wirklich einmal kurz für kleine Mädchen. Du kannst schon einmal in der Getränkekarte schauen, was wir trinken können.«

»Ich kann uns auch etwas bestellen?«

»Das ist lieb, aber ich möchte gleich selbst gern noch einmal schauen«, erwidere ich rasch und hoffe, er versteht den Wink mit dem Zaunpfahl. Wenn ich eins weiß, dann das man seinen Drink nicht unbeaufsichtigt lässt.

»Ich bin gleich wieder da«, rufe ich und mache mich auf den Weg in Richtung der Toiletten, die in der Nähe des Eingangs sind.

Ich gehe die schmale Treppe zu den Toiletten runter und stelle dabei fest, dass die Bar noch voller geworden ist. Kein Wunder, denn die Cocktails schmecken wirklich gut und die Livemusik ist mehr als nur top. Tatsächlich fühle ich mich wohl, was vielleicht auch ein kleines bisschen an Reed liegen könnte. Welche Frau lässt sich nicht gern umgarnen? Komplimente tun immer gut.

Selbst die Toiletten in der Bar sind stylisch und besonders gut gefällt mir, dass man ausreichend Platz hat und sich nicht mit zig anderen Frauen um das Handwaschbecken drängen muss. Das Licht ist angenehm schmeichelnd und es riecht frisch und sauber. Da habe ich in meinem Leben schon deutlich schlimmere Clubtoiletten besucht.

Kurze Zeit später trete ich zurück auf den Flur und dann sehe ich ihn.

Cole.

Was macht er hier?

Ist er mir etwa gefolgt?

Er lehnt mit verschränkten Armen an der Wand und da er gerade nicht in meine Richtung blickt, kann ich kurz meinen Blick an ihm auf und ab wandern lassen. Er ist komplett schwarz gekleidet und wirkt einfach nur cool. Das muss man ihm lassen. Seine schwarze Röhrenjeans enden exakt auf der Kante seiner schwarzen Lederboots, sein schwarzes T-Shirt ist ein bisschen oversized und in der Hand hält er eine Lederjacke. Er gehört definitiv zu den Männern, die diesen Mono-Look tragen können und dabei einfach nur heiß aussehen.

Ich bin froh, dass er meine Gedanken nicht lesen kann.

Kann er doch nicht, oder?

Plötzlich dreht er den Kopf in meine Richtung und

blickt mich an. Keine Regung ist auf seinem Gesicht auszumachen, doch als ich auf ihn zugehe, stößt er sich von der Wand ab und stellt sich mir in den Weg.

»Saoirse«, raunt er und ich muss meinen Kopf anheben, um meinem Gegenüber in die Augen sehen zu können.

Großer Fehler.

Verdammt großer Fehler.

»Was machst du hier?«, presse ich hervor und stemme die Hände in meine Hüften.

»Das sollte ich vielleicht besser dich fragen«, erkundigt er sich und ich starre ihn ungläubig an.

»Wie bitte?«

»Wie mir scheint, hast du einen interessanten Abend mit anregenden Begegnungen.«

Ich hebe eine Augenbraue.

»Eifersüchtig?«

»Ich wüsste nicht, auf was«, antwortet er spöttisch und verschränkt erneut die Arme vor seiner Brust, was dazu führt, dass sich ganz deutlich die Muskeln abzeichnen und das Shirt über seiner Brust spannt.

Verdammt.

»Du vergisst, dass ich im Gegenteil zu dir niemand bin, der dauerhaft und lautstark Sex hat.«

Mist, wo kommt der Kommentar denn plötzlich her?

Coles Mund verzieht sich zu einem Grinsen.

»Ich weiß zwar nicht, wie du das wissen willst, aber sehr schade. Du verpasst was.«

»Mein Abend ist ja noch ein bisschen länger«, antworte ich, bemüht, möglichst gleichgültig und cool zu klingeln. Dann schiebe ich mich an ihm vorbei und kann nur im letzten Moment sehen, dass seine Augen zu Schlitzen werden.

»Saoirse«, brummt er, doch ich denke gar nicht dran, innezuhalten. Stattdessen laufe ich die Treppe wieder hoch und steuere Augenblicke später auf den Tisch vor der Bühne zu, an dem Reed brav auf mich wartet.

Als er mich sieht, streift ein Grinsen über sein Gesicht. Noch bevor er etwas sagen kann, ziehe ich ihn zurück auf die Tanzfläche und schmiege mich vielleicht ein bisschen zu demonstrativ an ihn, aber er macht keine Anstalten, dass ihn das stören würde.

Wir tanzen zu einem Lied von Rihanna und als es vorbei ist und Madison bereits den nächsten Song anstimmt, lehnt Reed sich zu mir.

»Jetzt müsste ich dich kurz allein lassen. Blödes Timing, aber es geht nicht anders. Wäre das okay?«

Er deutet in Richtung der Toiletten.

»Na klar«, antworte ich nickend und denke gar nicht dran, mit dem Tanzen aufzuhören, denn Madisons Version von Billy Idols *Dancing with myself* kommt wie gerufen. Für eine Weile lasse ich mich von dem Song treibe, lasse meine Hüften kreisen und strecke hin und wieder meine Arme in die Höhe.

Plötzlich spüre ich, wie jemand dicht hinter mich tritt, ohne mich zu berühren. Sofort halte ich die Luft an, als ein Duft in meine Nase dringt, der mir vor wenigen Minuten schon einmal beinah den Verstand geraubt hat.

Männlich. Frisch. Und der perfekte Einklang von holzigen und würzigen Noten.

Cole.

Gänsehaut breitet sich auf meinem Körper aus, als sich sein Mund meinem Ohr nähert.

»Spiel nicht mit dem Feuer, wenn du nicht weißt, wie man es löscht«, raunt er mir zu und klingt dabei furchtbar animalisch.

Ich reiße die Augen auf und verfalle einen Moment in Schockstarre. Dann drehe ich mich um. Bereit, diesem Mann die Meinung zu sagen und ihm klarzumachen, dass er nicht so selbstverliebt sein soll. Bereit, mich nicht von ihm einlullen zu lassen und ihm zu zeigen, mit wem er es zu tun hat.

Doch als ich mich umdrehe, ist von Cole nichts mehr zu sehen. Er ist weg und hat mich stehen lassen, ohne mich auch nur einmal zu berühren.

11

Es ist kurz nach ein Uhr nachts, als ich den Code zur Wohnungstür eingebe und Leahs Apartment betrete.

Was für ein Abend.

Da ich Reeds Nummer in meinem Handy abgespeichert habe, fühle ich mich ein bisschen rebellisch.

Ich weiß, dass ich mich nie bei ihm melden werde.

Warum auch? Es würde keinen Sinn ergeben. Ich bin nur für drei Wochen in London. Ich bin mir sicher, dass er das ahnt. Trotzdem tut es gut zu wissen, dass ich immer noch die Nummer eines Mannes bekommen kann. Auch wenn es mich nicht weiterbringt.

Reed war nett und hübsch anzuschauen, aber ich bin noch nicht so weit, wieder einen Mann an mich heranzulassen. Dafür sind die Wunden noch zu frisch. Ich bin weit davon entfernt, wieder einem Mann zu vertrauen.

Dass Männer auch immer so ein Steinzeitverhalten an den Tag legen müssen. Okay, das ist Reed gegenüber nicht fair. Reed war höflich.

Cole hingegen hat heute Abend vergessen, seine Keule mit in die Bar zu bringen. Oder noch besser: Er hat sich verhalten, als hätte er mich am liebsten über die Schulter geworfen und in seine Höhle geschleppt.

Pffff, wer bin ich denn?

Spiel nicht mit dem Feuer, wenn du nicht weißt, wie man es löscht.

Hat er sich mal selbst zugehört?

Auf den Schreck hat nur ein Tequila geholfen. Dann habe ich brav an meinem Stehtisch gewartet, bis Madison ihr Set beendet und sich zu mir gesellt hat.

Natürlich hat es auch nicht lange gedauert, bis Reed zurück war, aber irgendwie wollte nicht mehr wirklich Stimmung aufkommen. Die Begegnung mit Cole hat etwas mit mir gemacht. Ich musste Reed versprechen, mich zu melden und auch Madison hat darauf gedrängt, dass wir diesen Abend definitiv wiederholen müssen.

Puh, wenn ich ehrlich bin, brauche ich nach so einem Abend erst einmal Urlaub.

Von Menschen. Nein, falsch. Von Männern.

Eigentlich nur von einem.

Meinem Nachbarn.

Cole.

Wehe, er macht heute erneut die Nacht zum Tag und lässt mich nicht schlafen. Ich kann nicht schon wieder so viel Wein trinken, dass ich einschlafe. Vor allem nicht nach den Cocktails und dem Tequila.

Ich knipse das Licht an und sofort fällt mein Blick auf die Tür zu Leahs Arbeitszimmer.

Moment, da war doch was.

Der Blog. Und Leahs Tweet.

Himmel.

Ich fahre mit den Händen durch meine Haare und überlege für einen Moment, ob ich den Blog Blog sein lasse und einfach schlafen gehe, doch dann gewinnt die Neugier. Außerdem lösen sich Probleme selten von selbst.

Ich ziehe den Stuhl vor den kleinen Schreibtisch in Leahs Arbeitszimmer, wickle mich in eine Decke und schalte den Rechner an. Dann bereite ich mich auf das Schlimmste vor. So ein Shitstorm online fehlt mir jetzt noch zu meinem Glück. Ich atme dreimal tief ein und aus.

Als ich meine Seite aufgerufen habe, beginne ich sofort, wie eine Wilde den Blog nach hämischen Kommentaren abzusuchen, aber zu meiner Überraschung erwartet mich genau das Gegenteil. Zwar sind es nicht Hunderte von Kommentaren, aber die Kommentare, die anscheinend von ausschließlich Leserinnen hinterlassen wurden, lassen mir ganz warm ums Herz werden.

Meine Frage von gestern Abend, wann man zuletzt ein erstes Mal hatte, hat reichlich Aufmerksamkeit bekommen. Ich überfliege die Nachrichten. Der Großteil von ihnen hat jedoch eins gemein: Sie wollen wissen, wie mein Abend war und ob ich mein erstes Mal Ausgehen mehr oder weniger allein genossen habe. Unwillkürlich muss ich grinsen. Mindestens genauso oft kommt die Frage, ob ich irgendwelche Tipps habe. Als ob ich nach so einer Premiere auf einmal die Weisheit mit Löffeln gefressen hätte.

Obwohl ich eben noch müde war, erwische ich mich Augenblicke später, wie ich drauflostippe.

Von Steinzeitmenschen und Dingen, die man als Singlefrau

mal gemacht haben muss, nenne ich den Beitrag und schon fliegen meine Finger über die Tasten.

Knapp eine halbe Stunde später blicke ich auf meinen neuen Post. Wie auch beim letzten Eintrag habe ich wieder mit einer Frage geendet, denn so etwas scheint meine Leserinnen zu motivieren, aktiv zu werden. Meine Leserinnen, wie das klingt. Ich schmunzle. Es sind nicht viele. Und wer weiß, ob sie auch ein zweites Mal auf meinen Blog gehen, aber irgendwie fühle ich, dass ich eine neue Aufgabe habe. So ähnlich wie in meiner Praxis. Verrückt. Vielleicht hatte Leah tatsächlich recht, dass mir dieser Blog guttun könnte.

Die letzten Minuten habe ich nun damit verbracht zu recherchieren, was man laut Internet als Singlefrau einmal gemacht haben sollte. Mein Respekt geht jetzt schon an all die Frauen, die sich furchtlos diesen Dingen stellen. Mindestens bei der Hälfte der Punkte müsste ich gewaltig über meinen Schatten springen. Vielleicht ist es eine Spur zu mutig von mir, diese Liste zu posten, aber irgendwie fühle ich mich heute Nacht unerschrocken und so starre ich auf die zehn Dinge, die vor mir auf dem Bildschirm erscheinen.

1. GEHE ALLEIN TANZEN

2. kaufe sexy Lingerie und trage sie, wenn du ausgehst
3. führ dich selbst zu einem leckeren Abendessen aus
4. steh in der Früh auf und schau dem Sonnenaufgang zu
5. geh allein ins Kino
6. verbringe einen Tag als Touristin in deiner eigenen Stadt
7. melde dich bei einem Tanzkurs/Kochkurs o.ä. an
8. gönn dir neues Sexspielzeug

9. verreise allein

10. knutsche hemmungslos mit einem/einer Fremden und entscheide selbst, wie weit du gehen willst.

Dann atme ich tief durch und poste den letzten Satz meines Blogbeitrags.

Ladys, wer ist mit am Start? Vielleicht habt ihr Lust, ein paar Dinge der Liste mit mir abzuarbeiten? Wer will, darf gern seine Erfahrungen unter dem Beitrag posten. Ich gebe Bescheid, wenn ich euren Zuspruch brauche und kneife. – Miss S

Ich drücke auf Veröffentlichen und lehne mich auf dem Stuhl zurück. Wahnsinn, wie anders mein Leben noch vor einigen Tagen war. Vor einigen Tagen habe ich nicht darüber nachgedacht, wie es als Singlefrau so ist. Vor einigen Tagen saß ich mit Alec auf der Hochzeit meiner besten Freundin und habe still und heimlich darüber nachgedacht, wie es wohl sein wird, wenn Alec und ich eines Tages heiraten werden.

Möge er impotent werden und Anna gleich mit ihm leiden. Es würde ihnen recht geschehen.

Ich zucke zusammen, als mein Handy klingelt. Wer ruft denn bitte schön mitten in der Nacht an? Erschrocken starre ich auf das Display und erkenne Leahs Nummer. Hektisch nehme ich den Anruf an.

»Leah, ist alles okay? Ist dir was passiert?«

»Saoirse! Nein! Nummer 8. Mach Nummer 8.«

»Wie bitte?«

»Dein neuster Blogbeitrag. Ich bin dafür, dass du Nummer 2, 8 und 10 miteinander kombinierst. Ganz nach meinem Geschmack.«

Natürlich weiß ich, wovon meine Cousine spricht. Sie ist und bleibt einfach unverbesserlich.

»Ich könnte jetzt fragen, warum du mitten in der Nacht noch online bist und wieso du so schnell meinen Post lesen kannst. Aber eigentlich will ich dir schon den ganzen Abend die Leviten lesen und dich fragen, ob du sie noch alle hast?!«

»Wieso?«, höre ich Leah am anderen Ende säuseln. »Ich weiß gar nicht, was du hast.«

»Natürlich weißt du das. Wie kannst du den Link zu meinem Blog posten? Bist du von allen guten Geistern verlassen?«

Natürlich nehme ich meiner Cousine die Unschuld vom Lande nicht ab.

»Ich hatte einfach das Gefühl, dass dir das helfen könnte.«

»Das hätte auch nach hinten losgehen können und ich hätte den Shitstorm meines Lebens ernten können. Genau das, was ich nicht gebraucht hätte.«

»Es ist aber nicht nach hinten losgegangen. Die Leute lieben deinen Blog.«

»Na, so viele haben den ja noch gar nicht gelesen, beziehungsweise irgendwas kommentiert.«

»Siehst du. Also definitiv halb so wild.«

Jetzt verdrehe ich die Augen.

»Deine Logik hätte ich gern.«

»Ach, Saoirse. Ich finde das cool, dass du das machst. Und ich liebe deine Art zu schreiben. Und mein Gefühl sagt mir, die anderen mögen das auch. Ich bin gespannt, was bei deiner Singlefrauen-Aktion herauskommt.«

»Frag mich mal«, antworte ich, stehe auf und schalte den Rechner aus. Dann gehe ich ins Badezimmer und betrachte mich im Spiegel. Eigentlich bin ich zu müde, mich noch abzuschminken, aber nicht nur Leahs Bettwäsche würde es mir morgen danken, sondern auch meine Haut. Ich stelle Leah auf Lautsprecher und beginne mit meiner Nachtroutine.

»Ach, übrigens«, dringt Leahs Stimme durch den Hörer. »Wie weit bist du eigentlich mit den Posts-its vom Memoboard? Schon bei Nummer drei angekommen?«

»Nein«, antworte ich und wasche mein Make-up ab und verteile anschließend eine dicke Schicht Nachtcreme in meinem Gesicht. Ich bin keine Zwanzig mehr, Restaurationsarbeiten sind also dringend vonnöten.

»Ich bin ja noch ein paar Tage hier und da dachte ich, kann ich auch mal einen Tag aussetzen.«

»Verständlich. Aber vielleicht kann dir Zettel Nummer drei bei deiner Liste helfen. Nur so am Rande.«

»Inwiefern?«

»Das musst du morgen früh schon selbst herausfinden. Oder wann auch immer du den Zettel umdrehen magst. Wie du schon gesagt hast, du bist ja noch ein paar Tage in London.«

»Wird gemacht, Chefin.« Ich kann mir ein Lachen nicht verkneifen und da ich müder als neugierig bin, verschiebe ich die Zettelaktion auf morgen.

»Schlaf jetzt gut. Ich bin gerade erst wieder auf dem Hotelzimmer und falle jetzt auch todmüde ins Bett. Ich sage dir, Fashionshows sind anstrengend. Immer dieses Sehen und Gesehen werden. Morgen habe ich einen Tag off und werde erst mal ausschlafen.«

»Mach das, wunderbare Idee. Ich werde berichten, wenn es etwas Neues gibt.«

»Ich bitte darum«, höre ich Leah noch sagen, bevor sie auflegt.

Bevor ich ins Bett gehe und einschlafe, werfe ich einen letzten Blick auf die Uhr. Fast drei Uhr. Himmel … Meine Müdigkeit wird morgen von einem anderen Stern sein.

12

Zu meiner Überraschung wache ich vor acht Uhr morgens auf und bin hellwach. Kann man in meinem Alter schon von seniler Bettflucht sprechen? Ein bisschen mehr als fünf Stunden Schlaf hätte ich mir schon gewünscht, aber wenn ich einmal wach bin, kann ich eh nicht wieder einschlafen.

Kurz horche ich in mich, aber ich scheine von Kopfschmerzen verschont zu bleiben. Wenigstens etwas. Also schlurfe ich in die Küche und stelle die Kaffeemaschine an. Wie manche Menschen den Morgen ohne Kaffee aushalten, ist mir ein Rätsel. Sowohl in meiner Wohnung als auch in meiner Praxis war meine Kaffeemaschine eins der ersten Geräte, die eingezogen sind. Der Mensch muss halt Prioritäten setzen.

Als der Kaffeeduft durch die Küche streift, atme ich tief ein. Herrlich. Was gibt es Schöneres? Vielleicht den Duft von frisch gemähtem Rasen. Aber auch nur ganz vielleicht. Zumindest der Geschmack von Kaffee toppt alles.

Ich gieße einen Schluck Milch in die schwarze Köstlichkeit und gehe dann zum Board, an dem Leahs Zettel hängen. Um ehrlich zu sein, bin ich viel neugieriger, ob sich bereits etwas auf dem Blog getan hat, aber vielleicht starten wir den Tag lieber ruhiger.

Ich schaue auf die zwei Zettel, die ich bereits umgedreht habe, und muss schmunzeln. Tatsächlich haben mir die Sachen viel Freude bereitet, sodass hinter Zettel drei hoffentlich genauso viel Vergnügen steckt. Bevor ich ihn vom Board nehme, stelle ich den Kaffee ab, um beide Hände frei zu haben.

Ein weiterer Tag in London. Guten Morgen, Schönheit! Trennungen sind ein Arschloch. Deswegen ist es wichtig, dass man sich etwas gönnt. Und wenn du nur ein kleines bisschen von deiner tollen Cousine hast, also mir, dann wird dich Shopping mindestens genauso glücklich machen. Du bekommst heute einen kleinen Insidertipp von mir. Statt die großen Ketten in der Oxford Street zu besuchen, wandere mit offenen Augen durch Covent Garden. Und zum Schluss sei noch eins gesagt: Divalicious!

Was auch immer mir meine Cousine mit dem letzten Satz sagen will, ich bin mir sicher, ich werde es herausfinden. Rauszufinden gilt es jetzt auch, ob ich bereits einige Reaktionen auf meinen Blogpost von letzter Nacht bekommen habe und ob noch weitere Menschen Leahs Link gefolgt sind. Neugierig schlurfe ich in Leahs Arbeitszimmer und staune einige Minuten später nicht schlecht, dass tatsächlich schon Kommentare eingetrudelt sind.

. . .

You go girl, schreibt *Kate2483*. *Sunshine4life* hingegen ist etwas zurückhaltender und meint, dass sie selbst sich so etwas nie trauen würde, mir aber die Daumen drückt. Ich antworte auf beide Kommentare und stutze, als ich den langen Text sehe, der dann folgt. Sofort fällt mein Blick auf den Absender der Nachricht und ich stoße lautstark die Luft aus. *NoStringsinLondon* war wieder am Werk und musste seinen Senf abgeben.

Was ist es wohl dieses Mal?

Gähn. Das soll eine To-do-Liste für die Singleladys sein? Wie traurig. Okay, vielleicht ist es die Version für kleine Mauerblümchen, aber sind wir mal ehrlich, eine adäquate Liste für die selbstbewusste Singlefrau von heute sollte so aussehen:

1. habe Sex in der Öffentlichkeit

2. lass dich auf einen Dreier ein

3. lasse dich in sexy Lingerie fotografieren

4. verreise und hab in jeder Stadt, die du besuchst, einen One-Night-Stand

5. melde dich bei einer Dating-App an und habe eine Woche lang jeden Tag ein anderes Date

6. lerne die Vorzüge von Telefonsex kennen

7. geh auf eine frivole Party

8. schau einen Porno und mach es dir dabei selbst

9. schwimm nackt im Meer

10. verführe einen Mann bis aufs Äußerste, dass er nicht anders kann, als dir zu erliegen

ALS ICH ZU ENDE GELESEN HABE, BIN ICH FÜR EINEN MOMENT erst einmal sprachlos. Mal ganz davon abgesehen, dass *NoStringsinLondon* meint, sich auf meinem Blog austoben zu müssen, frage ich mich echt, welche Vorstellungen er von Frauen hat. Klar, jeder darf das machen, was ihm oder ihr gefällt, aber glaubt er wirklich, dass es Frauen gibt, die nichts Besseres zu tun haben, als ihr Singledasein lediglich mit sexuellen Dingen auszufüllen? Die emanzipierte Singlefrau von heute hat doch mehr zu bieten als nur ihren Körper. Und es gibt auch andere Sachen, die stimulieren und vielleicht häufig sogar erfüllender sind als lediglich Sex. Kultiviertheit, Eloquenz und Intelligenz zum Beispiel.

Ganz abgesehen davon, dass ich sehr wohl schon einmal nackt im Meer schwimmen war.

Paaah, was denkt der Kerl von mir?

Natürlich hat sein Kommentar auch Reaktionen von anderen provoziert. Ich überlege, ob ich seinen Beitrag nicht einfach kommentarlos verschwinden lassen soll. Mein Blog ist keine Spielwiese für so ein Machogehabe. Hier geht es um die Dinge des Herzens. Ich scrolle mit der Maus zum Löschbutton, überlege es mir dann jedoch anders. Jeder hat das Recht auf seine Meinung, aber wenn er meint, sich so darstellen zu müssen, bitte.

Schnell tippe ich eine Antwort.

. . .

Ladys, mir scheint, NoStringsinLondon hat uns gerade seine innersten Wünsche und Fantasien offenbart. Sollen wir ihn dafür feiern oder bedauern? Wir sind uns wohl alle einig, dass er Nummer zwei natürlich nur mit einem Mann und zwei Frauen visualisiert hat. Männer! – Miss S

Was ein Start in den Morgen. Dieser Blog fordert mich auf jeden Fall heraus. Falsch, nicht dieser Blog.

NoStringsinLondon.

Was ist das überhaupt für ein Name?

Zumindest verrät er mir, dass besagter Kommentarschreiber irgendwo in dieser Stadt zu leben scheint und nichts davon hält, sich zu binden. Das wundert mich nicht wirklich. Seine Beiträge sprechen für sich. Außerdem erlebe ich es in meiner Praxis immer wieder, dass es häufig der Mann ist, der die Beziehung nur eingegangen ist, weil die Frau ihm irgendwann das Messer auf die Brust gesetzt hat. Kein Wunder, dass Dating-Apps heutzutage so gut funktionieren. Während Frauen dort häufig die große Liebe suchen, suchen Männer nur Sex. Wie häufig ich diesen »Bloß nichts Festes«-Satz schon gehört habe. Und Dating-Apps laden gerade dazu ein, sich von einer Unverbindlichkeit in die nächste zu stürzen.

Ich frage mich wirklich, was Männer an diesen Halbbeziehungen so finden. Sie wollen mehr als nur einen One-Night-Stand, aber bloß keinen Beziehungsstress.

Ich hatte mal so ein Semilover-Paar als Klienten. Er wollte auch mit anderen ins Bett gehen, was sie massiv gestört hat, denn ihr Ziel war eine feste Beziehung. Sie wollte ihn aber nicht verlieren und deswegen keinen Druck ausüben. Irgendwann habe ich in einer Sitzung gesagt, dass sie ihm doch von den eigenen Seitensprüngen erzählen sollte, dann könnten sie sich über den Sex außerhalb des eigenen Bettes austauschen. Alternativ sollte sie ebenfalls andere daten, bis sie den Mann gefunden hätte, der mit ihr eine Beziehung eingehen möchte. So lange könnte sie ja Mr Semilover an der Stange halten.

Das Ergebnis war klar: Mit Konkurrenz konnte er nicht umgehen und inzwischen sind die beiden glücklich verheiratet.

Sicherlich funktioniert das nicht bei allen Paaren. Aber wie so oft zeigt es, dass Männer nicht mit Konkurrenz umgehen können und dass es wichtig ist, sich als Frau zu behaupten und für das einzustehen, das man will. Vielleicht hätte ich das bei Alec auch tun müssen.

Ich verdrehe die Augen. Wieso muss ich jetzt bitte an meinen gottverdammten Ex denken? Frustriert stoße ich die Luft aus. Vielleicht liegt es daran, dass *NoStringsinLondon* mich daran erinnert, dass Männer egoistisch sind. Nicht alle, aber viele.

Statt mich weiter zu ärgern, will ich mich jetzt lieber auf die schönen Dinge konzentrieren und nicht die Paartherapeutin raushängen lassen. Oder die gefrustete, verlassene Ex-Freundin.

Leah hatte recht. Ich kann tatsächlich ein paar Punkte meiner Liste mit einem Shoppingtag verbinden. Denn wenn ich noch mal tanzen gehen will oder mich zum Dinner ausführe, will ich dafür etwas Schönes tragen. Ich kann schließlich nicht immer Leahs Kleiderschrank plündern. Außerdem will ich mir heute etwas gönnen.

Gesagt, getan.

Keine Stunde später stehe ich im Aufzug und fahre runter in die Lobby. Da sich das Wetter heute wieder von seiner besten Seite zeigt, trage ich einen beigen Midirock, ein weißes Shirt und dem Anlass entsprechend weiße Sneaker. Shoppen kann anstrengend sein, da will man sich ja nicht auch noch mit schmerzenden Füßen quälen.

»Ich muss sagen, Saoirse, der sportliche Look steht Ihnen sehr gut.«

Louis tritt hinter seinem Tresen hervor und kommt auf mich zu.

»Danke für das Kompliment«, sage ich höflich und frage mich, ob es wirklich Frauen gibt, die sich von so einem Gesäusel beeinflussen lassen. Er ist attraktiv, aber für mich eine Spur drüber. Ob er keine Angst vor Konsequenzen für seinen Job hat?

Ich winke ihm zu und husche dann zügig an ihm vorbei. So gut Louis vielleicht auch aussieht, er kommt für keinen der zehn Punkte auf meiner Liste infrage. Und für die Liste von *NoStringsinLondon* schon mal gar nicht. Zumindest aktuell nicht.

Ich trete auf die Straße und stelle zum wiederholten Mal in den letzten Tagen fest, dass es genau die richtige Entscheidung gewesen ist, nach London zu kommen. Ich kann schon verstehen, warum es immer wieder Menschen in die Großstädte zieht. Junge Menschen wollen dorthin, wo etwas los ist. Wo das Leben pulsiert und wo man einfach so sein kann, wie man ist. Hier weiß niemand etwas von der Schmach, die ich zu Hause erlebt habe. Niemand hier weiß, dass ich beziehungstechnisch auf ganzer Linie versagt habe.

Ich blinzle die Tränen weg, die sich in meinen Augen bilden.

Saoirse, wir sind über den Tag hinweg, an dem wir noch weinen durften. Heute wird ein guter Tag. Heute gönnst du dir neue Klamotten.

Wir sind also schon so weit, dass wir in der dritten Person von uns sprechen. Herrje.

KNAPP ZWEI STUNDEN SPÄTER SCHLENDERE ICH MIT VOLLEN Tüten am Arm von Covent Garden in Richtung Leicester Square, als mein Blick auf einmal auf ein Ladenschild fällt. Abrupt bleibe ich stehe und blinzle.

Divalicious.

Eindeutig. In großen pinken Buchstaben präsentiert sich mir der Namenszug eines Dessousgeschäfts. Jetzt weiß ich auch, was Leah mir sagen wollte.

Interessiert scanne ich die Schaufensterfront und stelle fest, dass die Besitzer des Ladens einen stilvollen Weg gefunden haben, auf sich aufmerksam zu machen. Während auf einer Seite drei Schaufensterpuppen stehen und durchaus ansprechende Wäsche präsentieren, ziert das rechte Schaufenster einen breiten Streifen aus Milchglas. So wird gewährleistet, dass man von außen zwar erkennen kann, dass es ein Dessousgeschäft ist, man sich aber als Käuferin nicht beobachtet fühlt. Auf dem Milchglasstreifen ist ein Spruch, der passender nicht sein könnte.

. . .

Lingerie is not about seducing men; it's about embracing womanhood. - Dita von Teese

Gott sei Dank hat Dita von Teese keine Ahnung, wie meine Wäscheschublade daheim aussieht. Ich besitze eine nicht gerade geringe Auswahl an Baumwollschlüpfern und -BHs. Alec hat immer betont, dass er es mag, wie sportlich ich darin aussehe. Verdammter Lügner. Ich wette, Anna gibt jeden Monat eine horrende Summe für Lingerie aus. Und Alec wird gar nicht warten können, sie darin zu verführen.

Ich schüttle den Kopf, um die grausigen Gedanken zu verdrängen und atme tief ein. Es reicht schon, dass Anna meinte, mir gestern eine E-Mail schreiben zu müssen, um sich zu entschuldigen. Als wenn es auch nur irgendetwas geben könnte, was mich vergessen ließe, was sie getan hat. Nie im Leben.

Ich betrete das Geschäft. Sofort bin ich von dem hellen und stilvoll eingerichteten Verkaufsraum überrascht. Nichts wirkt billig, sondern alles macht einen luxuriösen und sehr ansprechenden Eindruck.

An den Wänden entlang findet man zahlreiche Stücke aufgereiht. Überall stehen Wäscheständer mit besonderen Dessous, jedoch wirkt nichts überladen oder zugestellt. Ein Gang scheint zu den Umkleiden zu führen, die weiter hinten im Geschäft sein müssen. Das Beige, in dem der Laden gestrichen ist, und die zahlreichen Spiegel, die überall hängen, lassen den gesamten Verkaufsraum unfassbar groß und einladend erscheinen. Der Kronleuchter an der Decke ist mein persönliches Highlight.

»Herzlich willkommen bei *Divalicious*«, höre ich auf einmal eine freundliche Stimme sagen und ich blicke nach rechts. Eine elegant gekleidete Frau, vermutlich in ihren Dreißigern, kommt auf mich zu und nimmt mich in Empfang. Sie trägt einen eng anliegenden Bleistiftrock in schwarz und eine weiße Bluse. Darüber hat sie ein Harnisch kombiniert, was das sonst fast biedere Outfit unfassbar sexy wirken lässt. Ich habe zwar nicht viel Ahnung von der BDSM-Szene, aber so ein Harnisch aus Leder wird typischerweise oft als Bondage-Gurt getragen. So viel weiß ich. Unter ihrer weißen Bluse blitzt ein schwarzer Spitzen-BH hervor. Natürlich trägt sie hohe Schuhe und ich muss zugeben, sie sieht verdammt gut in ihrem Outfit aus.

»Wie kann ich Ihnen helfen?«

»Ich, ähm …«, beginne ich und weiß innerhalb von Sekunden, dass ich furchtbar verloren aussehen muss.

»Keine Angst, wir beißen hier nicht«, reagiert die Frau mir gegenüber und lacht mich offen an. »Ich bin Nancy. Was führt eine hübsche Frau wie dich zu uns?«

»Ich hätte gern neue Dessous für mich«, platzt es da schon aus mir heraus und für einen Moment halte ich die Luft an. Dann fahre ich fort: »Ich bräuchte, glaube ich, ein wenig Beratung, da mein Kleiderschrank im Hinblick auf schöne Wäsche mit gähnender Leere glänzt.«

Nancy lacht.

»Ja, dann bist du bei uns genau richtig. Und gratuliere!«

Irritiert blicke ich sie an, doch sie lässt mich nicht lange im Dunkeln.

»Ich finde es toll, dass du schöne Wäsche für dich

kaufen möchtest und nicht sofort sagst, dass du schöne Wäsche brauchst, um deinen Freund zu überraschen.«

Nahezu hämisch muss ich prusten. »Den gibt es nicht mehr. Verdient hätte er auch lediglich einen Müllsack. Nein, ich möchte wirklich schöne Wäsche für mich haben, habe aber so gar keine Ahnung, was mir stehen könnte.«

»Na, das werden wir schon herausfinden. Weißt du, welche Größe du trägst?«

Ich verziehe meinen Mund zu einem gequälten Grinsen und hebe die Schultern.

»Ich befürchte, ich gehöre zu den wahrscheinlich achtzig Prozent an Frauen, die die falsche BH-Größe tragen. Naiv würde ich jetzt behaupten, ich brauche eine 75 B, aber du wirst mir vermutlich gleich sagen, dass das völlig falsch ist.«

Wieder lacht Nancy.

»Nicht schlimm. Da bist du wirklich nicht allein mit. Wir vermessen dich kurz und dann finden wir etwas Passendes. Und ich berate dich gern. Schließlich ist das mein Job.«

»Dich schickt der Himmel«, antworte ich erleichtert und folge Nancy zu einer der Umkleidekabinen.

Dort angekommen stelle ich fest, dass die Kabinen so ausgeleuchtet sind, dass ich mich im Spiegel betrachten kann, ohne gleich vor Schreck in Ohnmacht zu fallen. Tatsächlich ist es mir immer wieder ein Rätsel, warum Ladenbesitzer diese Sache so stiefmütterlich behandeln. Als Kundin möchte man sich doch wohlfühlen, wenn man Kleidung anprobiert. Und das gilt besonders für Dessous. Ich bin mir sicher, dass es dabei auch egal ist, ob man eine Größe 36 trägt oder nicht. Selbst die schlankste Silhouette verwandelt sich in grausigem Licht in eine Hügellandschaft.

Wahrscheinlich liegt es an Nancys selbstsicherem Auftreten und dem Eindruck, dass sie so schnell nichts erschrecken kann, aber völlig frei von Scham ziehe ich mich aus, stelle mich aufrecht und locker hin und lasse alles messen.

»Darf ich dich etwas fragen?«, erkundige ich mich während der Vermessungsarbeiten.

»Klar«, erwidert Nancy und misst meinen Unterbrustumfang.

»Warum Lingerieverkäuferin?«

»Du meinst, warum ich lieber schöne Dessous verkaufe als Damenoberbekleidung?«

Ich nicke.

»Das ist einfach. Meine Oma hat schon Dessous verkauft und ich war immer fasziniert davon, wenn ich sie in ihrem Laden begleitet habe, und sie allen Damen ein gutes Gefühl gegeben hat. Sie hat immer gesagt, dass es auf das Gesamtpaket ankommt. Und das bedeutet eben auch das Darunter. ›Das sieht ja keiner‹ hat sie nie durchgehen lassen. Ich finde es wichtig, dass man sich als Frau auch sexy fühlen darf. Und schöne Wäsche macht das möglich. Jeder darf das tragen, was er oder sie mag, aber ich bevorzuge Wäsche, die der Trägerin oder dem Träger das Gefühl von Stil, Gepflegtheit und Anmut verleiht. Niemals sollte man sich in Wäsche billig fühlen. Und wenn, dann nur, weil man eben genau das für den Moment verkörpern möchte.«

Ich lausche ihr gebannt und muss zu meiner Schande

zugeben, dass ich mir über so etwas noch nie Gedanken gemacht habe.

»Oma hat immer gesagt, dass man sich in guter Wäsche nicht nur anders fühlt, sondern sich auch anders bewegt. Du strahlst dann etwas aus, was auch auf die Männer wirkt. Oder die Frauen, wenn dir das mehr zusagt. Man will schließlich anziehend auf andere wirken. Nicht abschreckend. Wir stehen hier bei *Divalicious* für einhundert Prozent Weiblichkeit und Selbstvertrauen.«

»Das finde ich toll«, stimme ich ihr zu und ziehe mich für den Moment wieder an, um ihr zurück in den Verkaufsraum zu folgen.

»Soll ich dir noch den Lieblingssatz meiner Oma verraten, der mich dazu veranlasst hat, immer schöne Wäsche zu tragen?«

»Lass hören«, sage ich neugierig und bin gespannt, mit welcher Lebensweisheit die alte Dame ihre Enkelin geprägt hat.

»Meine Oma hat immer gesagt: ›Nancy, Kind, ein Frauenkörper muss immer schön verpackt sein. Und es soll dir nie ein Unfall passieren, bei dem dir irgendein Notarzt oder Rettungssanitäter die Bluse zerschneiden muss und dann auf grausame Baumwollunterwäsche stößt. Du musst selbst in dem verletzlichen Moment verzaubern.‹«

»Wie recht sie damit doch hat«, antworte ich lachend und mache mir eine mentale Notiz, dass ich zu Hause dringend meine Wäscheschublade ausmisten muss.

»O ja! So, und nun komm mit. Ich habe ein paar Ideen für dich.«

Ich folge Nancy in den linken Teil des Ladens und bin gespannt darauf, was sie für mich aussucht. Zielstrebig geht sie auf ein Seidenbustier aus schwarzer Spitze zu, das mehr Haut offenbart, als es verdeckt. Dazu gibt es ein passendes Höschen, das auch eher einem Hauch von Nichts ähnelt.

Dann schaut sie zu mir.

»Das nehmen wir schon mal gleich mit zum Ausprobieren.«

Ich merke, das Widerrede zwecklos ist und daher sammle ich für die nächsten fünf Minuten lauter Stoffteile auf meinem Arm, die sie mir anreicht. Erst greife ich noch recht zögerlich nach der sprichwörtlich heißen Ware, aber irgendwann merke ich, dass mir das Ganze Spaß macht. Wenn nur ein Teil der Sachen passt und letztendlich gut aussieht, bin ich glücklich und zufrieden.

Irgendwann steuere ich vollbepackt auf die Umkleidekabinen zu.

»Wenn etwas nicht passt, oder du meinen Rat haben möchtest, ruf mich jederzeit«, höre ich Nancy hinter mir sagen, die mir dann Raum gibt, damit ich die ersten Stücke anprobieren kann.

Ich muss sagen, die Auswahl, die sie getroffen hat, ist mehr als nur ein bisschen ansprechend. Neben das schwarze Spitzenset von vorhin hänge ich einen ebenfalls schwarzen Body aus Spitze mit Mesh, ein smaragdgrünes Set bestehend aus Bügel-BH aus Netz mit Stickerei und Höschen und ein zartrosa Ensemble mit Balconette-BH und passender Panty.

Das schwarze Negligé, das Nancy mir ausgesucht hat, passt genauso hervorragend wie die anderen Teile und ich bin einfach nur entzückt. So eine erfolgreiche Shoppingtour ist Balsam für die Seele.

»Ich höre gar nichts von dir«, vernehme ich auf einmal Nancys Stimme. »Alles okay?«

»Ja«, hauche ich glückselig. »Es passt alles ganz wunderbar. Ich glaube, ich brauche nur einmal deinen Zuspruch.«

»Klar, wobei?«

»Das schwarze Push-up-Set ... Ich weiß nicht, ob das zu viel ist.«

»Hast du es schon an?«

»Nein.«

»Worauf wartest du dann noch?«

»Mut?«

»Du hast auch die anderen Teile angezogen, die mindestens genauso sexy sind. Trau dich.«

Irgendwie nehme ich das Nancy sofort ab und so ziehe ich das letzte Set von seinem Bügel und streife es mir langsam über. Dann betrachte ich mich im Spiegel und halte die Luft an.

»Darf ich reinkommen?«, höre ich Nancy neben mir sagen und auf meine Zustimmung schiebt sie vorsichtig den Vorhang zur Seite.

»Wow«, entfährt es ihr umgehend. »Du siehst atemberaubend aus. Darf ich?«

Ich nicke und sie zupft ein bisschen an den Trägern des BHs und passt sie an.

»Sitzt perfekt.«

Zusammen schauen wir in den Spiegel und ich muss ihr recht geben. Ich sehe gut aus. Und das gebe ich ohne Scham zu. Der schwarze Stoff schmiegt sich an meinen Körper und der Push-up-BH leistet ganze Arbeit. Ich habe ein tolles Dekolleté, was jetzt nur noch das passende Kleid samt Ausschnitt braucht, um richtig zur Geltung zu kommen.

»Ich weiß, dass es hier auch ums Verkaufen gehen sollte, aber, Saoirse, du wärest von allen guten Geistern verlassen, wenn du das Set nicht nehmen würdest. Es steht dir wunderbar.«

»Das Höschen ist aber auch echt nicht ohne«, kommentiere ich mein Outfit grinsend und hebe eine Augenbraue, als ich mich leicht drehe, um meine Rückseite zu betrachten. Das Höschen sitzt tief und hat feine Spitzen- und Riemchenakzente. Es deckt förmlich nur das Nötigste ab und zeigt viel Po. Ich muss selbst über meinen Mut schmunzeln, als ich Nancy im Spiegel angrinse.

»Ich nehme alles.«

Sie klatscht in die Hände und freut sich aufrichtig mit mir.

»Toll!«, sagt sie und verschwindet aus der Kabine, damit ich mich umziehen kann. Eins muss man ihr lassen, verkaufen kann sie. Und ein Händchen für das, was Frauen steht, hat sie auch. Vor allem hat sie es geschafft, dass ich mich unfassbar wohlgefühlt habe. Eine Sache, die man nicht unterschätzen darf. Ich nehme mir vor, später darüber auf meinem Blog zu berichten. Wer hätte das gedacht. Keine vierundzwanzig Stunden später und ich habe bereits einen Teil von Punkt zwei meiner Liste erfüllt. Jetzt muss ich nur noch den zweiten Teil des Punktes in die Tat umsetzen. Aber gerade fühle ich mich so, als könnte ich Berge versetzen. Ich glaube, Punkt zwei findet sehr bald Vollendung.

13

Ob es nun stimmt, dass erfolgreiches Shoppen Endorphine freisetzt oder nicht, ist mir völlig egal. Ich bin glücklich über meine neue Errungenschaft und bekomme Lust, mir als Belohnung ein großes Eis zu gönnen. Vielleicht kaufe ich mir eins am Leicester Square und setze mich dort für eine Weile hin. Mit viel Glück sind auch wieder einige Straßenkünstler da und ich habe etwas zu bestaunen.

Völlig unerwartet pralle ich jedoch mit jemandem zusammen, als ich zurück auf die Straße trete.

Herrje, ich sollte wirklich besser aufpassen und schauen, wo ich hinlaufe.

»Entschuldigung«, presse ich rasch hervor und bin froh, dass die fremde Person mich vor einem Sturz bewahrt. Ein starker Arm legt sich um meine Taille. Wie peinlich, dass mir das ausgerechnet passiert, als ich aus einem Dessousgeschäft komme.

»Aufgepasst«, höre ich eine warme Stimme dicht an meinem Ohr und erstarre. Das darf doch jetzt nicht wahr sein. Wo ist das Loch im Erdboden, wenn man es braucht? Und warum muss dieser Mann auch immer in den unmöglichsten Momenten auftauchen?

»Ach, schau an«, höre ich ihn dann auch bereits im nächsten Augenblick sagen und schließe kurz die Augen. Das hat mir jetzt noch gefehlt, dass er diese Situation hier kommentieren muss. Er fährt fort: »Man könnte meinen, dass du nicht einen Tag ohne mich kannst. Verfolgst du mich?«

Natürlich hat er wahrgenommen, aus welchem Geschäft ich gekommen bin, aber wenigstens sagt er nichts dazu.

»So würde ich das nicht sagen«, entfährt es mir und ich sortiere mich schnell. Noch immer liegt sein Arm stützend um mich. »Aber danke fürs Auffangen.«

Ich sage jetzt nicht, dass sich sein Halt überraschend gut anfühlt.

»Nicht dafür. Sieht so aus, als hättest du einen erfolgreichen Shoppingtag.«

Er löst seinen Arm und begutachtet das Arsenal an Tüten in meiner Hand und grinst. Natürlich grinst er. Komm, sag es einfach. Lass einen Kommentar zu meinem Dessouseinkauf fallen. Doch nichts dergleichen passiert.

Stattdessen erkundigt er sich: »Bist du okay?«

»Ich bin okay«, antworte ich, überrascht von seiner plötzlichen Sorge um mein Wohlbefinden. »Was machst du eigentlich um diese Uhrzeit in der Stadt? Musst du nicht arbeiten?«

Ich habe keine Ahnung, warum ich mir plötzlich darüber Gedanken mache, was mein werter Nachbar beruflich macht, aber vielleicht ist es das sicherste Thema, das ich in diesem Moment anschneiden kann. Über das Wetter und den Beruf kann man sich ja gefühlt immer unterhalten.

»Ich habe kurz Pause zwischen zwei Klienten«, antwortet Cole und ich hebe überrascht eine Augenbraue.

Klienten? Ist er etwa Anwalt?

Ich lasse meinen Blick an ihm auf und ab wandern, aber sein Outfit verrät nicht sonderlich viel. Von einem Anwalt erwarte ich einen traditionellen Anzug, den Cole zumindest nicht trägt. Trotzdem ist er chic gekleidet und macht in seinem Business-Outfit mit Chinohose, gut sitzendem Hemd und dem dunkelblauen Sakko im Slim-Fit-Look eine sehr gute Figur.

»Klienten? Bist du Anwalt?«, frage ich dann aber doch vielleicht eine Spur zu neugierig nach und sehe, wie ein Grinsen Coles Mundwinkel umspielt.

»Nein. Ich bin mir nicht sicher, ob du wirklich wissen willst, was ich beruflich mache. Zwar scheint mein Ruf bei dir nicht der beste zu sein, aber ich will ihn ja nicht ganz zerstören.«

»Ich weiß nicht, wie du darauf kommst, dass ich eine schlechte Meinung von dir habe. Außerdem bin ich hart im Nehmen.«

Letzteren Satz hätte ich mir vielleicht verkneifen sollen, denn dieses Mal ist es Cole, der eine Augenbraue hebt.

»Dazu sage ich jetzt besser nichts, sonst schlägst du mich.«

»Würde mir nie einfallen.«

»Dann ist ja gut.«

Er wechselt sein Gewicht von einem Bein auf das

andere und schiebt lässig seine Hände in die graue Businesshose.

»Ich bin Sextherapeut.«

»Du bist bitte schön was?«

Ich reiße die Augen auf und glaube, meinen Ohren nicht zu trauen.

»Ich bin Psychotherapeut mit dem Schwerpunkt der Sexualtherapie.«

»Verarsch mich nicht!«

»Warum sollte ich über meinen Beruf Witze machen? Außerdem, was ist so schlimm daran? Wenn du mir nicht glaubst, kannst du gern nachher zu Hause Ausschau nach meinem Türschild halten. Also für den Fall, dass du Beweise möchtest.«

»Deine Praxis ist in deiner Wohnung?«

Ungläubig starre ich ihn an. Cole und ich arbeiten tatsächlich im gleichen Sektor.

»Nein«, antwortet er lachend und fährt sich durch sein volles Haar. »Ich habe eine andere Räumlichkeit bei uns im Gebäude dafür angemietet. Ich bin schon in der Lage, Berufliches und Privates zu trennen.«

»Das wollte ich dir auch nicht unterstellen.«

»Dann ist ja gut. Und? Findest du das jetzt komisch?«

»Was jetzt genau? Deinen Job? Warum komisch? Ist doch ein normaler Beruf.«

Er lacht. »Na ja, so normal finden das nicht alle Frauen, wenn ich ihnen davon erzähle.«

»Mag sein«, antworte ich und zucke die Schultern. »Jeder sollte das machen, was er am besten kann.«

»Und du meinst also, ich kann Sex am besten?«

War klar, dass er es so dreht.

»Dazu kann und werde ich mich nicht äußern. Ich muss jetzt auch weiter. Ich bin noch verabredet.«

Gut, der letzte Satz war eine klare Lüge, aber das weiß Cole ja Gott sei Dank nicht.

»Oh! Mit dem Typen von gestern Abend?«

»Ich wüsste nicht, was dich das angeht«, entfährt es mir vielleicht eine Spur schnippischer als gewollt, aber dass Cole nachhakt, überrascht mich schon ein bisschen.

»Es geht mich gar nichts an. Ich wollte dir nur viel Vergnügen wünschen. Dein Einkauf muss ja schließlich zum Einsatz kommen«, antwortet er wie aus der Pistole geschossen und deutet auf das Dessousgeschäft hinter uns. Er zwinkert mir zu, setzt sich seine Sonnenbrille auf und bevor er sich umdreht und die Straße weiter entlangläuft, wendet er sich ein letztes Mal zu mir: »Tu nichts, was ich nicht auch tun würde.«

Mit diesen Worten setzt er sich in Bewegung und lässt mich mehr als nur ein bisschen perplex stehen. Dieser Mann schafft mich.

14

Natürlich hat Cole nicht gelogen und natürlich befindet sich unten am Eingang des Lincoln Square ein Schild, das auf seine Praxis hinweist. Bisher ist es mir nicht aufgefallen, was aber auch daran liegen mag, dass ich einfach nicht darauf geachtet habe.

Cole McCarnell - Klinischer Psychotherapeut & lizensierter Sexualtherapeut

Wer hätte das gedacht. Ich auf jeden Fall nicht. Bei seinem Steinzeitverhalten hätte ich nie im Leben damit gerechnet, dass er so einen sozialen Beruf ausübt. Ob er doch mehr Fingerspitzengefühl hat, als ich es ihm zutraue?

Unwillkürlich muss ich lachen, als ich an die Sexaktion von neulich Nacht denke, bei der seine Bettgefährtin ein berauschendes Stöhnkonzert performt hat, das Seinesgleichen sucht. Vielleicht mag er Talent darin haben, andere Klienten zu beraten, aber er selbst scheint den Unterschied zwischen etwas Vorgespieltem und der Realität nur schwer zu erkennen.

Trotzdem, seine Tätigkeit ist durchaus beeindruckend.

Zwar habe ich auch mit schwierigen Fällen zu tun, aber die Arbeit eines Sexualtherapeuten ist definitiv noch einmal anders. Vor allem denken viele Menschen, jemand wie Cole würde ihnen nur erzählen, wie man richtig Sex hat. Weit gefehlt. Außerdem ist es falsch, dass alle Klienten, die zur Sextherapie gehen, automatisch einen Fetisch haben. Es gibt unzählige Gründe, solch einer Sitzung beizuwohnen, häufig sind es Fälle von Erektionsstörungen oder Probleme mit der eigenen Libido, Schwierigkeiten, einen Orgasmus zu bekommen, oder generell Themen wie Scham, Schuld oder ein verzerrtes Körperbild. Leider gibt es auch immer wieder Fälle, bei denen Sexualtherapeuten bei sexuellen Traumata hinzugezogen werden. Im Optimalfall kann ein Gang zur Sextherapie helfen, sich selbst und den Partner oder die Partnerin besser kennenzulernen, mehr Freude im Bett zusammen zu haben, neue Dinge auszuprobieren und sich einfach miteinander wohlzufühlen.

Häufig thematisiere ich mit meinen Klienten auch die Aspekte der Intimität, gehe jedoch in meiner Arbeit nicht so tief wie meine Kolleginnen und Kollegen aus dem Bereich der Sexualtherapie. Vielleicht hätte ich das Thema Sex auch einmal mit Alec thematisieren sollen. Wahrscheinlich wäre mir so seine Bloßstellung erspart geblieben und ich hätte vorher die Reißleine gezogen.

In der Wohnung angekommen, stelle ich die Taschen auf den Tisch und koche eine große Tasse Kaffee. Dann breite ich meinen Einkauf von heute aus und grinse in mich hinein. Zu der schönen Unterwäsche, die ich jetzt mein Eigen nennen darf, sind noch ein sexy Jumpsuit und

High Heels gekommen. Ich kann mich nur wiederholen: London tut mir gut.

Mein Blick fällt auf die Tür zu Leahs Arbeitszimmer. Wäre es übertrieben, noch einmal zu schauen, ob etwas auf dem Blog passiert ist? Irgendwie scheint es, als würde sich da eine kleine Regelmäßigkeit einstellen. Tatsächlich interessiert es mich in erster Linie, ob *NoStringsinLondon* mal wieder seinen Senf zu etwas abgeben musste. Es wäre übertrieben zu sagen, dass er mich provoziert, aber völlig kalt lässt mich sein Machogehabe auch nicht.

Natürlich hat er auf meinen Beitrag von heute morgen reagiert. War klar, dass ihn die Dreiernummer nicht kaltlassen kann.

Liebe Miss S, ich habe ein gesundes Ego. Ich kann es sowohl mit zwei Frauen aufnehmen, fühle mich in meiner Männlichkeit jedoch auch nicht gekränkt, wenn Frau sich einen zweiten Mann dazu wünscht. - NoStringsinLondon

Zu meiner Überraschung ist das das Einzige, das *NoStringsinLondon* zu der Sache zu sagen hat. Das ist beinahe löblich. Ich tue also etwas ganz Verrücktes und drücke bei seinem Beitrag auf *Gefällt mir*. Schließlich darf jeder seine eigene Meinung haben.

Dann werde ich stutzig, denn mein Blick fällt auf einen weiteren Kommentar, der jedoch auf meiner *Über mich* Seite hinterlassen wurde. Er ist von einer Userin namens *BrokenheartedGirl27*.

. . .

Liebe Miss S, ich liebe deinen Blog und deine Kommentare. Ich würde dich gern bei etwas um Rat bitten, meinst du, das wäre okay? - BrokenheartedGirl27

Wieder und wieder lese ich die wenigen Worte der Userin und spüre plötzlich, wie sehr ich meinen Job wirklich vermisse. Und auf einmal wird mir bewusst, wie schwer es sein wird, zurück daheim wieder weiterzumachen, als ob nichts gewesen wäre. Ich weiß, dass das nicht möglich sein wird. Zumindest werde ich einen Großteil meiner Klienten verloren haben. Ich versuche, die Tränen zu unterdrücken, die sich in meinen Augen sammeln und lasse sie dann doch zu.

Für einen kurzen Moment.

Seit jeher gehöre ich zu dem Typ Mensch, der erst einmal versucht, sich selbst zu helfen, bevor er jemand anderen bittet. Vielleicht hat das auch ein bisschen damit zu tun, dass ich nicht gern die Kontrolle abgebe. Knapp dreißig Minuten später weiß ich, wie ich bei meinem Blog das Design ändere und neue Seiten einfüge. Selbst ist die Frau. Oder auch: Google macht es möglich.

Deutlich schwieriger war die Suche nach einem Titel, den ich der Hilfesektion auf meinem Blog geben möchte. Normalerweise hätte *Frag Saoirse* für mich am besten gepasst, aber da ich anonym bleiben möchte, ist es am Ende einfach *Frag Miss S* geworden. Wenig einfallsreich, aber es erfüllt seinen Zweck.

Vielleicht wird die Seite wenig bis gar keine Aufmerksamkeit bekommen, aber wer nicht wagt, der nicht gewinnt. Und schließlich hat mich *BrokenheartedGirl27* danach gefragt. Löschen kann ich eine Unterseite immer noch. Ich bin gespannt, wobei sie meinen Rat braucht.

#2 - Check. Oder auch: Was ich heute beim Lingerie Einkauf über mich gelernt habe.

Ich würde lügen, wenn ich behaupten würde, dass mich der heutige Tag nicht verdammt stolz gemacht hätte. Wie etwas so Banales wie Unterwäsche doch heftig viel für das eigene Ego tun kann. Ich verstehe jetzt, warum der Kauf von schönen Dessous etwas ist, was man Frauen ans Herz legt. Jede Frau sollte schöne Wäsche im Schrank haben. Und das nicht nur für den Fall, dass man ein heißes Date hat. Oder der Rettungssanitäter eingreifen muss. Mich würde interessieren, wie viele Männer wirklich darauf achten, was ihre Frauen drunter tragen. Wahrscheinlich sind einige beim Sex so egoistisch, dass sie der Frau nahezu lieblos die Wäsche vom Körper reißen, um schneller ans Ziel zu kommen.

Wie groß ist wohl der Prozentsatz an Männern, die selbst auf das achten, was sie drunter tragen? Welcher Mann kauft sich schöne Wäsche und nicht nur den günstigen Fünferpack Boxershorts im Supermarkt? Ich beende meinen Blogeintrag mit der Bitte um Rückmeldung.

Als ich den Rechner einige Zeit später ausstelle, wird mir bewusst, dass es noch gar nicht so spät ist und ich weiterhin voller Tatendrang bin. Vielleicht bin ich ein bisschen übermütig, aber ich schnappe mir mein Handy und texte Leah.

S: Sag mal, auf was muss ich achten, oder an was muss ich denken, wenn ich allein ausgehe?

Leahs Antwort erfolgt, wie soll es anders sein, innerhalb kürzester Zeit.

L: Kondome.

S: Ich bin nicht du!

L: Ich sehe das jetzt ausnahmsweise nicht als Beleidigung an :-) Sag bloß, dich hat die Abenteuerlust gepackt?

S: Eher meine neuen Dessous!

L: Uuuuuuh! Zeig!

Ich laufe zum Bett, auf dem ich inzwischen alles ausgebreitet habe, knipse ein Foto und schicke es ihr.

L: Ich hatte zwar gehofft, du machst eine Modenschau für mich, aber uhlala, sehr sexy. Gibt es auch das Passende für drüber?

Wieder mache ich ein Foto, dieses Mal vom Jumpsuit.

. . .

L: Sehr cool. Gefällt mir. Das schreit danach, ausgeführt zu werden.

S: Ich Angsthase bin noch zwiegespalten. Gerade fühle ich mich mutig, aber ich will nicht auf halber Strecke wieder umdrehen, weil ich mich doch nicht traue.

L: Kann ich verstehen. Sonst geh doch einfach dahin, wo du dich schon auskennst. Das macht es vielleicht minimal leichter. Cocktail Club?

Über Leahs Idee habe ich noch gar nicht nachgedacht, aber sie ist brillant. Den *Cocktail Club* kenne ich nun. Ich weiß, wo alles ist, und so muss ich lediglich noch damit umgehen, dass ich allein dort sein werde und nicht in Gesellschaft. Ich bin fast dreißig Jahre alt und einfach der totale Angsthase. Schrecklich. Ich hoffe, es geht auch anderen Menschen so.

S: Klasse Idee. Ich glaube, das mache ich.

L: Natürlich machst du das. Du musst ja deine Liste abarbeiten.

S: Meine Liste?

L: Tu nicht so unschuldig. Wenn du bei den richtig verruchten Sachen ankommst, will ich Details.

S: Ich befolge nicht die Liste von NoStringsinLondon.

L: Schade. Vielleicht sollte ich das mal tun.

S: So wie ich dich kenne, hast du Teile davon schon längst abgehakt.

L: Kein Kommentar. Die Storys erzähle ich dir ein anderes Mal. Dafür bist du noch zu nüchtern.

GRINSEND BLICKE ICH AUF MEIN HANDY. MIT DEM Alkoholpegel könnte Leah recht haben. Trotzdem bin ich doch ein wenig neugierig, welche der Sexpunkte sie bereits erlebt hat. Für den Moment behalte ich die Frage aber wirklich für mich.

S: DARF ICH MIR NOCH EINMAL EINE DEINER HANDTASCHEN klauen?

L: Alles, was dir heute Abend hilft. Und für den Fall, dass du es dir doch anders überlegst, Kondome sind im Bad. Viel Spaß und ich will Bericht.

S: Bekommst du! Tschöööööö!

S: PS: Die Kondome werden auch bei deiner Rückkehr noch in deinem Badezimmer liegen.

LEAH SCHICKT KEINE ANTWORT MEHR. ABER ICH KÖNNTE SIE dafür feiern, dass sie den *Cocktail Club* vorgeschlagen hat. Ich blicke vor mich auf das Bett und anschließend auf die Uhr. Es ist kurz nach sechs und ich habe noch Zeit. Daher entschließe ich mich, noch etwas zu Essen zu kochen und mir dazu ein Glas Wein zu gönnen.

Ich gehöre zwar nicht zu der Fraktion, die sich grundsätzlich für bestimmte Dinge Mut antrinken muss, aber heute will ich mal nicht aufs Kleingedruckte achten.

Kurze Zeit später steht leckere Pasta vor mir und ein volles Glas Weißwein.

Da ich niemanden zum Anstoßen habe, proste ich mir selbst zu.

»Auf dich, Saoirse«, denke ich. »Nach uns die Sintflut.«

15

Als mein Taxi vor dem *Cocktail Club* hält, scheint es nicht weniger voll als gestern zu sein. Im Bereich vor der Tür tummeln sich die Gäste und stehen an den Tischen. Ich kann selbst durch die geschlossene Scheibe hören, dass Musik aus der Bar nach außen dringt.

Ich bezahle, steige aus und stelle dann kurze Zeit später zu meiner Überraschung fest, dass auch der Security am Eingang derselbe wie noch am Tag zuvor ist. Zufälle gibt es. Er blickt mich an und hebt dann eine Augenbraue.

»Du warst doch gestern erst hier. Hübsche Gesichter muss man sich einfach merken«, sagt er und hält mir die Tür auf.

»Das stimmt», antworte ich und freue mich über die Begrüßung und das Kompliment. »Muss mir wohl gut bei euch gefallen haben.«

Ich zwinkere ihm zu und erkenne, dass sein Blick einen Moment länger auf meinem Dekolleté ruht. Mein Outfit scheint also bereits beim ersten Mann ein voller Erfolg zu sein. Den Taxifahrer zähle ich nicht mit, denn der hatte Gott sei Dank die Augen während der Fahrt auf den Verkehr gerichtet. Wo kämen wir denn da auch hin?

Auch heute beschenkt London uns mit einem angenehmen Sommerabend und so trage ich über meinem Jumpsuit nur eine leichte Jeansjacke, die ich beim Eintreten in die Cocktail Bar bereits abstreife.

»Wir freuen uns immer über so attraktive Gäste wie dich«, ruft mir der Security hinterher und ich fühle mich auf magische Weise sofort zwei Zentimeter größer. Obwohl sein wiederholtes Kompliment vielleicht etwas dick aufgetragen wirkt. Egal. Was Komplimente doch ausmachen können. Nicht dass ich eine Frau wäre, die dauerhaft darauf angewiesen wäre. Oder?

Ich lasse meinen Blick durch den Raum schweifen. Der Stehtisch an der Bühne ist dieses Mal besetzt und daher entscheide ich mich vorerst für einen Platz an der Bar. Hier kann ich den Barkeepern zuschauen und habe, wenn ich mich umdrehe und in den Raum schaue, gleichzeitig gefühlt alles im Blick: wer hereinkommt, wer etwas bestellt und wer sich auf die Tanzfläche begibt.

Ich mag die bunte Mischung an Menschen hier. Zwischen Mitte zwanzig und Anfang fünfzig scheint alles vertreten zu sein.

Auch heute muss es wieder Livemusik geben, denn auf der kleinen Bühne ist ein Set aufgebaut. Die Band hat Pause, denn gerade läuft Musik vom Band. Einige Leute tummeln sich auf der Tanzfläche und bewegen sich im Rhythmus der Musik. Plötzlich bleibt mein Blick auf einer Gestalt haften. Eine Gestalt, die mich zu verfolgen scheint. Das kann doch nicht sein.

Cole.

Ich kann nicht genau sehen, mit wem er hier ist, da die Person, mit der er sich unterhält, von ihm verdeckt wird. Trotzdem ist es eindeutig er. Wahrscheinlich hat er ein Date. Irgendwie würde das zu ihm passen.

Cole trägt ein schwarzes Hemd, dessen Ärmel er hochgekrempelt hat. Die oberen Knöpfe sind offen, sodass man einen Teil seiner Brust sehen kann. Ganz deutlich ist zu erkennen, wie trainiert er ist.

Ich bin mir sicher, er weiß, dass er gut aussieht. Ich habe kein Gefühl dafür, wie lange ich ihn beobachte, aber plötzlich zucke ich zusammen, weil mir der Barkeeper einen Cocktail hinstellt.

»Oh«, entfährt es mir und ich schaue ihn fragend an. »Ich habe nichts bestellt.«

Er muss sich vertan haben.

»Ich weiß«, antwortet mein Gegenüber zu meiner Überraschung grinsend und legt mir eine kleine Serviette neben das Glas. »Der wurde für Sie bestellt.«

»Für mich? Von wem?«

Ich kann mich nicht daran erinnern, dass mir jemals ein Mensch unbekannterweise einen Cocktail ausgegeben hätte. Das ist fast wie im Film.

»Das darf ich nicht verraten. Aber mir wurde gesagt, dass ich Ihnen den Namen des Cocktails verraten darf und was drin ist.«

Meine Neugierde ist nicht wirklich befriedigt, aber ich muss mich für den Moment wohl damit abfinden.

»Ich höre.« Abwartend schaue ich den Barkeeper an.

»Das ist ein Leg Spreader und eigentlich besteht die starke Version aus gleichen Teilen Tequila, Wodka, Gin und Rum. Mir wurde aber aufgetragen, Ihnen die abgeschwächte Variante mit Melonenliquor, Rum, Ananassaft und Limette zu machen.«

Vielleicht hätte mich die Zutatenliste schocken sollen, aber mich bringt eher etwas anderes aus dem Konzept.

»Wie heißt der Cocktail?«, hake ich daher noch einmal nach, denn ich muss mich einfach verhört haben.

Der Barkeeper, der übrigens ein sehr attraktives Gesicht hat, schmunzelt.

»Leg Spreader.«

»Und der wurde explizit für mich bestellt?«

»So sieht es aus. Lassen Sie ihn sich schmecken.«

Immer noch perplex starre ich auf den Drink vor mir und weiß nicht so recht, wie ich mich verhalten soll. Dann überkommt mich aber doch die Neugier und ich nippe vorsichtig an meinem Getränk. Sofort schmecke ich den Rum und den Ananassaft ganz deutlich auf meiner Zunge. Holla, die Waldfee. Wenn dies hier schon die abgeschwächte Version ist, will ich gar nicht wissen, was die heftigere Variante mit einem macht. Gott sei Dank habe ich vorhin zu Hause noch etwas gegessen, sonst könnte das hier übel enden.

Mit dem Cocktail in der Hand drehe ich mich um und lasse meinen Blick durch die Menge streifen. Irgendwo muss sich der spendable Unbekannte doch befinden. Sorgfältig scanne ich die Personen neben mir an der Bar, aber niemand scheint mich zu beobachten. Dann wandert mein Blick über die Tische zu meiner Linken, aber auch da nichts Auffälliges. Meine Augen nehmen den Bereich vor der Bühne ins Visier und plötzlich weiß ich, wem ich dieses Getränk zu verdanken habe. Ich hätte es ahnen müssen.

Cole schaut zu mir und sein Blick ist fesselnd. Selbst aus der Entfernung kann ich sehen, wie dunkel und gleichzeitig voller Feuer seine Augen sind. Innerhalb von Sekunden ist mir warm und kalt zugleich. Ich schlucke, mir durchaus bewusst, dass Cole keine einzige meiner Regungen entgeht.

Er selbst hält einen Drink in der Hand, den er kurz hebt und mir dann kaum merklich zunickt. Wie kann es sein, dass es auf einmal in der Bar zehn Grad wärmer ist? Mindestens.

Unruhig rutsche ich auf meinem Barhocker hin und her und irgendwie fühlt es sich an, als würde es in diesem Moment nur Cole und mich geben. Auf magische Art und Weise blende ich sämtliche Barbesucher um uns herum komplett aus. Dann hebe ich kurz meine Hand und proste ihm zum Dank zu, um nicht völlig geistlos hier zu sitzen.

Und nun?

Was mache ich nun?

Drehe ich mich völlig gleichgültig wieder um und zeige Cole die kalte Schulter?

Signalisiere ich ihm, dass man mich nicht so einfach begeistern kann?

Stehe ich auf und gehe zu ihm?

Himmel, was macht man in so einer Situation?

Meine Gedanken rasen.

Irgendwie bin ich Cole fast dankbar, dass er es ist, der mir sämtliche Entscheidungen abnimmt, denn er setzt sich in Bewegung und kommt langsam auf mich zu. Dabei lässt er mich nicht eine Sekunde aus den Augen. Mit wem auch immer er sich vorhin unterhalten hat, die Person ist weg oder zumindest für Cole auf einmal völlig uninteressant. Ohne Zweifel, er steuert auf mich zu.

»Hi«, raunt er keine zwanzig Sekunden später, als er vor mir steht. Sein Blick wandert über meinen Körper und er denkt gar nicht dran, unauffällig auf mein Dekolleté zu schauen. Er hebt kurz seine linke Augenbraue und lächelt mich im nächsten Moment an, sodass mir beinahe schwindelig wird.

»Hi«, erwidere ich dezent überfordert und schaue ihm direkt in die Augen. »Ich nehme an, der Drink ist von dir?«

»Richtig«, gibt er schmunzelnd zurück und beobachtet mich dabei, wie sich meine Lippen um den Strohhalm legen. Eine Frau wie Leah hätte das mit Absicht getan und dabei lasziv gegrinst, ich jedoch bemerke jetzt erst, wie das auf Cole wirken könnte.

»Ähm, das wäre nicht nötig gewesen«, sage ich daher schnell. »Ich kann noch recht gut selbst für meine Getränke zahlen.«

»Davon bin ich ausgegangen«, kommentiert Cole meine Aussage und kommt mir auf einmal verdammt nah. Sein Arm schiebt sich an mir vorbei und ich halte die Luft an. Dann merke ich, dass er lediglich sein Glas hinter mir auf der Theke abstellen will. Dass er das auch weniger nah an meinem Körper hätte machen können, lasse ich unkommentiert. Stattdessen ist es Cole, der etwas sagt.

»Danke.«

Erstaunt blicke ich ihn an. »Danke?«

»Mmh, ja. Sagt man das nicht, wenn jemand etwas für einen tut?«

Sofort fühle ich mich ertappt. Er hat recht und ich schäme mich nahezu für mein Verhalten. Das will ich ihn jedoch nicht spüren lassen und sage stattdessen: »Nun, ich habe dich nicht darum gebeten, oder?«

»Das hast du nicht, das stimmt.«

»Wie komme ich also zu der Ehre?«

Er sagt für einen Moment nichts, verzieht dann aber plötzlich seinen Mund zu einem Grinsen.

»Ich höre«, presse ich hervor und merke, dass ich viel zu nervös in seiner Gegenwart werde. Dabei bin ich mir nicht sicher, ob es an dem Ausdruck in seinem Blick liegt, der schier lodert, oder ob es seine Nähe und sein unfassbar anregender Duft sind, die mich umgarnen.

»Bist du immer so ungeduldig?«

»Bist du immer so ... so...?«

»Na was?«, hakt er nach und als er mit seiner Hand eine Haarsträhne aus meinem Gesicht streicht, vergesse ich, was ich sagen wollte.

»Warum hast du mir einen Cocktail ausgegeben?«, erkundige ich mich also erneut und setze somit zumindest in gewisser Weise neu an. Nicht, dass es auch nur in Ansätzen einen Unterschied machen würde.

»Ich dachte, der Drink wäre die passende Wahl für dein Outfit.«

»Verstehe ich nicht.«

Cole kommentiert meinen Ausdruck mit einem herzhaften Lachen, das Regionen in meinen Körper erreicht, die ich glaubte, schon vergessen zu haben. Oder noch gar nicht kannte. Bevorzugt südlich meines Bauchnabels.

»Leg Spreader.«

»Ja, ich weiß, dass der Cocktail so heißt. Und?«

Cole antwortet nicht, blickt mich jedoch eindringlich an.

Dann fällt es mir plötzlich wie Schuppen von den Augen. Ich schnappe nach Luft.

»Du meinst?«

Ich kann nicht glauben, dass das wirklich Coles Hintergedanke bei der Auswahl des Cocktails gewesen ist.

»Ja, ich meine, dass du so verführerisch aussiehst, dass man bei dem Outfit nicht *nicht* an Sex denken kann. Es ist heiß. Anregend und verdammt bezaubernd zugleich. Ich weiß, wo du heute einkaufen warst. Und wenn das, was du drunter trägst, auch nur in Ansätzen so sinnlich ist wie der Rest deinen Outfits, dann gnade mir Gott.«

»Dir?«

Wieder sagt er nichts, sondern blickt mich nur an. Himmel, dieser Mann hat ein gesundes Ego, das muss man ihm lassen.

Weil ich nicht genau weiß, wie ich reagieren soll, verschränke ich die Arme vor der Brust, was natürlich dazu führt, dass mein Ausschnitt plötzlich noch mehr betont wird. So viel zum Thema Körpersprache und Abwehrhaltung.

Denken, Saoirse, denken!

Ich muss einfach erkennen, dass mein Gehirn in Coles Gegenwart aussetzt. Oder zumindest tierisch beeinträchtigt ist. Denn für einen Menschen, der studiert hat, und sonst eigentlich recht gut durchs Leben kommt, scheine ich auf einmal die Gehirnmasse einer Amöbe zu haben. Selbst auf richtiges Atmen muss ich mich konzentrieren.

»Tu nicht so, als wüsstest du nicht, wie attraktiv du bist. Und da ist es auch egal, ob du so ein Outfit wie heute mit diesem mordsmäßigen Dekolleté trägst, oder einfach einen Pyjama mit Rotweinfleck.«

»Das verrät mir aber immer noch nicht, warum du die Gunst der Stunde genutzt hast, um mir hier etwas zu trinken auszugeben.«

»Weil wir uns bisher noch nicht einmal vernünftig begegnet sind.«

»Das würde ich so nicht sagen. Wir sind uns schon diverse Male begegnet.«

»Ohne, dass wir vernünftig miteinander kommuniziert haben.«

»Nennst du dies hier etwa vernünftige Kommunikation? Wenn ja, muss ich dir sagen, dass du deine Berufswahl vielleicht noch einmal überdenken solltest.«

»Vielleicht wäre es besser, wenn du jetzt schweigst.«

Ich reiße meine Augen auf und starre ihn an. Verbietet er mir etwa den Mund? »Und dann?«

»Dann«, raunt er und seine tiefe und durchdringende Stimme versetzt meinen Körper in Alarmbereitschaft. Seine Hand legt sich plötzlich unter mein Kinn und er drückt es leicht hoch, damit ich ihn ansehen muss.

Ich schlucke.

»Dann kann ich dich endlich küssen. Wenn ich darf.«

Cole McCarnell fragt mich tatsächlich gerade um Erlaubnis, ob er mich küssen darf. Meine Gedanken rasen.

Was, wenn ich Nein sage?

Was, wenn ich es einfach geschehen lasse?

Was, wenn ich dann nicht mehr aufhören kann?

Noch immer ruht seine Hand unter meinem Kinn. Ich nehme wahr, wie sein Finger ganz sanft über meine Haut streicht, spüre seinen Atem.

»Darf ich, Saoirse?«

Dieses Mal ist seine Frage leise und ich bezweifle eh,

dass die Menschen um uns herum hören können, was wir sagen, denn immerhin stehen wir in einer gut besuchten Cocktailbar.

O Gott, die Leute um uns herum. Was werden sie denken?

Als würde mein Körper plötzlich von einer fremden Macht bestimmt, realisiere ich, wie ich auf einmal kaum merklich nicke. Meine Regung ist dezent, aber Cole, der mich die ganze Zeit aufmerksam beobachtet, hat es natürlich gesehen.

Unsere Blicke begegnen sich und ich sehe das Lodern in seinen Augen. Alles in mir schreit nach Flucht. Nicht, weil ich Angst vor Cole habe. Nein. Ich befürchte, dass ich die Kontrolle über mich verliere, wenn sich unsere Lippen berühren. Und Kontrolle abzugeben ist etwas, das mir Angst bereitet.

»Sssh«, flüstert Cole und legt sanft seine Hand auf meine Wange. »Du zitterst.«

Wieder nicke ich, dieses Mal aber um einiges deutlicher als noch das Mal zuvor.

»Ich kann auch wieder auf Abstand gehen«, sagt er, doch der sinnliche Duft, der von ihm ausgeht, betäubt fast nahezu meine Sinne.

»Soll ich?«

Mein Körper antwortet sofort, denn auf magische Art und Weise presst er sich gegen Cole. Was für ein mieser Verräter.

Für Cole ist das Aufforderung und Antwort genug, denn langsam senkt er seinen Kopf zu mir hinab. Als sich unsere Lippen berühren, vergesse ich alles um mich herum. Nie im Leben habe ich jemals so sanfte Männerlippen gespürt.

Coles Kuss ist zaghaft. Vorsichtig. Es ist, als würde er testen wollen, wie ich mich anfühle. Meine Hoffnung, dass er ganz furchtbar küsst und ich schnell wieder auf Distanz gehen kann, ist innerhalb von wenigen Sekunden dahin.

Er weiß, was er tut. Neckend streift seine Zunge über meine Unterlippe und mir entfährt ein leises Seufzen. Entsetzt reiße ich die Augen auf und gehe sofort auf Abstand. Was, wenn das jemand gemerkt oder sogar gehört hat?

Cole ahnt natürlich sofort, was ist, denn er scheint aufmerksam auf sämtliche Regungen meines Körpers zu achten. Nahezu fürsorglich legt er eine Hand auf meine Taille.

»Wir können auch zu mir gehen«, höre ich ihn nah an meinem Ohr sagen und für einen kurzen Augenblick frage ich mich, wie ich in dieser Situation gelandet bin. Die Unterwäsche, die Fahrt zur Cocktail Bar, der Cocktail, der auf einmal vor mir stand.

Leg Spreader.

Ich reiße die Augen auf und lege meine Hände auf seine Brust, die sich natürlich viel zu gut anfühlt.

»Denkst du etwa, nur weil du mir einen Cocktail mit mehr als eindeutigem Namen ausgegeben hast, gehe ich mit dir ins Bett?«

Statt beleidigt zu sein, grinst Cole nur und streift mir erneut eine Strähne aus der Stirn.

»Nein. So einfach habe ich das natürlich nicht gedacht. Aber ich habe es gehofft.«

Seine Ehrlichkeit an der Stelle sollte mich eigentlich

verärgern, aber das Gegenteil geschieht. Sie macht mich tierisch an.

»Lass mich raten. Eigentlich würdest du mir am liebsten eine schallende Ohrfeige geben, aber leider Gottes sind deine Gedanken gerade mindestens genauso verdorben wie meine und das irritiert dich maßlos.«

Erstaunt blicke ich ihn an und fühle mich ertappt.

»Kannst du Gedanken lesen?«

Seine Antwort ist ein herzhaftes Lachen und meine Hände, die immer noch auf seiner Brust liegen, spüren die Vibration ganz deutlich, die von seinem Brustkorb ausgeht.

»Vergiss nicht, was ich beruflich mache.«

Ich verdrehe die Augen. »Und du meinst, deswegen kannst du jedem an der Nasenspitze ansehen, ob er oder sie Sex will?«

»Jedem vielleicht nicht, aber dein Körper verrät dich. Er schreit förmlich nach mir. Oder liege ich da so falsch? Ich bin mir sicher, würde ich meine Finger jetzt zwischen deine Beine schieben, hätte ich meine Antwort.«

Stumm schüttle ich den Kopf und habe das Gefühl, mich nicht wiederzuerkennen. Das kann doch nicht sein, dass dieser Mann so eine Wirkung auf mich hat.

»Außerdem«, raunt er dicht an meinem Ohr, »willst du wissen, ob mir deine neue Wäsche gefallen wird.«

»Wird sie«, platzt es aus mir heraus und dieses Mal ist er es, der überrascht reagiert.

»Ach ja?«

Ich stelle mich auf die Zehenspitzen und presse meinen Mund kurz auf seinen. Dann lasse ich meinen Finger von seiner Brust runter zu seinem Bauch wandern, bevor ich ihn mit großen Augen anblicke.

»Die Frage ist, ob du noch lange hier rumdiskutieren möchtest oder uns ein Taxi rufst.«

Seine Antwort erfolgt sogleich und als er nach meiner Hand greift und meine Finger mit seinen verschränkt, weiß ich, dass diese Nacht definitiv unvergesslich werden wird. Aus welchem Grund auch immer.

16

Ich habe keine Ahnung, wie lange die Fahrt dauert, denn wie zwei wilde Teenager können wir die Finger kaum voneinander lassen. Es ist nicht so, als würden wir uns halb ausziehen, aber seine Hand hält meine und allein der sanfte Druck seines Daumens auf meinem Handrücken schickt regelmäßig kleine Schauer über meine Haut. Immer wieder streift er darüber und schaut mich mit diesem Blick an, der einen direkten Draht zu meinem Höschen hat. Himmel, wie sehr kann man mit einem Menschen allein sein wollen?

Und warum herrscht heute Abend in London so dichter Verkehr? Es ist doch mitten in der Woche!

Mehr als einmal bin ich drauf und dran, aus dem Taxi zu springen, um die Meter bis zum Lincoln Square zu Fuß hinter uns zu bringen.

Coles Arm liegt hinter mir und als wäre es das Natürlichste von der Welt, kuschle ich mich an ihn. Als das Taxi zum wiederholten Mal an einer roten Ampel halten muss, dreht Cole seinen Kopf zu mir und ich spüre seinen warmen Atem dicht an meinem Ohr.

»Wenn es noch länger dauert, nehme ich dich gleich hier an Ort und Stelle auf dem Rücksitz.«

Ich schlucke, als er unsere Hände löst und mit seiner freien Hand über meinen Oberschenkel streicht.

»Ich könnte dir die Taxifahrt sonst anderweitig angenehm machen? Wenn du mich lässt?«

Schnell schüttle ich den Kopf und schaue in einem Anfall von leichter Panik zum Fahrer und checke, ob er uns im Rückspiegel beobachtet. Doch sein Blick ist Gott sei Dank auf den Verkehr gerichtet. Also den auf der Straße.

Erleichtert atme ich auf. Ein Spanner fehlt mir jetzt in dieser Situation auch noch. Wobei ich weiß, dass es genug Menschen gibt, die dabei einen Reiz empfinden, wenn sie von anderen beim Sex beobachtet werden. Ich gehöre nicht dazu. Und Cole hoffentlich auch nicht.

Er lächelt mich an, zieht zu meiner Überraschung meine Hand zu seinem Mund und küsst meinen Handrücken.

»Keine Angst. Damit habe ich auch nicht gerechnet. Und es ist ja auch nicht mehr weit. Die paar Minuten halten wir noch aus.«

»Sicher?«, frage ich und zwinkere ihm zu.

»Vielleicht brauche ich etwas zur Überbrückung?«

Demonstrativ blickt er nach der Frage zwischen mir und seinem Schritt hin und her, signalisiert mir aber durch sein Grinsen, dass er jetzt nicht wirklich davon ausgeht, von mir hier im Taxi einen Blowjob zu bekommen.

Aber allein um ihn zu ärgern, verlagere ich mein Gewicht und tue so, als würde ich mich zu seinem besten

Stück runterbeugen wollen, biege aber sprichwörtlich ab und kratze mich am Knöchel.

»Wie gemein«, höre ich ihn neben mir lachen und als ich mich wieder aufrecht neben ihn setze, zieht er mich an sich. »Das hätte mich aber wirklich sprachlos gemacht.«

»Man darf ja noch träumen, oder?«

»Definitiv«, erwidert er und deutet auf einmal mit dem Finger an mir vorbei nach vorn. »Wir sind gleich da. Schau!«

Und wirklich, der Lincoln Square liegt vor uns und plötzlich merke ich, wie ich wieder nervös werde. Zu meiner Überraschung waren die letzten Minuten mit Cole im Taxi unfassbar entspannt. Jetzt weiß ich, wie nah ich dem nächsten Schritt bin und mein Herz schlägt in einem schnelleren Rhythmus.

Und wenn ich doch nicht will?

Herrje, Saoirse! Und ob du willst. Um ehrlich zu sein willst du Cole nicht erst seit heute Abend. Eigentlich hast du bereits erkannt, wie scharf er ist, als du dich mitten in der Nacht wegen der Ruhestörung bei ihm beschweren wolltest.

Als das Taxi hält, zahlt Cole und hilft mir aus dem Auto. Wie selbstverständlich legt er seine Hand auf meinen unteren Rücken und es wäre gelogen zu behaupten, dass mir das nicht gefiele.

Zum Glück ist Louis nicht in der Lobby, denn dass Cole und ich gerade sehr innig miteinander wirken, ist kaum zu übersehen. Wir betreten den Aufzug und als sich die Türen schließen, steht Cole plötzlich vor mir und drückt mich mit seinem Körper gegen die Kabinenwand. Er platziert seine

Hände links und rechts neben meinen Kopf. Dann ist er mir ganz nah.

»Noch kannst du einen Rückzieher machen und in deine Wohnung verschwinden.«

Ich denke nicht mal eine Sekunde daran. Trotzdem schaue ich ihn provozierend an und sage: »Möchtest du das?«

Coles Antwort ist ein Schnauben und auf einmal greift er nach meiner Hand und legt sie auf seinen Schritt.

»Fühlt es sich so an, als würde ich das wollen?«

Ich reiße meine Augen auf, als mir bewusst wird, wie erregt Cole in diesem Moment bereits ist, und dass ich der Grund dafür bin. Es gibt keine Zweifel, dass er mich will.

Ich sollte vielleicht entsetzt über seine Aktion sein, aber die Wahrheit ist, dass mich das nur noch mehr anmacht.

»Küss mich«, flüstere ich ihm zu und das lässt Cole sich nicht zweimal sagen. Sofort presst er seinen Mund auf meinen. Er erobert meine Lippen mit einem sündigen, atemberaubenden Kuss, der mir den Atem raubt.

Gott sei Dank hält in diesem Augenblick der Aufzug in unserer Etage und wir stolpern förmlich auf den Gang.

»Nun?«, erkundigt Cole sich erneut, aber ich ergreife seine Hand und ziehe ihn hinter mir her zu seiner Wohnungstür. »Uuuuuh, jetzt willst du es aber wissen.«

Natürlich weiß ich, dass er nur scherzt und irgendwie gefällt mir, dass wir in diesem mehr als eindeutigem Moment so unverkrampft miteinander umgehen können.

Cole schlingt seinen Arm um meine Taille. Dann nimmt er mein Kinn in seine Hand und hält so meinen Kopf fest. Sanft senkt er seinen Mund auf meinen und ich weiß jetzt schon, dass ich ihn die ganze Nacht küssen könnte, so gut fühlen sich seine Lippen an. Seine Zunge streift vorsichtig über meine Unterlippe und ich kann einfach nicht widerstehen. Hastig schlinge ich meine Arme um ihn und ziehe ihn näher an mich heran. Er unterbricht unseren Kuss und ich will frustriert aufstöhnen, doch dann reibt er seine Nasenspitze an meiner, was mir ein kleines Lachen entlockt.

»Wenn wir jetzt nicht langsam reingehen, vergesse ich mich und meine guten Manieren hier auf dem Flur«, knurrt er und sieht mir direkt in die Augen. Darin kann ich ein Feuer erkennen, das nur ich in diesem Moment löschen kann. Ich weiß, dass ich nichts lieber tun würde als genau das. Und zwar jetzt sofort.

Schwer atmet er durch und ich sehe ihm an, dass er sich genauso quält wie ich. Ich habe zwar auch gedacht, bei Alec Lust auf Sex gehabt zu haben, aber dieses Verlangen, das ich gerade für Cole empfinde, ist neu, aufregend, berauschend.

»Lass uns rein«, stammle ich und wundere mich selbst über meine Stimme, die dunkel vor Verlangen klingt.

Auch Cole scheint diese Änderung wahrzunehmen, denn er hebt eine Augenbraue. Dann löst er sich von mir und öffnet in Windeseile seine Wohnungstür. Er tritt durch die Tür und als er mich an sich zieht, pralle ich gegen seine muskulöse Brust. Für eine Sekunde bleibt mir der Atem weg und dann stemme ich meine Hände gegen ihn.

»Bekomme ich die Wohnung nicht gezeigt?«

Wie war das mit Zeit schinden, um die Nerven ein bisschen in den Griff zu bekommen?

Nahezu frustriert stöhnt Cole auf und schaut mich fragend an. »Dein Ernst?«

Ich sehe das Funkeln in seinen Augen und zwinkere ihm zu.

»Na klar. Ich muss doch wissen, wo ich gleich alles Sex mit dir haben will.«

Cole fährt sich durch die Haare.

»Unter dem Aspekt habe ich das noch gar nicht betrachtet.«

Er nimmt mir die Jeansjacke ab, die über meinen Schultern hängt, und legt sie zusammen mit meiner Handtasche auf die Garderobe. Dann signalisiert er mir mit einer Handbewegung, dass ich eintreten soll, was ich natürlich liebend gern tue.

Tatsächlich finde ich es immer wieder faszinierend, fremde Wohnungen zu sehen. Es ist interessant, wie andere Menschen wohnen. Wie sie sich eingerichtet haben, ob sie minimalistisch leben oder die Wohnung voller Erinnerungsstücke ist.

Coles Wohnung ist auf den ersten Blick stilsicher eingerichtet. Sie ist nicht zugestellt, sondern überzeugt ähnlich wie Leahs Wohnung durch klare Linien. Als ich im Wohnzimmer stehe, fällt mir sofort die große Installation ins Auge, die aus drei großflächigen Bildern besteht, die mit Lichtröhren versehen sind, die gemeinsam eine interessante Lichtstimmung bringen. Neben dem großen beigen Sofa steht ein Designersessel in schwarz mit passendem Hocker. Im Gegensatz zu Leahs Wohnung ist Coles Wohnung offener. Die Küchenfront und das Wohnzimmer sind miteinander verbunden, sodass auch der Esstisch mit im Raum steht. Cole hat einen runden Esstisch mit einer Glasplatte, an dem sechs Stühle stehen. Die Küche ist schwarz, was einen interessanten Kontrast bildet. Herd und Backofen sind in einer Kücheninsel eingelassen, die etwas in den Raum hineinragt und direkt daneben befinden zwei große Weinkühlschränke. Da scheint jemand Wein zu lieben.

Es wäre interessant zu wissen, ob Cole die Wohnung selbst eingerichtet hat, oder ob er Hilfe hatte. Auf jeden Fall wirkt sie nicht im Geringsten wie eine von diesen furchtbaren Männerwohnungen, die man während seines Studiums mal betreten hat. Diese Art von Wohnung, wo nichts so wirklich zusammenpasst. Wo man im Badezimmer überlegt, ob man die Hände von der Luft trocknen lässt oder sie doch todesmutig am Handtuch abputzt. Ich bin mir sicher, wenn ich Coles Kühlschrank öffne, wird dort mehr zu finden sein als nur eine Flasche Sekt, Ketchup und eine alte Pizza.

»Bildest du dir gerade ein Urteil über meine Wohnung?«

Cole steht hinter mir und hat die Arme ineinander verschränkt.

»Vielleicht.« Ich zucke mit den Schultern. »Wobei ich gerade eigentlich mit meinen Gedanken woanders bin.«

»Wo denn?«

Statt zu antworten, sehe ich ihn nur an und verringere den Abstand zwischen uns. Dann lehne ich mich an ihn. Ich brauche nur den Kopf ein wenig zu heben und schon dringt sein Geruch wieder in meine Nase. Dieser unfassbar männliche Duft, der meine Sinne betäubt. Coles Mundwinkel zucken und er lächelt mich an.

»Wo denn, habe ich gefragt.«

Sein Lächeln bringt mich zum Schmelzen. Für einen

kurzen Moment schließe ich die Augen und kann gerade so verhindern, aufzuseufzen.

Coles rechter Arm schiebt sich um mich und er zieht mich an sich. Dann presst sich sein Mund auf meinen. Sein Kuss ist überraschend zärtlich. Dafür, dass wir beide so hungrig nacheinander sind, ist das hier wahnsinnig gefühlvoll. Seine linke Hand legt sich in meinen Nacken und sofort breitet sich eine Gänsehaut auf meinem Körper aus. Diese Berührung ist elektrisierend, denn er drückt mich dabei noch fester an sich. Sein Kuss wird intensiver und ich lasse mich in seine Liebkosungen fallen. Seine Zunge findet meine und die Spannung, die mehr und mehr zwischen uns entsteht, nimmt den ganzen Raum ein. Coles Hände streichen über meinen Rücken und ich merke, wie jede seiner Berührungen kleine Stromschläge durch meinen Körper schickt. Alles in mir kann nicht mehr abwarten, ihm ganz nah zu sein. Ich will ihn spüren. Seine nackte Haut auf meiner.

Ich löse unseren Kuss und trete einen Schritt zurück. Cole beobachtet mich genau und es scheint, als wolle er mich am liebsten sofort wieder an sich ziehen, doch ich hebe die Hand, signalisiere ihm, dass er stehen bleiben soll. Dann beginne ich, langsam meinen Jumpsuit abzustreifen, mich Zentimeter um Zentimeter zu entblößen. Kurze Zeit später stehe ich nur noch in meiner neuen Wäsche und meinen High Heels vor ihm. Cole presst die Kiefer aufeinander. Dann gleitet sein Blick an mir entlang. Es ist, als würde er sich alles einprägen. Diesen Anblick in sich aufnehmen.

Ich danke Nancy für die tolle Beratung, denn ich weiß,

dass die neuen Dessous meinem Körper schmeicheln, mich sinnlich und feminin wirken lassen.

Cole zieht die Luft ein und schüttelt kaum merklich den Kopf. Dann überbrückt er die Distanz zwischen uns und bleibt dicht vor mir stehen. Er berührt mich nicht, aber die Nähe seines Körpers versetzt mich sofort wieder in freudige Erwartung.

»Saoirse«, raunt er mir ins Ohr, seine Stimme jetzt noch rauer als zuvor. »Ich will dich. Unbedingt.«

Ohne ein weiteres Wort legt er seine Hand an meine Wange und fährt mit dem Daumen über meine Lippen. Was auch immer in mich gefahren ist, meine Zunge leckt über seinen Finger und zieht ihn kurz in meinen Mund. Ich spüre, dass es nicht nur freudige Erwartung ist, die ich empfinde. Es ist Lust. Pure Lust. Mein Unterleib regt sich verräterisch und ob ich will oder nicht, mein Atem geht schneller.

Cole und ich verstehen uns ohne Worte. Er greift nach meiner Hand und zieht mich mit sich ins Schlafzimmer. Dort befindet sich ein großes Doppelbett, neben dem helle Nachttischschränke stehen. Über dem Bett hängt eine große weiße Designerlampe.

Cole legt seine Hand auf meinen Rücken und lässt sie runter zu meinem Po gleiten. Er streichelt darüber, schiebt sich unter den Stoff und presst im nächsten Moment seine Lippen auf meine. Seine Hand wandert nach vorn, streichelt die Stelle zwischen meinen Beinen. Ich kann gar nicht anders, als aufzustöhnen. Diese erste Berührung von ihm an diesem Punkt entfacht etwas in mir, das ich noch nicht greifen kann. Ich will mehr. Ich will ihn. Jetzt. Sofort.

Cole streichelt mich weiter, nur ganz leicht, doch selbst

dieser sanfte Druck an dieser Stelle bringt meine Sinne in Wallung. Berauscht mich. Ich erwidere seinen Kuss und doch ist alles in mir gespannt auf seine nächste Bewegung. Himmel, bitte berühr mich intensiver. Schick deine Finger auf Wanderschaft.

Stattdessen löst Cole seine Hand wieder und hebt mich hoch, seine Hände an meinem Hintern. Dann lässt er mich aufs Bett herunter. Sofort legt er sich auf mich und presst seinen Körper gegen meinen. Ich spüre seine Erregung. Cole küsst meinen Hals. Seine Hände gleiten hinunter zu meinen Brüsten. Streicheln sie, drücken sie. Durch den Hauch von Stoff reizt er meine Brustwarzen, die natürlich sofort auf seine Berührungen reagieren und sich aufstellen. Ich kann nicht anders und presse mich gegen ihn. Cole drückt sich von mir hoch und entledigt sich in wenigen Handgriffen seines Hemdes und seiner Hose. Wie auch neulich beobachte ich fasziniert das Spiel seiner Muskeln und lasse meinen Blick über seinen trainierten Oberkörper wandern. Dann ist er wieder auf mir. Unsere Lippen treffen sich und fast wie von selbst finden sich unsere Zungen. Sie umschlingen sich leidenschaftlich und beginnen einen wilden Tanz. Ich habe das Gefühl, dass er noch härter als vorhin wird. Sein Schwanz, den er an mir reibt, reizt mich bis aufs Äußerste. Ich bin kurz davor, die Kontrolle zu verlieren und zu meiner Überraschung gefällt mir der Gedanke.

Plötzlich öffnet Cole den Verschluss meines BHs und legt meine Brüste frei. Sofort streift seine Zunge kurz über meine Haut. Ich sehe, wie er mich betrachtet. Seine Zunge spielt wieder mit meinen Knospen und während er die eine

Brust liebkost, umfasst seine freie Hand die andere und knetet sie.

Behutsam streift er mir als Nächstes meinen Slip ab und schiebt meine Beine ein Stück auseinander. Wieder ist sein Blick intensiv und ich sehe deutlich die Erregung in seinen Augen. Ich bin mindestens genauso erregt, jedoch durchfährt mich ein Gedanke, den ich ihm irgendwie mitteilen muss.

»Cole, ich …«

»Ich weiß. Lass dich fallen. Du bist erregt. Ich sehe das.«

»Das ist es nicht«, presse ich hervor und lege meine Hand an seine Wange.

»Was dann?«

»Mach dir bitte keinen Gedanken, wenn ich nicht komme. Ich kann beim Sex keinen Orgasmus bekommen.«

Er reißt die Augen auf und starrt mich ungläubig an. Okay, Saoirse. Vielleicht nicht das perfekte Timing.

»Du willst mir sagen, dass du noch nie beim Sex zum Orgasmus gekommen bist?«

Ich schüttle den Kopf.

»Und beim Lecken? Fingern?«

Wieder muss ich verneinen.

»Verrückt. Aber du kannst zum Orgasmus kommen? Also generell?«

»Ja«, antworte ich und möchte mir am liebsten die Bettdecke über das Gesicht ziehen und mich verstecken. »Also, wenn ich es mir selbst mache.«

»Ich verstehe«, raunt Cole und fährt mit seiner Hand meinen Oberschenkel hinauf. »Darf ich dich trotzdem ein bisschen verwöhnen?«

Hastig nicke ich und lasse mich zurück in die Laken

fallen, als Cole seinen Daumen über meinen Venushügel gleiten lässt. Ich habe nicht gedacht, dass ich noch feuchter werden könnte, doch unter Coles Liebkosungen steigt meine Erregung ins Unermessliche. Auf einmal nehme ich wahr, wie er sich zwischen meine Beine schiebt. Dann spüre ich seine Zunge an meiner empfindlichsten Stelle. Er leckt mich und mir bleibt nichts anders übrig, als laut aufzustöhnen. Seine Zunge erkundet mich. Neckt mich, saugt an mir. Er ist gierig und ich presse mich ihm entgegen. Ich kann es nicht glauben, aber ich vergehe vor Lust und als er einen Finger in mich schiebt, schreie ich vor Verlangen laut auf. Dieses Gefühl ist neu und Cole denkt gar nicht daran, aufzuhören. Erst ist es ein Finger, den ich spüre. Dann zwei. Er leckt mich, saugt an mir und reibt mit seinem Daumen meinen Kitzler. Ich spüre wieder seine Zunge, wie sie mich reizt. Seine Lippen, die an mir saugen. Seine Finger, die eine Stelle in mir stimulieren, die mich in Ekstase versetzt. Ich atme heftig und plötzlich merke ich, wie mich eine Welle der Lust ergreift. Ich beuge mich ihm entgegen und komme mit einer Heftigkeit, die ich so nicht gekannt habe. Mein Orgasmus ist gewaltig. Er hält an und Cole stimuliert mich weiter. Ich greife nach seinem Kopf zwischen meinen Beinen, fahre mit meinen Händen durch seine Haare. Ich stöhne und warte auf den Moment, dass dieser mir so fremde Orgasmus abklingt, doch Cole treibt mich weiter. Es ist Wahnsinn, was hier gerade geschieht und ich kann nicht glauben, wie Cole mir binnen Augenblicken das beschert, das ich all die Jahre ersehnt habe. Jede Berührung seiner Zunge treibt mich erneut an, sendet kleine Stromstöße durch meinen Körper. Wieder und wieder bäume ich mich auf, drücke mich ihm entgegen und will mehr.

Er scheint Gedanken lesen zu können, denn als er sich von mir löst, leuchten seine Augen und seinen Mund umspielt ein süffisantes Lächeln.

»Das war nur der Anfang«, raunt er und ich lasse meinen Kopf in den Nacken fallen, versuche, meinen Atem in den Griff zu bekommen und nehme ganz deutlich das Zittern meiner Oberschenkel wahr. Noch immer liege ich mit gespreizten Beinen vor ihm. Sein Blick wandert über meinen Körper. Ich weiß, dass er meine Erregung sieht. Himmel, er hat sie gespürt. Vielleicht sogar geschmeckt.

Ich lasse nun ebenfalls meinen Blick über seinen Körper gleiten und ich ertappe mich dabei, wie ich mir auf die Unterlippe beiße.

»Tu das nicht«, entfährt es ihm da plötzlich.

»Was?«

»Mich noch mehr zu reizen. Das, was du da mit deiner Unterlippe machst, turnt mich tierisch an.«

»Tut es das?«

Lasziv fahre ich mit meiner Hand über meinen Bauch und streife mir kurz über meine Brüste, mir sehr wohl bewusst, dass Coles meine Bewegungen aufmerksam verfolgt.

»Ich zeig es dir gern«, sagt Cole und zieht seine Boxershorts aus. Als ich seinen steifen Schwanz sehe, ergreift mich die Lust erneut und ich will nichts anderes, als ihn in mir zu spüren. Er drückt mich zurück aufs Laken und legt sich auf mich. Dann spreizt er meine Beine. Für einen Moment verharrt er so und legt seinen Mund auf meinen. Vorsichtig neckend küsst er mich, unsere Zungen finden sich erneut. Kann dieser Mann gut küssen!

Cole greift nach meinen Händen und drückt meine Arme über meinen Kopf auf das Bett, hält sie mit seiner linken Hand dort, während er mit der rechten zwischen uns greift und seinen Schwanz an mir reibt. Mein Körper funktioniert von allein und drückt sich ihm entgegen. Plötzlich löst sich Cole von mir, nur um kurze Zeit später wieder mit einem Kondom zurück zu sein. Ich atme tief ein und aus. Endlich ein Mann, der mitdenkt. Der nicht selbstverständlich davon ausgeht, dass Verhütung Frauensache ist.

»Willst du?«

Seine Frage kommt überraschend, doch ich nicke heftig. Er schaut mich an und ist im nächsten Augenblick auch schon auf mir. Fast spielend leicht dringt er in mich ein und ich halte die Luft an, als er sich tiefer und tiefer in mich schiebt. Ich nehme ihn komplett in mir auf und biege mich ihm entgegen. Fast automatisch finden wir unseren gemeinsamen Rhythmus. Cole zieht sich zurück, nur um im nächsten Moment wieder tief in mich einzudringen. Erst ist er sanft, dann werden seine Bewegungen schneller. Wie von selbst passt sich mein Körper seinem Tempo an. Ich folge ihm, schlinge meine Beine um ihn und ziehe ihn so noch tiefer in mich. Tiefer, als ich es für möglich gehalten hätte.

Seine Stöße werden schneller. Härter. Nehmen an Intensität zu. Ich spüre, wie nah auch er seinem Orgasmus ist und als er kommt, folge ich ihm fast im gleichen Moment, völlig berauscht von der Intensität seiner Stöße, berauscht von der puren Lust, die mich ergriffen hat.

Heftig atmend löse ich meine Beine, falle zurück und bin vollkommend ergriffen. Mit einer vorsichtigen Bewegung zieht Cole sich aus mir zurück und entledigt sich des Kondoms. Dann rutscht er wieder zu mir und zieht mich an sich.

»Ich glaube, du musst dich korrigieren.«

Sein Kommentar entlockt mir ein leises Stöhnen, weil ich genau weiß, worauf er anspielt.

»Halt die Klappe«, sage ich lachend und kuschle mich an ihn. Sein Brustkorb hebt und senkt sich, als er ebenfalls lachen muss. Ich atme seinen Duft ein und spüre noch immer das Pochen zwischen meinen Beinen. Es gibt wohl für alles ein erstes Mal.

17

»Kannst du bitte einmal dieses furchtbare Grinsen aus deinem Gesicht verbannen?«

Ich liege neben Cole, der entspannt einen Arm hinter seinem Kopf platziert hat, während sein anderer um mich herum liegt.

»Ich weiß gar nicht, wovon du redest.«

Spielerisch entrüstet schlage ich ihm leicht mit der Hand auf die Brust.

»Natürlich nicht. Tu nicht so. Innerlich verleihst du dir gerade einen Orden, weil du mir meinen ersten Orgasmus beim Sex ermöglicht hast.«

»Um genau zu sein, waren es sogar zwei.«

»Wer will denn schon so genau sein?«

Neben mir höre ich ein Prusten.

»Wenn es um Orgasmen geht? Ich.«

»Männer«, stöhne ich und ziehe mir die Bettdecke ein Stück weiter über den Körper, denn obwohl Cole neben mir als eine menschliche Heizung fungiert, wird mir so völlig nackt ein bisschen kalt.

»Darf ich dich etwas fragen?«

Für einen Moment halte ich die Luft an. Will er jetzt wissen, wann ich gehe? Wie ich zu One-Night-Stands stehe? Ob ich besondere Fetische habe? Ich stelle mich auf alles Mögliche ein und sage leicht zögerlich: »Klar.«

»Hast du eine Ahnung, warum du bisher nie beim Sex gekommen bist? Hattest du so schlechte Liebhaber, die nicht wussten, wie sie eine Frau verwöhnen müssen, oder liegt es an etwas anderem?«

Okay, mit der Frage habe ich nicht gerechnet. Wie reagiert man auf so etwas? Meine Lösung ist eine rasche Gegenfrage.

»Fragst du mich das jetzt als Cole oder als Therapeut?«

Cole regt sich, dreht seinen Kopf zu mir und schaut mich an.

»Ich glaube, ich habe dir schon einmal gesagt, dass ich Berufliches und Privates sehr gut trennen kann. Es interessiert mich einfach. Du warst förmlich Wachs in meinen Händen und ja, ich weiß, dass ich ein guter Liebhaber bin, aber ich musste dich quasi nur noch anstupsen und du bist gekommen.«

Leider hat er recht. Mit so einer Explosion habe ich nicht gerechnet und um ehrlich zu sein, habe ich nicht gewusst, dass ich zu so viel Lust überhaupt in der Lage bin. Cole hat definitiv die richtigen Knöpfe an mir gedrückt. Kurz denke ich an Alec. Denke daran, wie unsere Intimität war. Denke an Nächte, in denen ich durchaus erregt war. Nächte, in denen wir das hatten, was ich bis dato guten Sex genannt habe. Ich zucke mit den Schultern und spiele seine Anmerkung herunter.

»Jetzt übertreibst du aber. Du musstest mich nicht nur

anstupsen. Aber um ehrlich zu sein, habe ich keine Ahnung, woran das bisher gelegen hat. Wirklich nicht. Ich habe immer gedacht, es wäre für mich halt nicht drin. Es ist nicht so, dass sich meine Ex-Partner nicht viel Mühe damit gegeben hätten, mich zu stimulieren. Aber irgendwie hat es nie geklappt.«

»Hast du ihnen das gesagt?«

»Was jetzt genau?«

»Dass du bei ihnen keinen Orgasmus hast. Oder besser gesagt, hattest.«

»Nicht so wirklich. Ich glaube, sie sind immer davon ausgegangen, ich hätte einen.«

»Aha. Also entweder waren die Kerle dumm oder du bist eine verdammt gute Schauspielerin.«

Kurz ziehe ich eine Augenbraue hoch, denn ich erinnere mich an die wilden Sexgeräusche von neulich Nacht, die sicherlich nicht auf einen heißen Orgasmus hingewiesen haben. Zumindest nicht auf einen echten. Tatsächlich frage ich mich, wie es sein kann, dass eine Frau nicht bei Cole kommen kann, denn dass er weiß, wie man mit einer Frau umgehen muss, durfte ich gerade eben am eigenen Leib erfahren.

Gott, ich bin gekommen. Und nicht nur so ein bisschen. So richtig. Mein Unterleib ist immer noch dabei, sich zu beruhigen. Meine Atmung hat dankenswerterweise wieder zu ihrem alten Rhythmus zurückgefunden. Wenn ich ehrlich bin, Cole so nackt neben mir zu wissen, erzielt eher genau das Gegenteil von Beruhigung, aber das verrate ich ihm nicht. Er strahlt so schon verdammt viel Stolz über seine Tat von vorhin aus.

Ich setze mich auf und schaue auf dieses verdammt

heiße Stück Fleisch neben mir. Nein, Saoirse, wir objektivieren jetzt keinen Mann, aber halleluja, wie soll ich ihm jemals wieder auf dem Flur begegnen, ohne an Sex zu denken? Bei dem Gedanken, dass ich vorhin heißen Sex mit einem mir eigentlich fremden Mann hatte, muss ich grinsen.

Cole blickt zu mir und legt den Kopf leicht schräg.

»Ich weiß, warum ich grinse, aber wieso strahlst du denn gerade wie ein Honigkuchenpferd?«

»Nur so«, lüge ich und schlage die Bettdecke zur Seite. Vielleicht wäre es gar nicht so schlecht, ein bisschen Abstand zwischen ihn und mich zu bekommen, denn ich habe die leise Ahnung, dass ich sonst nicht lange meine Finger von ihm lassen kann. Nicht dass das schlimm wäre, aber irgendwie brauche ich ein bisschen Distanz, um zu verarbeiten, was hier gerade eben in seinem Bett geschehen ist. So lächerlich das mit fast dreißig Jahren auch klingt. Ich bin sicherlich kein Mauerblümchen, aber so eine Aktion wie diese habe ich noch nie gebracht. Mein Gefühl sagt mir, dass Leah furchtbar stolz auf mich wäre. Oder auch nicht, wenn sie wüsste, dass ich mit ihrem Nachbarn im Bett gelandet bin. Aber hey, immerhin nicht mit Louis.

»Hast du vielleicht etwas zu trinken für mich? Nach der Aktion bin ich durstig.« Trinken. Gute Idee, Saoirse. Das überbrückt zumindest ein paar Minuten.

»Klar, ich hole dir ein Wasser«, antwortet Cole und ist drauf und dran, aus dem Bett zu springen, doch ich halte ihn auf. Vielleicht ist es gar nicht so schlecht, wenn ich einmal kurz dieses Bett verlasse. Eigenschutz quasi.

»Wenn es für dich okay ist, hole ich mir schnell selbst

etwas. Ich muss eh auf die Toilette. Dann kannst du liegen bleiben. Du müsstest mir nur verraten, wo ich die Gläser finde.«

»Direkt über dem Schrank über der Spüle. Fühl dich wie zu Hause. Du wolltest dir ja noch die Wohnung anschauen, um ausfindig zu machen, wo du noch alles Sex mit mir haben möchtest.«

»Ich möchte noch einmal Sex mit dir haben?«

Ich ziehe eine Augenbraue hoch und tue so, als wäre ich entsetzt über Coles Idee. Selbstsicher ist er, das muss man ihm lassen. Aber wie kann man auch nicht von sich überzeugt sein, wenn man so aussieht wie er? Zum wiederholten Mal lasse ich meinen Blick über seine nackte Brust schweifen. Die Bettdecke verdeckt lediglich die Region unterhalb seines Bauchnabels, die weit mehr als nur ein bisschen ansehnlich ist. Nicht nur, dass er weiß, wie er damit umgehen muss, er gehört auch zu den Männern, die einen wirklich schönen Schwanz haben. Wahrscheinlich stellen sich bedeutend mehr Männer die Frage, was einen schönen Penis ausmacht, aber wir Frauen sind uns bestimmt einig, dass es nicht allein die Größe ist. Wobei ich auch der festen Überzeugung bin, dass Frauen, die behaupten, die Größe eines Penis sei nicht ausschlaggebend, lügen. Vielleicht sollte ich dazu eine Umfrage auf meinem Blog machen.

Coles Antwort lässt nicht lange auf sich warten.

»Möchtest du. Deine Zunge mag vielleicht lügen, deine Muschi tut es nicht.«

»Das hast du jetzt nicht wirklich laut gesagt«, rufe ich überrascht aus. »Du kannst doch gar nicht wissen, was meine Muschi denkt oder auch nicht.«

»Du meinst also, wenn ich dich dort jetzt berühre, würde ich nicht spüren, dass du schon wieder feucht und bereit für mich bist …?«

»Ich hole mir jetzt ein Wasser«, unterbreche ich ihn in seinen Ausführungen, springe aus dem Bett und suche nach BH und Slip. Natürlich beobachtet Cole mich amüsiert und kann sich einen Kommentar nicht verkneifen.

»Dir ist schon bewusst, dass ich dich nackt gesehen habe? Kein Grund, jetzt wieder in deine Wäsche zu schlüpfen. Wobei die wirklich sexy aussieht.«

Ich drehe mich zu ihm, während ich den Slip anziehe. »Danke.«

»Bitte. Hast du noch mehr gekauft?«

Ich schließe den BH und zupfe ein bisschen an den Trägern, bis sie richtig sitzen und nicht mehr verdreht sind.

»Das wüsstest du wohl gern.«

»Wenn du mich so fragst, klar. Schließlich hast du in schöner Wäsche auch eine Wirkung auf mich.«

Prüfend schaue ich ihn an.

»Ach ja?«

»Na klar. Oder wie würdest du das hier bewerten?«

Cole zieht die Bettdecke weg und mein Blick fällt auf seinen Schwanz, der sich bereits wieder leicht aufgerichtet hat.

»Du wirst von dem bisschen Geplänkel und dem Blick auf mich in der Wäsche schon wieder scharf?«

»Wenn ich ehrlich bin, bin ich in deiner Gegenwart dauerhart. Furchtbar.«

Er zwinkert mir zu und ich traue meinen Ohren nicht. Meint er das ernst?

»Und bevor du fragst, ja, das ist so. Du bist einfach sexy. Und ich mag, dass du diese unnahbare Art an dir hast. Das ist herausfordernd.«

»Dann darf ich dir gratulieren, du hast mich ins Bett bekommen.«

Natürlich meine ich meine Aussage nicht ernst, aber für einen Augenblick sehe ich, dass Coles Augen sich verdunkeln.

»Ich dachte, du wolltest dir ein Wasser holen?«, sagt er im nächsten Moment und zieht die Bettdecke wieder über seinen Schritt. »Vielleicht bist du so nett, und bringst mir ein Glas mit? Notfalls muss ich meinen besten Freund da mal kurz eintauchen, um runterzukommen.«

Ich verdrehe die Augen und bin sehr erleichtert, dass Cole meine Handlung mit einem süffisanten Grinsen quittiert.

»Mache ich«, antworte ich und deute auf die Bettdecke. »Ich nehme ein größeres Glas, soll ja auch passen.«

Während ich das Schlafzimmer verlasse, nehme ich hinter mir Coles herzhaftes Lachen wahr und atme tief durch. Für eine Sekunde habe ich geglaubt, die gute Stimmung zwischen uns würde kippen, aber wahrscheinlich habe ich mir das auch alles nur eingebildet.

Mein Blick fällt auf die Uhr im Flur. Es ist kurz nach Mitternacht. Wahnsinn, wie schnell der Abend vorbeigegangen ist. Wie man im Bett doch die Kontrolle über Raum und Zeit verlieren kann. Dass ich dabei auch eben die Kontrolle über meinen ganzen Körper verloren habe, ignoriere ich gekonnt.

Schnell verschwinde ich im Bad und als ich wieder auf den Flur trete, fällt mein Blick auf die Wand, die zur Küche führt. Dort hängen diverse Bilderrahmen, in denen sich Schwarz-Weiß-Fotografien von unterschiedlichen Gebäuden in London befinden. Ich kann Teile der Tower Bridge erkennen, Trafalgar Square und dem Admiralty Arch am Ende der Mall, die auf den Buckingham Palace zuläuft. Ob Cole sie wohl selbst aufgenommen hat? Ich muss ihn gleich unbedingt fragen.

In der Küche angekommen finden sich die Gläser dank Coles Hinweis wie von selbst. Ich gehe zum Kühlschrank, öffne ihn und muss schmunzeln. Tatsächlich. Coles Kühlschrank ist gut bestückt mit frischem Obst und Gemüse, Getränken, Joghurt und natürlich auch der ein oder anderen Flasche Alkohol. Dies hier ist definitiv kein Studentenkühlschrank mehr. Ich nehme das Wasser aus der Tür und während ich den Kühlschrank wieder schließe, fällt mein Blick auf die Kaffeemaschine. Natürlich hat Cole eine dieser ominösen Siebträgermaschinen, mit denen ich einfach nicht umzugehen weiß. Ich wünschte, ich könnte es, denn selbstverständlich schmeckt so ein Kaffee besser als sämtliche Kapsel- oder Filtermaschinenvarianten, die man sonst so bekommen kann. Plötzlich stutze ich und halte in der Bewegung inne. Mein Blick fällt auf eine kleine, runde Plastikdose, die neben der Kaffeemaschine steht. Innerhalb von Sekunden fängt mein Herz schneller an zu schlagen und ich traue meinen Augen nicht. Nein, das kann jetzt nicht sein.

Hast du vielleicht Zucker? Mein Kerl bekommt seinen Kaffee nur so runter und es ist nichts mehr im Haus.

Madisons Worte hallen in meinem Kopf und für einen Moment hoffe ich, mich vertan zu haben, aber nein. Die Dose, die neben der Siebträgermaschine steht, ist eindeutig die, in der ich Madison vor wenigen Tagen morgens Zucker eingefüllt habe.

Mein Kerl. Meine Gedanken rattern. *Mein Kerl.* Madison hat wirklich von ihrem *Kerl* gesprochen. Langsam stelle ich die Flasche Wasser auf die Anrichte und stütze mich ab. Ich habe tatsächlich gerade mit Madisons Freund geschlafen. Cole ist Madisons Freund. Wie dumm kann ich sein? Warum habe ich das nicht schneller kombiniert? Deswegen war er an dem Abend, an dem sie aufgetreten ist, in der Bar. Deswegen habe ich in der Nacht eine Frauenstimme gehört, als ich ihn wegen der lauten Musik aufgesucht habe. Das war Madison. Genauso wie die Frau, die neulich so theatralisch gestöhnt hat. Ich bin so dumm. So unfassbar dumm. Cole hat eine Freundin und schläft mit mir. In dem Bett, in dem die beiden wahrscheinlich jede Nacht miteinander liegen. Ich könnte mich ohrfeigen. Und ich dachte, er wäre Single und hätte nur gelegentliche Liebschaften. Wie kann ich so blöd sein und mein Gehirn ausschalten? Nur weil mein Körper in seiner Gegenwart macht, was er will, sollte wenigstens mein Verstand noch funktionieren.

Verdammter Mist. Wie konnte ich das Madison antun? Wie konnte ich das überhaupt einer anderen Frau antun? Und wie soll ich ihm jetzt gegenübertreten?

»Bist du in der Küche eingeschlafen oder inspizierst du noch weitere Sexorte in meiner Wohnung?«

Ich zucke zusammen, als Coles Stimme aus dem Schlafzimmer zu mir herüber hallt.

»Ich komme sofort«, rufe ich wie aus der Pistole geschossen.

Bekomm dich in den Griff, Saoirse.

Ich atme tief ein und aus, fülle Wasser in ein Glas und stelle meins wieder in den Schrank über der Spüle. Für einen kurzen Moment sammle ich mich, bevor ich zu ihm zurückgehe. Als ich das Schlafzimmer betrete, verziehe ich meinen Mund zu einem künstlichen Lächeln und hoffe, dass er es mir abnimmt. Ich habe keine Lust auf eine Szene. Nein, falsch. Ich will erhobenen Hauptes aus dieser misslichen Lage heraus. Wie hat er eben noch selbst so schön gesagt? Die Unnahbare? Bitte schön, kann er bekommen.

»Ich wollte schon eine Vermisstenanzeige aufgeben«, sagt Cole und rutscht in seinem Bett hoch, als ich ihm das Glas Wasser reiche.

Wieso muss er auch so sexy aussehen? Bitte, lieber Gott, lass auf der Stelle drei Pickel auf seiner Stirn sprießen.

»Ich bin ja wieder da. Muss aber tatsächlich jetzt auch gehen.«

Wie wunderbar ich doch schauspielern kann.

Cole hält in seiner Bewegung inne. »Ach ja? Woher der Sinneswandel?«

»Ich habe völlig vergessen, dass ich morgen früh zum Frühstück verabredet bin und ich brauche wirklich ein paar Stunden Schlaf. Ich bezweifle, dass ich den hier heute Nacht bei dir bekommen würde.«

Cole scheint mir meine Notlüge abzunehmen, denn ein Grinsen umspielt seine Mundwinkel. »Da könntest du natürlich recht haben. Sicher, dass ich dich nicht noch für ein kleines Nachspiel überreden kann?«

Bei dem Wort »Nachspiel« gefriert mir beinah das Blut in den Adern. Cole kann froh sein, wenn diese Aktion nicht noch ein böses Nachspiel für ihn haben wird. So attraktiv er auch ist, durch diese Sache hat er einige Sympathiepunkte bei mir verloren. Wenn nicht sogar alle.

»So verführerisch das auch klingen mag, ich brauche meinen Schlaf. Und man soll doch aufhören, wenn es am schönsten ist, oder?«

Mir wird fast schlecht bei so viel unehrlicher Schleimerei, aber ich habe wirklich keine Lust auf eine Szene. Gibt es etwas Unangenehmeres, als sich mit dem Typen in die Haare zu bekommen, mit dem man kurz zuvor im Bett war? Ich wüsste nicht, was.

»Na gut, dann will ich dich gehen lassen. Warte, ich ziehe mir noch eben etwas an und bring dich zur Tür.«

»Nicht nötig.« Ich winke ab, springe in einer Mordsgeschwindigkeit in meinen Jumpsuit und schnappe mir meine Schuhe. »Bleib du liegen und schlaf. Ich finde den Ausgang auch allein.«

»Okay«, murmelt Cole und schaut mich jetzt doch ein wenig seltsam an.

»Danke für den Abend«, presse ich hervor und bin schon mit einem Fuß aus dem Schlafzimmer heraus. »Ich hatte viel Spaß.«

»Ich auch«, höre ich ihn noch sagen, bevor ich sein Schlafzimmer hinter mir lasse und wenige Momente später Coles Wohnungstür hinter mir ins Schloss fällt.

18

Liebe Miss S, ich habe einen tollen Mann kennengelernt. Leider hat er den Ruf, immer wechselnde Freundinnen zu haben. Ihm wird auch nachgesagt, dass er bereits einmal eine Ex-Freundin betrogen hat. Jetzt hat er mich gefragt, ob ich mit ihm ausgehe. Soll ich ihm eine Chance geben? Oder geht ein Mann, der einmal fremdgegangen ist, immer wieder fremd? Kann ich ihn notfalls ändern? Und wenn ja, wie? - BrokenheartedGirl27

BrokenheartedGirl27 hat es tatsächlich getan und ist mit ihrem Anliegen an mich herangetreten. Um ehrlich zu sein frage ich mich aber gerade, ob irgendwo eine versteckte Kamera installiert ist. Mein Leben ist doch schlichtweg ein Witz. Irgendwie habe ich wohl eine Option für fremdgehende Männer gebucht. Erst Alec, jetzt Cole.

Zu meiner Überraschung sind mir einige andere Userinnen zuvorgekommen und haben bereits auf ihren

Beitrag geantwortet. Die Antworten sind vielfältig. Mal wird ihr abgeraten, mal wird gesagt, dass es ihr sicherlich mit viel Liebe und Vertrauen gelingen wird, den Mann zu ändern und ihm zu zeigen, dass sie die Richtige ist.

Es fällt mir schwer, jetzt, nur wenige Minuten nach der Schmach mit Cole, ein paar beratende Worte zu finden, die *BrokenheartedGirl27* weiterhelfen. Ich bin immer noch stinkwütend. Wie soll man das nach so einer Aktion auch nicht sein? Wie kann ein Mann nur so sein? In meinem Kopf formt sich gerade eine Antwort, die es in sich hat.

Liebe BrokenheartedGirl27, entscheidend ist wohl, mit welchem Männertyp du es zu tun hast. Manche Männer brauchen den Seitensprung, um ihr angeschlagenes Ego zu befriedigen. Manche lechzen nach Aufmerksamkeit und Bestätigung. Manche sind bindungsunfähig. Von Narzissten will ich erst gar nicht anfangen. Von Sexsüchtigen lässt du besser sofort die Finger. Ach, und sollte dein Kerl Alec oder Cole heißen, mach einen riesigen Bogen um ihn. Besorg dir besser einen Hund. Der schenkt dir mehr Liebe und Aufmerksamkeit.

Natürlich tippe ich diese Antwort nicht herunter, auch wenn es mich in den Fingern juckt. Aber hey, nicht jeder Mann kann etwas dafür, dass Alec und Cole es mit der Ehrlichkeit nicht so ernst nehmen.

Saoirse, sei professionell. Du kannst das. Das ist dein Job.

Ich setze also an und dann fliegen meine Finger auch schon über die Tasten.

. . .

LIEBE BROKENHEARTEDGIRL27,

wie schön, dass du jemanden kennengelernt hast, den du toll findest und der auch an dir interessiert zu sein scheint. Ich kann deine Angst verstehen. Es ist nie einfach, sich auf jemanden einzulassen und vor allem jemandem eine Chance zu geben, der diesen Ruf hat. Trotzdem glaube ich, dass es falsch wäre, ihn aus deinem Leben zu streichen, wenn du verliebt bist und er dir ein gutes Gefühl vermittelt. Stell nicht von vornherein seine Intention infrage. Du kannst nicht vermeiden, dass ein Mann fremdgeht, aber trotzdem glaube ich, dass es ein paar Dinge gibt, die jeder Beziehung guttun.

1. Sprich Dinge in eurer Beziehung an.

Kommunikation ist wichtig.

2. Bewahre deine Selbstständigkeit.

3. Findet Gemeinsamkeiten, aber lasst euch beide euren Freiraum.

Ich drücke dir die Daumen für dieses Abenteuer Liebe. – Miss S

EIN BISSCHEN KOMISCH KOMME ICH MIR SCHON VOR, EINER fremden Person auf diese Weise einen Rat zu geben. Ihr nicht von Angesicht zu Angesicht gegenüberzusitzen. Nicht zu wissen, wie sie reagiert, ob sie meine Worte versteht oder ob sie weitere Fragen hat. Trotzdem bin ich mit meiner ersten Antwort zufrieden und zu meiner Überraschung gibt es auch einige Minuten später drei *Gefällt mir* Angaben für meinen Beitrag. Es muss also auch noch andere Menschen geben, die wie ich mitten in der Nacht wach sind und vor ihrem Rechner sitzen. Schon verrückt, dass mein eigentlich noch völlig unbekannter Blog auf einmal Leser hat. Wie auch immer Leah das mit einer bloßen Verlinkung geschafft hat.

Inzwischen ist es halb zwei Uhr nachts und ich bin alles andere als müde. Mein Kopf rattert, meine Gedanken wandern immer wieder zu Cole und die Bilder von unserem Liebesspiel haben sich in mein Gedächtnis gebrannt. Von den Gefühlen, die sich zwischen meinen Beinen getummelt haben, will ich gar nicht erst anfangen. Schon gar nicht davon, dass mein Körper immer noch nach Coles Berührungen lechzt und ich eigentlich nichts lieber täte, als jetzt sofort wieder in sein Bett zu steigen und von ihm genommen zu werden. So sagenhaft hat sich der Orgasmus angefühlt, den er mir beschert hat. Falsch, die zwei Orgasmen.

Nahezu angewidert von mir selbst schüttle ich mich und stehe auf. Duschen. Ich muss unter die Dusche und diese Schmach von mir waschen. Oder einfach eiskaltes Wasser über mich laufen lassen, damit ich nicht mehr völlig erregt an Sex mit ihm denke. Sex mit einem Mann, der einfach noch eine andere Frau am Start hat. Was ist bloß in mich gefahren, dass ich trotz all der Widrigkeiten noch daran denke, wie gut Cole sich in mir angefühlt hat?

Einige Minuten und eine Dusche später komme ich zurück in Leahs Arbeitszimmer, um den Computer auszuschalten und dann endlich ins Bett zu gehen. Zwar zweifle ich daran, sofort Schlaf zu finden, aber ich kann es wenigstens versuchen. Ich schaue ein letztes Mal auf meinem Blog vorbei und staune nicht schlecht, als ich sehe, dass kein

Geringerer als *NoStringsinLondon* auf die Frage von *BrokenheartedGirl27* geantwortet hat. Falsch, ich schnappe nach Luft, denn auf diese Weise kann nur ein Mann antworten.

Liebes Girl27, kein Grund, wegen eines Mannes brokenhearted zu sein. Es ist zwar schön, was Miss S dir rät, aber für mich ein bisschen zu sehr in Watte gepackt. Ja, es gibt Männer, die fremdgehen. Genauso wie es Frauen gibt, die das tun. Als Mann kann ich dir nur Folgendes sagen: Männer werden erwachsen und können sich ändern. Man kann Fehler machen, aber auch von ihnen lernen. Jeder Mann kann das. Wenn er will. Nicht, wenn jemand anders das will. Jeder Mann kann sich ändern. Aber es gibt nur eine Frau, für die wir bereit sind, das zu tun. Eine. Wir ändern uns nicht für jede. Bis wir diese eine Frau gefunden haben, ist jede Muschi für uns gleich. Liebes Girl27, wenn er sich nicht für dich ändert, bist du eben nicht die Eine für ihn. Ganz einfach. Also genieß die Zeit mit ihm. Wenn ihr glücklich werdet, super, wenn er dich betrügt, hoffe ich, dass du zumindest bis dahin den Sex deines Lebens haben wirst. - NoStringsinLondon

Wieder bin ich kurz davor, seinen Beitrag zu löschen, aber mein Gefühl rät mir, das nicht zu tun. Liebes Universum, wenn auch nur in Ansätzen in dieser Welt etwas richtig läuft, dann schick mir bitte tolle Leserinnen auf den Blog, die *NoStringsinLondon* gehörig die Meinung geigen, damit ich das nicht übernehmen muss.

Mit diesem Gedanken schalte ich den Rechner aus und

schlurfe Richtung Schlafzimmer. Als ich ins Bett falle, schicke ich ein zweites Stoßgebet hinterher.

Liebes Universum, bitte mach, dass ich ganz schnell einschlafe und im Schlaf nicht von Sexträumen mit Cole heimgesucht werde. Bitte, bitte!

19

Wie gut, dass nicht alle Männer so eine Einstellung wie du haben, lieber NoStringsinLondon. Wahrscheinlich hoffst du nur, dass dein Name Programm ist. Ich bin mir sicher, wegen Typen wie dir wurden Dildos und Vibratoren erfunden. In diesem Sinne, Miss S, wie stehst du eigentlich zu Sextoys?

ALS ICH DIE ZEILEN VON *JILLFABOLOUS* LESE, SPUCKE ICH beinah meinen Kaffee über die Tastatur, denn wie zu erwarten kommt der testosterongeladene Beitrag von letzter Nacht nicht bei allen gut an. Ich will mich nicht zu weit aus dem Fenster lehnen, aber die Kommentare von *NoStringsinLondon* erinnern stark an einen ignoranten Neandertaler, der sein Weib am liebsten über die Schulter werfen würde, um es in seiner Höhle einzusperren. So langsam glaube ich, der werte Herr hat nichts Besseres zu tun, als all meine Beiträge zu hinterfragen oder ins Gegenteil umzumünzen, um unter Beweis zu stellen, wie unreif und machohaft manche Männer durch die Welt gehen. Ich war noch nie ein großer Fan von männlicher Arroganz, und dass *NoStringsinLondon* davon eindeutig zu viel hat, steht außer Frage.

Ich zucke zusammen, als mein Handy klingelt. Ein schneller Blick auf das Display verrät mir, dass es Leah ist.

»Guten Morgen, Cousinchen. Na, wo treibst du dich gerade herum?«

»Hallo, Saoirse. Bis morgen bin ich noch in Kopenhagen. Danach geht es nach Rom für den Launch einer neuen Klamottenlinie. Aber deswegen rufe ich nicht an. Hast du eine Ahnung, was in der Redaktion von *Elements* abgeht?«

»Ähm, woher soll ich das wissen?«

Leahs Lachen ist deutlich durch den Hörer zu vernehmen. »Auch wieder wahr. Entschuldige! Die Leute bekommen nicht genug von deinem Blog. Vor allem deine Diskussionen mit diesem NoStrings-Typen sind grandios. Ich wollte dich vorwarnen.«

»Mich vorwarnen?« Überrascht über Leahs Worte setze ich mich aufrecht hin und halte die Luft an. »Wieso?«

»Es könnte sein, dass der Traffic auf dem Blog in den nächsten Tagen steigt. Wir haben den Link zu deinem Blog in die neue Ausgabe von *Elements* gesetzt, die morgen erscheint. In die Rubrik mit unseren Geheimtipps der Woche.«

»Seid ihr denn des Wahnsinns?« Entsetzt entfährt mir ein kleiner Schrei. »Leah, der Blog war doch eigentlich nur für mich gedacht!«

»Ja, ich weiß. Aber ich fühle, dass du da was ganz

Großes am Start hast. Vertrau mir. Ich mache diesen Job nicht erst seit gestern.«

»Blogs promoten?«

Leah lacht erneut. »Ein Gefühl dafür zu haben, was die Leute lesen wollen. Schade, dass du anonym bleiben willst, sonst würde ich dir jetzt sofort raten, dir deinen eigenen Instagramaccount zu machen. Deine Followerzahl würde durch die Decke gehen.«

Nur schwer kann ich ein Knurren unterdrücken. »Pass lieber auf, dass ich nicht an die Decke gehe, wenn du mich immer vor vollendete Tatsachen stellst.«

»Okay, okay. Verstanden. Ich verspreche, dir bei der nächsten Aktion frühzeitig Bescheid zu geben und dich zu fragen.«

Ich reiße die Augen auf. »Bei der nächsten Aktion?«

»Keine Angst, noch ist nichts geplant.«

»Wie beruhigend.« Ich nehme einen Schluck aus meiner Kaffeetasse. So viel Aufregung am Morgen ist nichts für meine Nerven. Vielleicht sollte ich auf Baldriantee umschwenken.

»Was wirst du eigentlich antworten?«

»Wie meinst du?«

Von was redet Leah denn jetzt schon wieder?

»Na, auf die Sextoys-Frage?«

»War klar, dass du da ganz erpicht drauf bist.«

So langsam überrascht mich bei meiner Cousine einfach gar nichts mehr.

»Quatsch. Aber ich könnte mir vorstellen, dass das ein neues Highlight werden könnte.«

»Was jetzt genau?«

»Na, wenn du in einen Sexshop gehen würdest, dich

dort eindeckst und für deine Leserinnen testest. Und wehe, du verdrehst jetzt die Augen. Schließlich steht es auch auf deiner Liste. Ich sag nur Nummer 8.«

»Mensch, Leah, es ist doch nicht meine Liste!«

»Du hast selbst gepostet, dass du ein paar Dinge davon umsetzen willst«, tadelt Leah mich und natürlich erinnere ich mich nur zu gut an das, was ich geschrieben habe.

»Vielleicht. Aber da stand nicht explizit, welche Nummern ich anvisiere.«

Gott sei Dank weiß Leah nicht, dass ich Nummer 10 bereits von meiner persönlichen Liste streichen kann. Zumindest so halb. Völlig fremd war mir Cole ja nicht. Aber dafür bin ich auch weitergegangen als nur zu knutschen. Ich spüre, wie mich beim Gedanken an die letzte Nacht eine Welle der Erregung ergreift und schnell schüttle ich den Kopf.

»Was ist denn schon dabei? Gönn dir! Du wärest nicht die erste Frau, die sich Sexspielzeug kauft.«

»Sprichst du aus Erfahrung?« Natürlich versuche ich, meine Cousine mit der Frage aus der Reserve zu locken, aber wie zu erwarten, macht das Leah nichts aus.

»Klar. Ich habe einen halben Nachttisch voll davon. Ich würde ja sagen, schau nach, aber ich bin mir sicher, dass du das nicht tun willst. Schau mal bei *Coco de Mer* vorbei. Das ist in der Nähe von Covent Garden und somit nicht weit von zu Hause entfernt. So kannst du die Dinge schnell ausprobieren, die du dir kaufst.«

»Woher willst du wissen, dass ich überhaupt etwas dort kaufen würde?«

»Weil du meine Cousine bist, neugierig und außerdem sexuell ausgehungert. Entschuldige meine Wortwahl,

Saoirse, aber du brauchst etwas, damit du in deinem Urlaub entspannen kannst. Und da du niemand bist, der sich einen Typen mit nach Hause nimmt, mach es halt auf die Art und Weise und schreib anschließend darüber. Du bist anonym und hast nichts zu verlieren. Eher im Gegenteil. Abgesehen von dem ein oder anderen Orgasmus definitiv ein paar Leserinnen mehr, die dir ewig dankbar sein werden.«

»Ich weiß nicht, ob ich das bringe.«

»Hallo? Ich habe dir gerade gesagt, dass mein halbes Schlafzimmer voller Sextoys ist. Ich habe die sicherlich nicht nur, um sie anzuschauen oder dekorativ aufzustellen. Stell dich also nicht so an.«

Jetzt muss selbst ich lachen. Leah ist nicht auf den Mund gefallen.

»Okay, ich werde mal drüber nachdenken. Aber sag mal, höre ich da im Hintergrund Stimmen? Wo bist du?«

»Ach, ich sitze im Hotel beim Frühstück.«

»Du redest mit mir lautstark über Sexspielzeug und bist unter Menschen?«

»Na klar«, erwidert sie und ich ahne, dass Leah die Situation sichtlich genießt. »Die Leute können ja weghören, wenn es sie stört.«

»Du bist wirklich unverbesserlich. Aber dafür liebe ich dich.«

»Wunderbar«, dringt ihre Stimme gut gelaunt durch den Hörer. »Und du wirst mich noch mehr lieben, wenn du meinen Einkaufstipp befolgst. Ich bin gespannt auf deinen Bericht. Ich muss jetzt los, mein Taxi ist in knapp fünfzehn Minuten da und ich muss noch kurz auf mein Zimmer.«

»Einen schönen Tag dir«, wünsche ich und als wir uns

verabschiedet haben, lege ich auf. Dann starre ich eine Weile auf mein Handy und anschließend auf den letzten Kommentar auf meinem Blog.

Ja, wie stehe ich eigentlich zu Sextoys? Gute Frage. Ich habe keine Ahnung.

20

Selbst ist die Frau, oder auch: Ein guter Vibrator hat noch nie geschadet. - Miss S

Ladys, ich beweise euch gern, dass ein Vibrator mit einem richtigen Mann nicht mithalten kann. - NoStringsinLondon

Wieso in drei Teufels Namen meint dieser Mister Unverbindlichkeit, zu allem seine Meinung kundtun zu müssen? Wen interessiert das? Und denkt er wirklich, er wäre der Mann, auf den die Frauenwelt gewartet hat, und für den wir all unser Sexspielzeug und unsere gesunden Hände wegwerfen würden? Schuster, bleib bei deinen Leisten.

Einen Tag später bin ich um eine große Erfahrung reicher, denn ich habe zum ersten Mal in meinem Leben Sexspielzeug gekauft. Falsch, ich habe nicht nur einen halben Großeinkauf gemacht, sondern auch durchaus Gefallen an dem schwarzen Auflegevibrator gefunden, den mir die Verkäuferin so angepriesen hat. Jetzt weiß ich, was sie mit sanftem und stürmischem Modus gemeint hat. Auch wenn ich in meinem Leben noch nie einen Vibrator benutzt habe, diesen gebe ich nicht mehr her. Wer braucht schon etwas zum Einführen, wenn es Luftschwingungen allein schaffen, mir so einen heftigen Orgasmus zu bescheren.

Am liebsten würde ich *NoStringsinLondon* sagen, dass Frau so gar keinen richtigen Mann mehr braucht. Es sei denn, er hat es drauf wie Cole, aber über den reden wir nicht mehr. Was heißt das überhaupt in seinem Beitrag? Ein richtiger Mann ... So wie er sich hier präsentiert, ist er weit davon entfernt, ein richtiger Mann mit Anstand zu sein.

Ein Klopfen an der Tür lässt mich aufhorchen. Wer kann das denn sein? Es ist Freitagabend kurz vor halb sieben und da ich nicht vorhabe, heute noch einmal das Haus zu verlassen und wieder allein auszugehen, trage ich bereits gemütliche Sweatpants samt T-Shirt. Ob es Madison ist, die von meiner Nummer mit Cole erfahren hat? Oder vielleicht Louis, der sich erkundigen will, ob ich noch lebe? Was, wenn es Cole selbst ist? Darauf bin ich nicht vorbereitet. Dass ich mich heute zweimal aus der Wohnung geschlichen und immer gehofft habe, ihm nicht zu begegnen, erwähne ich jetzt nicht.

Da ich nicht über Nacht hellseherische Fähigkeiten bekommen habe, bleibt mir nichts anderes übrig, als aufzustehen und nachzusehen, denn der unbekannte Besucher klopft bereits zum zweiten Mal. Ich staune nicht schlecht, dass es tatsächlich Cole ist, der vor der Tür steht und sich lässig mit einer Hand am Türrahmen abstützt. Wie war das? Wenn der Prophet nicht zum Berg kommt …? Mein Körper überlegt sich für eine Millisekunde, zu hyperventilieren, fängt sich dann jedoch Gott sei Dank und ich schaffe es sogar, eine recht unbeteiligte Miene aufzusetzen.

»Hi«, sagt er und streift sich durch das Haar, während sein Blick an mir entlangwandert. »Ich habe mich gefragt, ob du ausgegangen bist, aber die Frage hat sich ja jetzt erledigt.«

»Scheint so«, erwidere ich und verschränke die Arme vor der Brust. »Was kann ich für dich tun?«

Ich bin redlich bemüht, nicht zu unfreundlich rüberzukommen, aber jeder Körperspracheexperte würde innerhalb von einer Sekunde erkennen, was die Stunde geschlagen hat. Das entgeht auch Cole nicht.

»Ich wollte wissen, wie das Frühstück war.«

Ein leichtes Zucken ist um seinen Mundwinkel herum auszumachen und ich habe keine Ahnung, wovon er redet. Daher hake ich nach.

»Frühstück?«

»Frühstück, genau. Du hast mich neulich Nacht allein gelassen, weil du genug Schlaf vor deiner Verabredung haben wolltest.«

Ich ziehe eine Augenbraue hoch. »Ah ja, stimmt. Ja, war gut.«

»Das klingt aber begeistert. Wieso habe ich das Gefühl, dass es gar kein Frühstück gab und du einfach geflüchtet bist? Ich bin zwar niemand, der das auf sich bezieht, aber es interessiert mich schon, warum du Reißaus genommen hast. Dachte, wir hätten noch ein bisschen Spaß miteinander.«

Ich antworte nicht sofort, lege stattdessen den Kopf leicht schräg und überlege, wie ich reagieren und was ich sagen soll. Dafür, dass Cole es faustdick hinter den Ohren hat, tut er hier verdammt unschuldig. Vielleicht ist Angriff die beste Devise und ein Mann wie er kann die Wahrheit vertragen. Warum also um den heißen Brei herumreden? Ich zucke mit den Schultern und konfrontiere ihn.

»Ich hatte das Gefühl, Madison wäre es nicht recht gewesen, wenn sie uns in deinem Bett erwischt hätte.«

Ich bin von mir selbst überrascht, mit welcher Ruhe ich den Satz vortrage.

»Madison?« Cole stutzt und schaut mich mit großen Augen an. »Was hat meine Schwester damit zu tun, mit wem ich mir das Bett teile? Wir verstehen uns zwar gut, aber da ziehe ich doch deutlich eine Grenze.«

»Madison ist deine Schwester?« Jetzt bin ich es, der es beinah die Sprache verschlägt. »Echt?«

»Es gibt keinen Grund, mir das aus den Fingern zu saugen. Moment! Ist das der Grund, warum du abgehauen bist und mich so unbefriedigt zurückgelassen hast?«

Okay, er rafft schnell.

»Unbefriedigt?« Ich stoße die Luft aus. »Wenn ich mich recht entsinne, bist auch du zum Orgasmus gekommen.«

»Lenk nicht vom Thema ab, Saoirse«, erwidert Cole mahnend und sein Blick ist durchdringend. »Raus mit der Sprache. Warum bist du wirklich abgehauen? Doch wohl nicht, weil dir der Sex keinen Spaß gemacht hat.«

Entwaffnet werfe ich die Hände in die Luft und trete

einen Schritt zurück. »Keine Ahnung. Ich habe die Dose mit dem Zucker in deiner Küche gesehen.«

Als hätte Cole nur darauf gewartet, eintreten zu können, nachdem ich den Weg freigemacht habe, betritt er die Wohnung, bleibt dann aber wieder vor mir stehen.

»Von was für einer Zuckerdose redest du?«

»Madison war hier und hat Zucker für ihren Kerl gebraucht. Den habe ich ihr in eine runde Plastikdose gefüllt. Den Zucker versteht sich. Na, und die stand da auf einmal in deiner Küche und dann habe ich kombiniert.«

Wieder schaut Cole mich durchdringend an und fängt im nächsten Moment schallend an zu lachen. »Du hast gedacht, ich sei Madisons Kerl?«

»Sieht so aus«, antworte ich, presse trotzig die Lippen aufeinander und verdrehe die Augen. »Wie hätte ich das auch nicht denken können?«

Es dauert einen Augenblick, bis Cole sich wieder einkriegt.

»Okay, okay. Ich verstehe, wie du das gedacht haben könntest. Aber Madison ist wirklich nur meine Schwester. Wenn du mir nicht glaubst, rufen wir sie an. Sie pennt schon mal bei mir, wenn sie nach einem Gig nicht wieder nach Hause fahren will. Sie wohnt ein bisschen außerhalb und ich habe ja ein Gästezimmer. Leider Gottes bringt sie ab und zu auch einen Typen mit nach Hause, den sie dann zum Beispiel bei einem ihrer Gigs aufgerissen hat. Ich meine, es ist ihr Leben, aber manchmal denke ich mir auch, dass sie definitiv etwas Besseres verdient hat. Diesen Zuckertypen von neulich bringt sie hoffentlich nicht wieder mit. Himmel, bei den Sexgeräuschen habe ich mich in Grund und Boden geschämt.«

Bei seinem letzten Satz verziehe ich meinen Mund zu einem Grinsen und breche Sekunden später in schallendes Gelächter aus. »Du meinst die vorgespielte Stöhn-Show?«

»Du siehst das also auch so? Und ich war mir so sicher, dass du sie auch gehört haben musstest. Ich meine, du warst ja auf dem Balkon. Hatte ich also den richtigen Riecher.«

Sekundenschnell werde ich rot. Ich hatte vergessen, dass er mich gesehen hat.

»Und ich habe mir schon Sorgen gemacht«, sage ich schnell und hoffe, dass er nicht noch einmal darauf anspielt, dass ich Zeugin der lautstarken Showeinlage geworden bin.

»Warum Sorgen?«

»Ich habe mich gefragt, wie jemand so ein guter Liebhaber im Bett sein kann, aber dann nicht hört, wie Frau ihm in epischer Breite einen vorspielt. Dieses Gestöhne war nicht auszuhalten.«

»Du findest, ich bin ein guter Liebhaber?«

»War klar, dass du genau diesen Teil meines Satzes hörst.«

Cole tippt mit dem Finger gegen meine Schulter. »Klar, wie könnte ich auch nicht? Lob bekommt doch jeder gern.«

»Soll ich jetzt auch noch *fein* und *prima* sagen?«

»Ich bin kein Hund«, antwortet er lachend und schaut sich dann weiter im Eingangsbereich von Leahs Wohnung um. »Hätten wir das also jetzt geklärt. Ich war übrigens noch nie bei Leah in der Wohnung. Schön hat sie es hier.«

»Das finde ich auch«, erwidere ich und stemme meine Hände in die Hüften. »Es gibt schlechtere Orte, wo man während seines Urlaubs unterkommen kann.«

»Allerdings.« Cole lässt seinen Blick durch die Wohnung streifen und ich merke, dass er an dem Memoboard hängen bleibt, an dem sich die zum Teil umgedrehten Zettel befinden.

»Kennt ihr euch gut?«

»Wer? Leah und ich?«, will Cole von mir wissen.

»Genau.«

»Flüchtig. Man sieht sich gelegentlich auf dem Flur oder draußen. Quatscht eine Runde. Aber Leah ist auch, glaube ich, sehr beschäftigt und viel unterwegs. Wieso fragst du?« Neugierig schaut er mich an.

»Nun, irgendwie hätte es ja gut sein können, dass ihr mal zueinandergefunden habt.«

Ich denke über Leahs Worte zu Louis nach und kann mir kaum vorstellen, dass sie sich dann mit ihrem Nachbarn vergnügt, aber wer weiß das schon.

»Warum sollten wir zueinandergefunden haben? Verbindet uns irgendwas?«

»Nun, ich glaube, ihr habt beide eine entspannte Einstellung zu Sex und flirtet gern.«

»Na, aber das heißt ja noch lange nichts. Und vielleicht mag ich eher so den Typ unnahbar und weniger den Typ offensiv.«

»Okay«, murmle ich und hoffe, dass Cole die Sache auf sich beruhen lässt. Zu deutlich spüre ich, dass mich seine Nähe nicht so kalt lässt, wie ich es gehofft habe.

»Was ist das?«, erkundigt er sich Augenblicke später und zeigt auf das Memoboard, das er schon eine ganze Weile betrachtet.

»Das ist Leahs Urlaubsaufgabe für mich. Frag nicht.«

Er geht näher an die Wand heran und bleibt dicht

davor stehen. Dann dreht er sich zu mir und ihm ist die Neugierde ins Gesicht geschrieben. »Darf ich lesen?«

Ich zucke mit den Schultern. »Ja, warum nicht? Ein wirkliches Geheimnis ist da nicht vorzufinden.«

Während Cole Leahs Notizen der ersten drei Tage liest, stelle ich mich neben ihn. Nach einer Weile sagt er:

»Ich muss also Leah danken, dass du neulich so heiße Dessous anhattest?«

Als wäre es das Normalste der Welt, stupse ich ihm in die Seite.

»War klar, dass du das rauspickst und mich nicht fragst, wie es im Britischen Museum gewesen ist.«

»Nun, den Zetteln entnehme ich, dass du jemand bist, der immer einen kleinen Anstoß braucht. Und vielleicht möchte ich dich mit meiner Frage einfach etwas provozieren und schauen, ob du inzwischen lockerer bist, als diese Zettel vermuten lassen.«

Gespielt entrüstet schaue ich ihn an. »Hallo? Ich bin innerhalb meiner ersten Tage hier in London mit dir im Bett gelandet. Was daran ist nicht locker?«

Coles Antwort ist ein Augenzwinkern. »Das liegt einfach daran, dass ich so umwerfend bin.«

»Natürlich. Du denkst auch, du bist Gottes Geschenk an die Frauenwelt, oder?«

»Nicht im Geringsten. Ich habe ein gesundes Selbstbewusstsein. Das sind zwei unterschiedliche Dinge. Aber sag mal, du bist schon mehr Tage hier als Zettel umgedreht sind. Hast du etwa aufgegeben?«

Mich überrascht seine Frage ein wenig, doch dann schüttle ich den Kopf.

»Nein. Es sind weniger Zettel als Tage, die ich hierbleiben werde. Daher lege ich auch mal einen Tag Pause ein.«

»Ich verstehe.«

Mehr sagt Cole nicht, aber ich nehme wahr, dass er mich von der Seite beobachtet.

»Na was? Spuck es aus.«

Sein Mund verzieht sich zu diesem Grinsen, das einfach umwerfend ist. Leider.

»Hättest du Lust, den nächsten Zettel gemeinsam umzudrehen? Oder hast du Angst vor dem, was drunter steht?«

Ich überlege einen Moment, doch dann greife ich an ihm vorbei und löse den Zettel vom Board. Was soll jetzt schon noch passieren? Ich habe Dessous gekauft und war im Sexshop. Ganz nebenbei hatte ich heißen Sex mit dem Nachbarn.

Ich räuspere mich und lese vor:

Es wird Zeit, dass du in Londons Nachtleben eintauchst. Dein Ziel sollte die Shangri-La Hotel Bar sein. Das ist die höchste Bar in London und vom 52. Stock hast du einen sagenhaften Blick auf die Skyline der Stadt. Glaub mir, es ist der perfekte Platz für einen leckeren Cocktail bei Sonnenuntergang. Schmeiß dich in Schale und gönn dir! Selbst ohne ein Date ist es dort atemberaubend.

»Perfekt für uns, würde ich sagen.«

Cole grinst und ich sehe ihm förmlich an, dass sich ein Plan in seinem Kopf verfestigt.

»Als hättest du geahnt, was unter Zettel vier steckt. Was hättest du gemacht, wenn da so etwas gestanden hätte wie: Melde dich für eine Runde Ziegen-Yoga an und entdecke, wie tierisch gut das sein kann.«

»Nun, dann hätte ich den Anblick von dir in Yogapants genossen und gehofft, dass ich nicht allergisch auf die Vierbeiner reagiere.«

»Ein Leichtes, das jetzt zu behaupten.«

»Ernsthaft, Saoirse. Ich bin der Meinung, dass man in seinem Leben alles zumindest einmal versucht haben muss.«

Ich starre ihn mit großen Augen an. »Alles?«

»Okay, vielleicht nicht alles. Aber die Dinge, die auf einen zukommen. Manchmal darf man nicht alles zerdenken, sondern muss einfach machen. Es könnte ja gut werden.«

»Bestreitest du ernsthaft dein ganzes Leben so?«

»So ziemlich«, antwortet er nickend. »Sexuell auf jeden Fall.«

»Und das soll ich dir glauben?«

»Kannst du. Also haben wir ein Date? Was ziehst du an?«

Ich verdrehe die Augen.

»Wir haben kein Date. Wenn du meinst, mich in diese Bar begleiten zu wollen, kannst du das gern tun. Aber ein Date haben wir nicht.«

»Wenn du das sagst«, erwidert er lachend und geht zur Wohnungstür. »Passt es dir, wenn ich dich in knapp einer halben Stunde abhole? Schaffst du das? Dann bekommen wir nämlich definitiv noch den Sonnenuntergang in der

Bar mit. Und Leah hat recht. Der ist von dort atemberaubend.«

KNAPP ANDERTHALB STUNDEN SPÄTER SITZE ICH AN EINEM Tisch in der zweiundfünfzigsten Etage des *The Shard* Cole gegenüber. Leah hat nicht zu viel versprochen. Der Ausblick auf die Themse, die Tower Bridge und überhaupt die Skyline der Stadt ist sagenhaft. Diese Bar ist der perfekte Ort für ein erstes Date. Nicht dass ich so etwas in der Art hier gerade hätte. Immerhin haben Cole und ich schon im *Cocktail Club* unseren ersten gemeinsamen Drink eingenommen. Zumindest so halb. Wie das geendet hat, wissen wir.

»Du wirkst nervös«, höre ich Cole sagen, während ich gerade dabei bin, mein Kleid zurechtzuzupfen. Er schaut sich das Schauspiel amüsiert an. Völlig unbeirrt davon, dass mir das auffallen könnte, beobachtet er jede meiner Regungen.

Es kann nicht jeder diese unfassbare Selbstsicherheit ausstrahlen, wie du es tust, Cole McCarnell.

Natürlich sage ich ihm das nicht, aber mir ist selbstverständlich sofort aufgefallen, wie gut er in seinem Anzug aussieht. Und ja, für Außenstehende wirken wir wirklich so, als wären wir auf einem Date. Zumindest für den ersten Moment, denn nach zwei Minuten würde jedem Beobachter auffallen, dass ich mein Gegenüber nicht anschmachte.

Wirklich nicht.

Ganz ehrlich.

»Ich bin nicht nervös.«

»Sondern?«

Cole ist beharrlich, das muss man ihm lassen. »Magst du keine Dates?«

»Wir sind auf keinem Date, auch wenn du immer wieder mit diesem Gedanken anfängst«, korrigiere ich ihn und nehme einen Schluck von meinem leckeren Cocktail. »Außerdem würde sich das nicht lohnen, ich bin nur zum Urlaub hier.«

»Und ich bin kein Typ für feste Bindungen, so ganz nebenbei. Aber du hast nicht auf meine Frage geantwortet.«

»Manchmal bist du ganz schön nervig, weißt du das?«

»Das sagt Madison auch immer.«

»Du solltest auf die Frauen in deinem Leben hören«, antworte ich und verziehe den Mund.

»Das sind ja Gott sei Dank nicht so viele. Das schaffe ich. Und glaube ja nicht, die Antwort bliebe dir erspart.«

Ich verdrehe die Augen und versuche ihm zu signalisieren, dass er nervt. Was er natürlich nicht tut, aber das kann ich ihn schlecht wissen lassen, um sein Ego nicht noch mehr zu pushen.

Um ehrlich zu sein, genieße ich es sehr, hier heute mit ihm zu sitzen. Es fühlt sich gut an, einen Mann wie Cole in meiner Nähe zu wissen. Ob andere Frauen wohl neidisch sind und sich fragen, ob wir ein Paar sind?

Herrje, Saoirse! Was sind denn das plötzlich für Gedanken?

Fast bin ich ein bisschen entsetzt darüber und daher stütze ich mich mit beiden Armen auf dem Tisch ab, falte die Hände ineinander und schaue Cole tief in die Augen.

Ein großer Fehler, wie ich sofort feststellen muss, denn ich hatte nicht mit dem Feuer gerechnet, dass seine Iriden umspielt und verboten lodert.

»Ich habe nicht viel Erfahrung mit Dates und habe Jahre keine gehabt.« Was soll ich auch um den heißen Brei herumreden, wenn jeder Blinde sofort erkennen könnte, dass ich völlig unbeholfen in einer Datingsituation bin.

Wie gut, dass diese Sache hier mit Cole kein Date ist.

»Aha.« Seine Reaktion fällt knapp aus. »Warum? Einfach nicht der Typ dafür? Sind andere Dinge wichtiger gewesen?«

»Ich hatte einen Freund.«

Wie seltsam sich das Wörtchen »hatte« anhört. Über eine lange Zeit gab es immer nur Alec und Saoirse. Nun ja, eigentlich Alec, Saoirse und Anna. Aber davon wusste ich natürlich nichts. Ich Idiotin.

»Das erklärt Leahs Formulierung.«

Irritiert schaue ich zu ihm und halte mich nahezu an meinem Getränk fest. »Inwiefern?«

»Sie hat auf einem Notizzettel an dich von Trennung gesprochen.«

Ich nicke wortlos und meine Gedanken driften für einen Moment wieder zu der erniedrigenden Situation während der Trauung. Ich habe in meiner Praxis schon viel erlebt, aber das war selbst für mich neu und tatsächlich bis heute unbegreiflich. Man hört von sämtlichen Wegen, wie sich Partner betrügen, aber vor dem Traualtar hat noch niemand seine andere Hälfte damit konfrontiert. Zumindest nicht, dass ich von so einem Fall wüsste.

»Magst du drüber reden?«

Ich zucke mit den Schultern. »Eigentlich gibt es dazu

nicht mehr viel zu sagen. Er hat mich mit meiner besten Freundin betrogen und es ist auf ihrer Hochzeit alles herausgekommen.«

»Wie jetzt?«

Natürlich findet Cole diese Sache genauso erstaunlich, wie jeder andere sie finden würde, der davon hört.

Ich lehne mich auf meinem Stuhl zurück und schmiege mich in das weiche Polster meines Sessels. Für einen Augenblick überlege ich, die Geschichte für mich zu behalten, entscheide mich aber dagegen. Dann beginne ich, Cole davon zu erzählen, was in Whitewall passiert ist. Wie Pete bei der Trauung die Textnachrichten von Anna und Alec vorgelesen hat, wie Alec versucht hat, mir weiszumachen, dass es alles nicht so wäre, wie es scheine. Wie ich völlig gebeutelt meine Koffer gepackt habe und für eine Weile nach London geflüchtet bin. Dass ich Angst um meine Praxis habe. Irgendwie tut es gut, sich die Sache von der Seele zu reden. Erst da fällt mir auf, dass Cole der Erste ist, mit dem ich wirklich ausführlich über den Vorfall zu Hause spreche. Na ja, um ehrlich zu sein, hört Cole nur zu und ich rede. Aber selbst das ist eine Wohltat. Er unterbricht mich nicht, aber ich spüre, dass er auf jede kleine Regung von mir achtet. Wahrscheinlich denkt er sich auch, ich hätte sie nicht mehr alle und hätte doch alles vorher bemerken müssen, aber selbst wenn es so ist, lässt er es mich nicht spüren.

»Was ein Arschloch«, sagt er wenig eloquent, als ich meinen Vortrag beende und den letzten Rest meines Cocktails mit einem kräftigen Schluck herunterspüle. Mir fehlt gerade Nervennahrung, also muss es der Alkohol sein. Natürlich nicht die beste Lösung, aber ich trinke ja gesittet.

»Ich hätte es nicht besser ausdrücken können«, antworte ich dann lachend und stelle fest, dass mir die letzten zehn Minuten gutgetan haben. »Aber ich frage mich, ob du auch auf diese Weise mit deinen Klienten sprichst.«

»Ich finde andere Worte.« Er schmunzelt. »Gab es irgendwas in eurer Beziehung, was auffällig anders war? Also vielleicht weniger Sex, weniger Aufmerksamkeit?«

»Um ehrlich zu sein, war alles wie immer. Vielleicht habe ich aber auch nicht wirklich darauf geachtet und es hätte mir vorher auffallen müssen. Wenn ich so drüber nachdenke, hatten wir deutlich weniger Sex. Aber selbst da habe ich mir nichts bei gedacht. Schließlich waren wir bereits eine ganze Weile zusammen und hatten beide auch beruflich viel um die Ohren. Da schlafen Dinge schon mal ein.«

Cole zieht eine Augenbraue hoch und legt den Kopf schräg.

»Was gefällt dir an meiner Antwort nicht?«, hake ich sofort nach.

»So ziemlich alles. Was bedeutet denn weniger Sex? Und wenn ihr schon weniger Sex hattet, hoffe ich zumindest, dass er gut war.«

Zum wiederholten Mal an diesem Abend zucke ich mit den Schultern. »Einmal pro Woche? Und ob der gut war? Na ja, wenn ich jetzt *Standard* sage, fühle ich mich schlecht bei der Antwort.«

»Wieso das?«

»Weil ich ihm dann vielleicht Unrecht tue?«

»Wem? Deinem fremdgehenden Ex? Der mit dieser

Anna wahrscheinlich täglich sündhaft heiß rumgevögelt hat? Hinter deinem Rücken?«

Erschrocken reiße ich die Augen auf und starre ihn an. »Wie kannst du so etwas sagen?«

»Weil es so ist. Wenn man jemanden kennenlernt und ihn oder sie heiß findet, dann hat man Sex. Ständig. Auf sämtliche Arten. Dann ist es einem wichtig, dass die andere Person befriedigt ist. Wenn man egoistisch ist, geht es einem nur um die eigene Befriedigung. Klar, das gibt es bei One-Night-Stands auch häufig, aber ich habe zumindest den Anspruch, dass jede Frau, mit der ich intim bin, auch auf ihre Kosten kommt. Wie lange auch immer unser Ding geht. Und in einer Beziehung ist das doch wohl das Mindeste, dass man sich nicht mit Standard zufriedengibt. Beide nicht.«

»Mmh«, presse ich lediglich hervor und sehe sofort, dass Cole aufhorcht.

»Was bedeutet Standard für dich?«, will er als nächstes wissen und ich rutsche nervös auf meinem Sessel hin und her. Wo bleibt der Kellner, damit ich noch etwas für meine Nerven bestellen kann? Ich blicke mich um.

»Hier spielt die Musik«, sagt Cole und ich fühle mich ertappt. »Ich winke dem Kellner, wenn ich ihn sehe. Wir müssen nicht über Sex reden, wenn dir das Thema unangenehm ist. Aber dann sag das.«

»Mir ist es nicht unangenehm, über Sex zu reden, aber …«

»Aber was?«

Für einen Moment druckse ich herum und gehe mit mir still ins Gericht, ob ich die Frage wirklich wahrheitsgemäß beantworten soll. Irgendwie ist es schon schräg, hier in diesem Lokal, so viele Meter über der Erde, diese Unterhaltung zu führen. In der Öffentlichkeit.

»Ich habe da wohl einfach nicht so viel Erfahrung. Und wenn ich von Standard spreche, dann meine ich das, was ich halt kenne. Was ich immer gemacht habe. Was man halt so macht.«

Cole sagt nichts, aber ich weiß, was seine nächste Frage ist, und daher nehme ich allen Mut zusammen und erzähle ihm von meinem Sexleben. Ihm, einem völlig fremden Menschen, mit dem ich intim war. Ich muss verrückt sein. Hoffentlich hat er mich nicht unter Standard abgespeichert.

Als ich geendet habe, schaut er mich für eine Weile an. Dann nickt er mir zu und sagt zu meiner Überraschung: »Danke, dass du mir das so offen erzählt hast. Und bevor du jetzt wieder neunmalklug irgendetwas daher sagst, ja, du hattest eine Wahl.«

Ein Grinsen umspielt seinen Mund und mir gefällt, dass er etwas Leichtigkeit in diese doch sehr tiefsinnige Unterhaltung bringen will. Im nächsten Moment verlagert Cole sein Gewicht und greift zu meiner Überraschung nach meiner Hand. Sein Daumen streift über meinen Handrücken und ich schließe für eine Millisekunde meine Augen und genieße diese unerwartete Berührung. Als ich seine warme Stimme vernehme, schlage ich die Augen wieder auf und blicke ihn an.

»Was, wenn du deine Auszeit hier in London anders nutzt?«

»Wie meinst du das?«

»So wie ich es sage.«

Seine Antwort ist nicht hilfreich, was ich ihn umgehend wissen lasse.

»Nun, Saoirse. Du bist hier, um Abstand zu bekommen. Etwas für dich zu tun. Leahs Versuche mit ihren Zetteln sind durchaus förderlich, aber was, wenn du die Zeit einfach noch zusätzlich auf andere Art genießt? Abenteuer hast, datest. All das nachholst, was du vielleicht in den letzten Jahren verpasst hast.«

»Ist das hier gerade deine mündliche Bewerbung für die Aktion?«

Meine Frage ist schneller ausgesprochen, als ich denken kann. Hastig schlage ich mir die Hand vor den Mund, was zur Folge hat, dass Cole in schallendes Gelächter ausbricht. Zu meiner Verwunderung scheint dies keinen der anderen Besucher in der Bar sonderlich zu stören, sodass sie zwar kurz zu uns herüberschauen, sich dann aber wieder ihren eigenen Gesprächen widmen.

»Also ich muss schon sagen, auf den Mund gefallen bist du nicht. Das ist immer sehr erfrischend, was dir herausrutscht, wenn du einfach mal nicht stundenlang über etwas nachgrübelst.«

»Du scheinst mich ja schon unfassbar gut zu kennen.«

»Das tue ich nicht«, erwidert er und scheint überhaupt nicht daran zu denken, meine Hand loszulassen. »Aber es ist so ein Gefühl.«

»Aha. Und dieses Gefühl sagt dir auch, dass ich hier in London auf Teufel komm raus mit mir wildfremden Leuten Sex haben soll, um einfach mehr Erfahrung zu sammeln. Spricht da der Therapeut aus dir? Und ja, ich weiß, du trennst Privates und Berufliches.«

»Aus mir spricht der Mensch, dem es ein Anliegen ist,

dass du erkennst, dass man sich mit Standard nie zufriedengeben sollte. Und wenn das bedeutet, dass ich meine persönliche Bewerbung dafür einreichen muss, dann habe ich das hiermit getan.«

Okay, wenn es Coles Absicht war, mich sprachlos zu machen, hat er es somit geschafft. Hat er mir wirklich gerade ein unmoralisches Angebot gemacht?

»Nur damit ich das richtig verstehe: Du bietest dich an, mir hier eine gute Zeit in deinem Bett zu verschaffen, weil du der Meinung bist, dass ich das verdient habe?«

»Wenn du mich so fragst, ja.«

»Du machst Witze.«

»Ich scherze nie über so etwas Wichtiges wie Sex. Und was spricht dagegen? Wir hatten bereits Sex und ich glaube zu wissen, dass du ihn genossen hast. So hörte und fühlte sich das zumindest an. Oder liege ich da falsch?«

Ich schließe die Augen und spüre, dass ich rot werde. Natürlich. War klar, dass mir das in diesem Moment passiert.

»Kann schon sein«, gebe ich lediglich von mir und weiß natürlich, dass er recht hat. Cole, der seine Hand immer noch um meine geschlungen hat, verstärkt seinen Griff und wieder spüre ich seinen Daumen, der über meine Haut fährt. Lieber Gott, warum muss ich ausgerechnet jetzt eine Gänsehaut bekommen?

»Also? Was sagst du? Hast du Lust auf ein Urlaubsabenteuer? Mit mir? Mag sein, dass das jetzt furchtbar arrogant klingt, aber ich weiß, dass es dir guttun und gefallen wird.«

Er meint das tatsächlich ernst. Dieses scharfe Gerät mir gegenüber bietet mir an, Sex zu haben.

Ich schlucke, und wäre ich noch die Saoirse von vor ein

paar Tagen, hätte ich ihm wahrscheinlich einen Drink ins Gesicht gekippt. Die Saoirse von heute, die die letzten Tage bereits so oft über ihren Schatten gesprungen ist, macht jedoch etwas völlig anderes.

»Darf ich darüber nachdenken?«, frage ich zu meiner eigenen Überraschung und sehe, wie es um Coles Mundwinkel zuckt.

»Natürlich«, antwortet er und lässt meine Hand los. »Nimm dir die Zeit, die du brauchst. Und wenn du dich dagegen entscheidest, ist das auch okay.«

Sein Blick ruht weiterhin auf mir, was mich nicht in Ansätzen beruhigt. Ob er ahnt, wie anziehend ich ihn finde? Mit Sicherheit.

»Wollen wir noch etwas trinken?«, höre ich ihn im nächsten Moment sagen und als ich nicke, winkt er nach dem Kellner. Als dieser kommt, geben wir eine neue Bestellung auf und ich bin froh, dass wir das Thema wechseln.

»Eins noch«, sagt Cole, als der Kellner mit unserer Bestellung verschwunden ist. »Nur damit du es weißt, Saoirse, ich biete dir nicht nur an, dir hier in London in meinem Bett eine gute Zeit zu verschaffen. Ich gedenke, das so ziemlich überall da zu tun, wo uns danach ist.«

21

Ich bin Cole unendlich dankbar, dass er wirklich das Thema gewechselt hat, nachdem der Kellner mit unseren Getränken zurück an den Tisch kam. Stattdessen unterhalten wir uns über London, sein Studium und die Tatsache, dass Madison unfassbares musikalisches Talent hat. Als Cole behauptet, dass er selbst keinen geraden Ton herausbekommt, glaube ich ihm kein Wort, werde aber eines Besseren belehrt, als er plötzlich am Tisch den Mund öffnet und die ersten Takte eines Liedes anstimmt, von dem er behauptet, dass es etwas von Ed Sheeran ist. Seine Talente liegen woanders.

Cole ist ein aufmerksamer Gesprächspartner und witzig noch dazu. Viel zu schnell vergeht die Zeit und wir verlassen die Bar erst, als sie geschlossen wird.

»Einen Vorteil hat es, dass wir im selben Gebäude wohnen«, sagt er gut gelaunt, als wir nebeneinander im Taxi sitzen. Im Gegensatz zum letzten Mal hockt jeder auf seiner Seite und tatsächlich kann ich mich nicht daran erinnern, dass Cole mich heute Abend, abgesehen von dem kurzen Moment am Tisch, überhaupt berührt hat.

»Und der wäre?«, erkundige ich mich, während mein Blick immer wieder aus dem Fenster wandert und ich völlig verzaubert von London bei Nacht bin.

»Du hast jemanden, der dich sicher nach Hause bringt.«

Kurz möchte ich sagen, dass ich schon ein großes Mädchen bin und das auch allein schaffen würde, aber stattdessen nicke ich ihm zu und lächle.

»Danke«, hauche ich und schiebe meine Hände unter meine Oberschenkel.

»Ist dir kalt?«

Cole wartet meine Antwort nicht ab, sondern zieht sein Jackett aus und legt es mir um die Schultern. »Wir sind gleich daheim.«

»Ich weiß. Das Kleid ist ein bisschen dünn, ich hatte es wärmer eingeschätzt.«

Er lässt seinen Blick an mir auf und ab wandern.

»Es steht dir sehr gut.«

Ich rechne damit, dass er wieder eine Anspielung auf meine Unterwäsche macht, aber seit er mir das sexuelle Angebot unterbreitet hat und ich um Zeit zum Nachdenken gebeten habe, hat er nichts Anrüchiges oder Doppeldeutiges mehr gesagt. Da nichts weiter von ihm kommt, bedanke ich mich für das Kompliment.

Kurze Zeit später hält das Taxi am Lincoln Square und wir steigen aus. Wieder berührt Cole mich nicht. Es ist nicht so, dass ich es erwartet hätte, aber mein Körper ist in seiner Gegenwart wie elektrisiert. Ständig. Alles an ihm strahlt eine unfassbare Anziehung auf mich aus. Sein

Outfit, der Klang seiner Stimme, das Blitzen in seinen Augen, sein Witz und sein Charme. Ich bin mir sicher, ich könnte noch weitere Dinge aufzählen, aber werde plötzlich in meinem Gedankengang von ihm unterbrochen.

»Es war ein schöner Abend.«

»Das fand ich auch«, erwidere ich und gebe ihm sein Jackett zurück, als wir oben bei unseren Wohnungen ankommen. »Ich …«, beginne ich, halte dann aber inne.

»Ja, bitte?«

Als Cole sein Jackett entgegennimmt, berühren sich kurz unsere Finger und ich bin mir sicher, er muss diese Spannung zwischen uns auch spüren, denn für einen Moment glaube ich, ein Funkeln in seinen Augen zu erkennen.

»Ich … Ich habe mich gefragt, ob du vielleicht noch auf einen Kaffee mit reinkommen möchtest. Vielleicht können wir ihn auf dem Balkon trinken und noch ein bisschen die Lichter der Stadt genießen? Es sei denn, du möchtest ins Bett. Es ist schließlich schon spät. Ich weiß nicht, ob du morgen arbeiten musst? Ich will deine Zeit auch nicht länger in Anspruch nehmen.«

»Kaffee klingt gut«, raunt er mir zu und ich wünschte, er würde dichter hinter mich treten, als ich die Tür zur Wohnung öffne. Hin und wieder dringt ein winziger Hauch seines Dufts zu mir und benebelt meine Sinne. Was, wenn ich zu seinem Angebot einfach Ja sage? Was, wenn ich mit Cole ein paar sinnliche Nächte in London erlebe und danach befreit und vor allem befriedigt wieder heimfahre? Was, wenn Cole meiner verletzten Seele guttut und mich in Sphären der Ekstase bringen kann, die mir bisher verborgen sind? Was, wenn ich einfach mal mache? Wie sagte er heute noch: Könnte ja gut werden?

Aber was, wenn ich die Kontrolle abgebe und auf einmal nicht mehr weiß, wie mir geschieht? Was, wenn das nicht ich bin? Was, wenn ich einfach nur Standard bin?

»Erde an Saoirse«, höre ich Cole sagen und zucke zusammen. »Hast du vor, im Flur stehen zu bleiben oder gilt das Kaffeeangebot noch?«

Sichtlich amüsiert blickt er mich an, als ich versuche, mich zu sammeln und meine Gedanken der letzten Minute weit wegschiebe.

»Natürlich, ich koche uns einen«, antworte ich verlegen, lege meine Handtasche auf das kleine Schränkchen neben der Tür und husche in die Küche. Während der Kaffee durchläuft, stelle ich die Tassen zurecht.

»Nimmst du Milch oder Zucker?«

Keine Antwort.

»Cole? Milch oder Zucker?«

Wieder nichts.

Irritiert stecke ich den Kopf aus der Küchentür, um nachzusehen, wo er abgeblieben ist. Ist er etwa schon auf den Balkon gegangen? Doch Cole steht am Tisch im Wohnzimmer, hat den Kopf in meine Richtung gedreht und grinst mich an.

»Cole? Alles okay? Warum antwortest du nicht?«

»Ich war dezent abgelenkt«, erwidert er und noch immer ist da dieses verräterische Grinsen.

Was hat er denn bloß?

Dann wendet er sich mir ganz zu und ich erstarre.

»Du liebst es wohl einzukaufen, was? *Coco de Mer?* Das sieht vielversprechend aus.«

Ich presse die Lippen fest aufeinander und wünschte mir, im Erdboden zu versinken. Alternativ wäre beamen noch eine Option, Hauptsache weg.

Wie konnte ich bloß so dumm sein, und die Tüte aus dem Sexshop nicht wegräumen? Nein, ich musste lediglich den einen Vibrator herausnehmen und den Rest meines Einkaufs samt der Tüte im Wohnzimmer stehen lassen. So dass Cole sie findet. Inständig hoffe ich, dass er es damit gut sein lässt, aber er denkt gar nicht daran.

»Überraschungs-Box. So, so.«

Verdammter Mist. Ich versuche, mich schnell zu sammeln und möglichst gelassen zu wirken, in der Hoffnung, dass Cole mir das abnimmt.

»Ach ja, sorry. Ich habe ganz vergessen, das wegzuräumen.«

Als gäbe es nichts Normaleres, als Sexspielzeug auf dem Wohnzimmertisch liegen zu haben. Cole scheint die ganze Situation sehr amüsant zu finden, denn er schwenkt die Überraschungs-Box vor meiner Nase herum.

»Die hast du ja noch gar nicht ausgepackt. Gar nicht neugierig? Noch gar nichts ausprobiert?«

Ich schnappe ihm die Box aus der Hand und greife nach der Tüte. Schnell will ich alles verschwinden lassen, aber Cole denkt gar nicht daran, mich so einfach davonkommen zu lassen.

»Ich glaube nicht, dass ich die Frage hinsichtlich des Ausprobierens jetzt so einfach beantworten möchte.«

»Also hast du«, antwortet Cole lachend und schaut mich aufmerksam an. »Die Frage ist nur, was, denn die Box ist ja noch zu.«

»Das geht dich nichts an.«

»Ach komm. So kannst du mich hier nicht stehen lassen. Sonst wandern meine Gedanken ab jetzt immer wieder zu dir im Bett mit Sexspielzeug. Und in meinen Gedanken kann ich verdammt kreativ sein.«

Die Vorstellung, dass ich es mir dauerhaft in Coles Gedanken mit irgendwelchem Sexspielzeug selbst mache, ist zu viel für meinen Gemütszustand.

»Einen Auflegevibrator«, murmle ich also schnell und hoffe, dass er sich mit der Antwort zufriedengibt und wir wieder über völlig normale Dinge reden können.

»Bitte was? Ich kann dich nicht hören.«

Ich verdrehe die Augen und stemme anschließend die Hände in die Hüften. »Ich habe einen Auflegevibrator ausprobiert. Und nur, damit du es weißt, das Ding ist grandios. Und ich schäme mich nicht dafür.«

Cole presst die Lippen aufeinander und nickt. »Für so etwas muss man sich auch nicht schämen. Ist doch gut, wenn es dir Spaß macht und du Erfahrungen damit sammelst. Aber dass du diese Box noch nicht geöffnet hast, verstehe ich nicht. Bist du gar nicht neugierig, was da drin ist?«

Okay, er lässt es nicht auf sich beruhen.

»Die Verkäuferin meinte, es wäre eine Box mit den absoluten Topsellern.«

»Und wieso hast du sie dann noch nicht ausgepackt?«

»Ich hatte keine Zeit.«

»Blödsinn.«

Mein Mund wird trocken und ich beiße mir unwillkürlich auf die Unterlippe.

»Saoirse?«

»Ich brauche ein Glas Wasser«, rufe ich, bevor Cole

mich noch weiter provozieren kann und eile schnurstracks in Richtung Küche. Ich muss dringend Distanz zwischen uns bringen. Glücklicherweise hat er den Wink verstanden und folgt mir nicht.

In der Küche lasse ich kaltes Wasser über meine Handgelenke laufen und wäre ich nicht geschminkt, würde ich mir jetzt zusätzlich noch etwas davon ins Gesicht spritzen. Ich lasse noch Wasser in ein Glas laufen und trinke es mit einem Schluck aus. Liebes Universum, bitte mach, dass meine Wangen nicht glühen. Oder bitte mach, dass mein Make-up die Röte wenigstens überdeckt. Warum habe ich ihn noch einmal gefragt, ob er noch einen Kaffee mit mir trinken will?

Natürlich weiß ich, dass Cole mich nur ärgert, aber wenn ich ehrlich bin, dann möchte ich nichts anderes tun, als diese Überraschungsbox aufreißen und ihren gesamten Inhalt mit ihm ausprobieren. Das kann ich ihm aber nicht sagen. Mein Sexleben als Standard zu bezeichnen, war eine absolute Lüge. Ich weiß, dass ich ein langweiliges Sexleben hatte. Klar, Alec und ich waren intim, aber wirkliche Leidenschaft habe ich mit ihm nie erfahren. Auch mit den Männern davor war es zwar spaßig, aber wirklich innig und heiß war es nie. Kein Wunder also, dass die Orgasmen bisher ausgeblieben sind. Keine Ahnung, ob meine Angst, die Kontrolle zu verlieren, mir wirklich so im Weg steht, aber mein Sex ist alles andere als wie in all den Liebesromanen, die hin und wieder auf meinem Nachttisch landen.

Ist es also so falsch, jetzt etwas Aufregendes zu wollen? Und was, wenn Cole derjenige ist, der mir diese aufregende Leidenschaft bescheren kann? Ein Teil von mir möchte es erleben, wie es ist, wenn Cole die Kontrolle über meinen

Körper hat und dafür sorgt, dass ich Nächte voller Orgasmen habe. Ein anderer Teil von mir hat Angst davor, wo das enden könnte. Noch größer ist allerdings die Angst, dass Cole einfach verschwindet, weil ich mich in der Küche verbarrikadiere und ihn allein im Wohnzimmer lasse.

Ich trinke noch einen Schluck, fahre mir dann durchs Haar und stütze mich am Beckenrand ab.

Du schaffst das, Saoirse. Es ist schließlich nicht so, als hättest du noch nicht mit ihm geschlafen. Du weißt, wie gut es sein kann.

»Willst du statt des Kaffees lieber ein Wasser? Oder doch lieber Wein?«, rufe ich in die Stille und hoffe, dass er die Wohnung nicht verlassen hat.

»Wasser ist eine gute Idee.«

Danke, liebes Universum, er ist noch da.

Schnell fülle ich zwei Gläser und schlendere zurück ins Wohnzimmer. Dabei versuche ich so cool und lässig wie möglich auszusehen, auch wenn mein Herz bis zum Hals schlägt. Ich staune nicht schlecht, als ich sehe, dass Cole am Tisch Platz genommen hat. Die Anzugjacke liegt über der Lehne eines anderen Stuhls und die Ärmel seines Hemdes hat er hochgekrempelt.

»Alles okay bei dir?«, erkundigt er sich und lässt mich dabei keinen Moment aus den Augen. Ich nicke und reiche ihm ein Glas. Mein eigenes stelle ich auf den Tisch und greife im nächsten Moment nach der Box, die wie ein bedrohliches Etwas da liegt.

»Öffne sie.«

Cole atmet tief ein und seine Augen verengen sich zu Schlitzen. »Was meinst du?«

»Öffne sie. Ich bin gespannt, ob sie etwas für uns bereithält. Also etwas, das uns gefallen könnte.«

»Uns? Bist du dir sicher?«

»Wenn du noch dreimal nachhakst, überlege ich es mir vielleicht noch einmal.«

Ich reiche Cole die Box und er nimmt sie an sich. Dann legt er sie vor sich auf den Tisch und klappt sie auf. Ich bin zu nervös, um mich zu setzen, also bleibe ich neben ihm stehen und beobachte genau, was er tut.

Stumm wirft er einen Blick in die Box und sein Schweigen macht mich nahezu wahnsinnig. Das wird auch nicht besser, als sich ein freches Grinsen auf seinem Gesicht abzeichnet.

Dann steht er plötzlich auf und zieht mich dicht an sich, sodass ich förmlich gegen seinen harten Körper knalle.

»Saoirse, bist du dir sicher? Ich habe bei meinem Angebot von heute Abend nicht an diese wunderbaren Spielsachen gedacht. Das hier ist heiß. Zu wissen, dass sich diese Box mit ihrem Inhalt in deinem Besitz befindet … «

Er schiebt mein Haar zur Seite und wispert nah an meinem Ohr: »Willst du wissen, was sich in der Box befindet?«

Hektisch nicke ich und genieße seine Nähe.

Seine Hände umschließen meine Handgelenke.

»Handschellen«, raunt er dicht an meinem Hals. »Erfahrungen damit?«

Ich schüttle den Kopf und nehme wahr, dass er mich wieder loslässt. Dann legt sich seine Hand an meine Wange und fast wie automatisch lehne ich meinen Kopf in seine

Berührung. Unfassbar sanft streift er mit dem Daumen über meine Augen.

»Eine Augenbinde«, ist das Nächste, was er sagt. Ich schlucke und schließe meine Augen. Wieder schüttle ich den Kopf, um ihm zu signalisieren, dass ich auch diese Form des Spiels noch nicht erlebt habe.

»Okay«, haucht er leise und plötzlich spüre ich, wie sich seine Finger in mein Haar schieben und er seinen Mund auf meinen presst. Cole erobert meine Lippen mit einem sündigen, sinnlichen Kuss und ich kann nicht anders, als mich an ihn zu lehnen. Ob ich will oder nicht, zwischen meinen Beinen baut sich bei seiner Liebkosung ein Pulsieren auf. Unwillkürlich lege ich einen Arm um seinen Hals, intensiviere unseren Kuss. Es ist, als ob sich unsere Lippen suchen und verschlingen. Hungrig nach mehr, beende ich unser Lippenspiel.

»Ist das alles, was in der Box ist?«, flüstere ich, wenige Zentimeter von seinem Mund entfernt.

Dieses Mal ist es Cole, der den Kopf schüttelt. Dann lächelt er schelmisch.

»Mir scheint, du hast die Box für Paare bekommen.«

»Wieso?«

»Schau selbst«, sagt er und zieht die Box zu uns heran. Neugierig löse ich mich aus seiner Umarmung und packe dann nach und nach die Päckchen aus, die sich in der Box befinden.

Sowohl die Handschellen als auch die Augenbinde sind anspruchsvoll verpackt. Ich staune nicht schlecht, als ich die anderen drei Päckchen aus der Box herausnehme. Als erstes erkenne ich Gleitgel. Im nächsten Päckchen befindet sich ein Vibro-Ei mit Fernbedienung. Ich schlucke, als mir bewusst wird, wie man das als Paar benutzen kann. Das letzte Päckchen ist das größte von allen. Neugierig packe ich es aus und halte die Luft an.

»Na, weißt du, was das ist?« Cole streift mir die Haare aus dem Nacken und küsst dort sanft meine Haut.

»Ich kann lesen«, presse ich hervor und atme vielleicht ein bisschen schneller als gewöhnlich. »Ein Multifunktionsvibrator.«

»Mmh«, raunt er und seine Hand gleitet über den Stoff meines Kleides. »Weißt du auch, wie man ihn benutzt?«

In meinem Kopf spielen sich sofort diverse Szenarien ab. Da er in einer Box für Paare eingepackt war, soll er wohl ihr als auch ihm Spaß machen.

»Ich kann es mir vorstellen … In Ansätzen.«

»Gut.«

Dann hält Cole plötzlich inne und zu meiner Überraschung dreht er mich zu sich und nimmt mein Gesicht in seine Hände. »Saoirse, noch einmal. Sextoys sind eine Möglichkeit, im Bett Spaß zu haben. Wir können auch völlig normal …«

Weiter kommt er nicht, denn ich presse mich gegen ihn und verschließe seine Lippen mit einem Kuss. Dann beginne ich, die Knöpfe seines Hemdes zu öffnen und streiche Augenblicke später mit meinen Fingern über seinen festen Oberkörper und genieße das Spiel seiner Bauchmuskeln unter meinen Fingerspitzen. Früher, als ich jünger war, fand ich Brusthaare fürchterlich, doch Coles Brust ziert ein leichter Flaum, den ich anziehend finde. Meine Finger gleiten über seine Brustwarzen, die unter meinen Streicheleinheiten hart werden. Cole knurrt in meinem Mund, während unsere Zungen einen erregten

Tanz vollführen. Dann schiebt er mich zum Tisch und hebt mich hoch. Mein Po landet auf der Tischplatte und sofort positioniert sich Cole zwischen meinen Beinen. Seine Hände fahren unter mein Kleid und streifen es langsam hoch. Er streichelt mich von den Knöcheln über die Wade über die Schenkel und schiebt dann seine Finger in mein Höschen. Mindestens genauso quälend langsam zieht er es mir herunter und lässt es auf den Boden gleiten. Ich keuche, als ich kurz seinen Finger an meiner empfindlichsten Stelle spüre und weiß, dass meine Wangen vor Begierde glühen.

»Oh …«

Ich strecke den Rücken durch, schiebe ihm meine Hüften entgegen und für einen Moment setzt mein Atem aus, als er mich wieder dort berührt, wo ich ihn brauche. Seine Finger fahren sanft über meine Schamlippen und ich rechne damit, sie gleich in mir zu spüren, doch Cole denkt gar nicht daran. Stattdessen ist es seine Zunge, die ich als Nächstes spüre, denn Cole geht zwischen meinen Beinen auf die Knie. Gefühlvoll verwöhnt er mich und schickt Wellen der Lust durch meinen Körper.

Plötzlich höre ich leise das Surren des Vibrators. Cole muss ihn aus der Packung genommen habe. Vor lauter Begierde habe ich nichts mitbekommen und das Gefühl, das sich jetzt auf einmal in mir ausbreitet, ist kaum zu beschreiben. Es ist Lust und Aufregung zugleich. Langsam lässt Cole den Vibrator über meine feuchte Mitte gleiten und berührt dabei immer wieder vorsichtig meine Klit. Ich atme schwer ein und nehme wahr, wie ich bei jeder neuen Berührung zucke. Mein Verlangen nach diesem Gefühl steigert sich ins Unermessliche und ich spreize meine

Beine weiter. Ich spüre seine Zunge, wie sie sich vortastet, über meine Klit streicht. Dann dringt er langsam mit dem Vibrator in mich ein. Ich stöhne auf, denn die Empfindung ist überwältigend.

»Genieß es«, raunt er mir zwischen seinen Liebkosungen zu und bewegt den Vibrator. Er muss auf eine niedrige Stufe eingestellt sein. Eine quälend langsame, stimulierende Geschwindigkeit. Cole schiebt den Vibrator ein paarmal rein und raus, reibt über meine Klit und dieses neue, unbekannte Gefühl macht mich wahnsinnig an. Ich spüre, wie ich zucke. Er schiebt den Vibrator tiefer und beim Blick in Coles Augen sehe ich, dass sie vor Lust verhangen sind. Es macht ihn an. Mir Lust zu bereiten, macht ihn an. Mindestens genauso wie mich. Das Spiel mit dem Vibrator reizt mich und meine Erregung steigert sich ins Unermessliche. Ihm scheint es nicht anders zu gehen.

»Ich will dich spüren.«

Seine Stimme ist tief, rau und voller Dringlichkeit. Heftig nicke ich.

»Sind in der Box Kondome? Oder hast du welche dabei?«

Er schüttelt den Kopf. »Fuck, nein.«

»Im Bad«, presse ich hervor und bin Leah für ewig dankbar. »Ich kann sie holen.«

»Du bewegst dich keinen Zentimeter.« Er schaut mich eindringlich an. Dann spüre ich, wie er den Vibrator tiefer in mich schiebt. »Mach, dass er nicht herausgleitet.«

»Wie?«, wispere ich und wünschte, er müsste nicht erst los, um Kondome holen.

»Das wirst du schon hinbekommen.« Ich erkenne das Grinsen in seinen Worten. Er erhebt sich und läuft in die

Richtung, in die ich ihn schicke. Ich klemme derweilen den Vibrator in meinem Inneren ein und setze alles daran, dass er nicht herausrutscht, was gar nicht so einfach ist, wenn man so erregt ist wie ich.

Cole taucht im Türrahmen auf und sein Blick ist auf mich gerichtet. Langsam öffnet er seinen Gürtel und knöpft seine Hose auf. Er tritt auf mich zu, zieht mich zu sich hoch und legt seine rechte Hand an meine Wange. Ich liebe diese Geste, denn sie ist intim und innig. Womit ich nicht rechne, ist, dass er den Vibrator aus mir herauszieht.

»Was ist los?«, frage ich und lege meine Hände an seinen nackten Oberkörper. »Willst du nicht mehr? Ich, also, wir, wir müssen nicht.«

»Sssssh«, raunt er und im nächsten Moment gleiten seine Hände auf meine Hüften und ziehen mich vom Tisch. Er platziert einen sanften Kuss auf meinem Hals. Dann beginnt er, mir das Kleid hochzuziehen und meinen BH zu öffnen. Als ich nackt vorm ihm stehe, spüre ich auf einmal, wie die Unsicherheit in mir aufsteigt und Cole muss mir das ansehen, denn er küsst mich sanft auf die Lippen.

»Du bist wunderschön«, sagt er leise und fährt anschließend mit seinem Daumen über meine Lippen. »Dreh dich um.«

Coles Blick ist so hungrig, dass ich scharf die Luft einziehe. Wenn er wüsste, wie sehr ich wieder diese Erlösung spüren will, die er mir neulich schon beschert hat. Ich tue, wie gewünscht, und Coles kräftige Hand legt sich auf meine Hüfte. Sofort positioniert er sich zwischen meinen Beinen und ich spüre seine Erregung an meinen Pobacken.

Er streichelt meinen Rücken, meinen Po und meine

Schenkel. Mit dem Knie drückt er meine Beine auseinander und dann spüre ich seine heißen Lippen auf meinem Hals.

Wie sinnlich kann ein Mann bitte sein? Und wenn er so schon mit einer Frau ist, mit der er nur Sex hat, dann gratuliere ich der Frau jetzt schon, die ihn einmal als Partner haben wird.

Ich höre, wie er die Kondompackung aufreißt und dann ist es endlich so weit.

Er dringt in mich und schiebt sich Stück für Stück in meinen Körper. Mir bleibt nichts anders übrig, als erleichtert zu winseln. Er fühlt sich wunderbar an und für einen Moment bin ich entsetzt darüber, wie sehr ich ihn will, seine Berührungen einfordere und diese Lust mit ihm erleben will. Cole lehnt sich vor und ich spüre seine Brust an meinem Rücken. Ich habe nicht viel Bewegungsfreiheit, aber mir gelingt es, meine Hüften gegen seine Stöße zu stemmen.

Himmel, wenn es nach mir geht, können wir das gern ab sofort jeden verdammten Tag tun.

Mit jedem seiner Stöße bringt er mich in meiner langsam steigenden Ekstase weiter voran. Ihn so tief in mir zu spüren, ist wahnsinnig intensiv und das erotischste Gefühl, das ich bisher erlebt habe. Sex mit Cole ist anders als mit all den anderen Männern vor ihm. Dies hier ist heiß. Leidenschaftlich. Unglaublich köstlich.

Coles Stöße sind langsam und tief.

»Du fühlst dich so gut an«, knurrt er dicht an meinem Ohr und sein warmer Atem erregt mich noch mehr. Ich drehe ihm den Kopf zu und wie automatisch finden sich unsere Lippen und wir küssen uns innig. Mit jedem Stoß wird sein Atem schwerer. Jetzt dringt er noch tiefer in mich, wobei ich dachte, dass das schon nicht mehr möglich sei. Er wird schneller und mein Körper antwortet auf seine eigene Art und Weise. Ich lasse mich gehen, keuche und passe mich seinem Rhythmus an.

Der Orgasmus, der mich durchfährt, schüttelt mich und ich habe das Gefühl, zu explodieren. Die Welle der Lust reißt mich mit. Alles in mir kribbelt und rauscht. Und dann kommt auch er. Er hält meine Hüfte fest und drückt sich gegen mich. Sein Stöhnen hinter mir ist tief und er presst seine Lippen gegen meine Schulter, während er in mir zuckt.

Sex mit Cole ist wild. Heiß. Hemmungslos. Pures Verlangen. Und wenn das hier erst der Anfang ist, dann weiß ich nicht, wie das enden soll.

22

»Little Miss Saoirse, Sie stecken wirklich voller Überraschungen.«

Cole gibt mir einen Kuss auf die Wange und zieht mich eng an sich.

»Überraschungen? Wie meinst du das?«, murmle ich und genieße seinen starken Körper so dicht an mir. Dafür, dass wir keine Gefühle füreinander hegen, sind wir überraschend vertraut miteinander. Und das bereits nach nur zwei Nächten mit heißem Sex. Sämtliche Knochen schmerzen von letzter Nacht und ich bin mir sicher, mein Körper wird mir später zeigen, wo ich alles Muskeln habe. Aber das ist mir egal.

»Nun, es ist unfassbar erregend, dass du dich bei mir so fallenlassen kannst. Das macht Lust auf mehr.«

»Du hast immer noch Lust?«, sage ich geschockt und starre ihn mit großen Augen an.

»Na ja, welcher Mann hätte nicht Lust, wenn er weiß, dass die Frau, mit der er im Bett liegt, so unfassbar talentiert mit ihrem Mund ist?«

»Cole!«, quietsche ich und schlage die Hände vors Gesicht. Seine Antwort ist ein herzhaftes Lachen und dann spüre ich, dass er meine Handgelenke umgreift und die Hände von meinem Gesicht wegzieht.

»Untersteh dich, dich für so etwas zu schämen. Es ist unsagbar erregend, wie du bläst.«

»Wie das klingt.«

»Ehrlich?«

»Du weißt, wie ich das meine.«

»Na klar, aber es macht Spaß, dich zu ärgern.«

Gespielt entrüstet verdrehe ich die Augen und setze mich abrupt im Bett auf.

»Hörst du das auch?«

Ich lausche und höre eindeutig ein sich wiederholendes Signal.

»Hast du dein Handy im Wohnzimmer liegen?«

Ruckartig setzt Cole sich neben mir auf. »Mist, ja. Ich bin sofort zurück. Entschuldige. Ich muss schauen, wer etwas will.«

»Aber na klar, keinen Stress«, antworte ich und beobachte amüsiert, wie Cole sich hektisch aufsetzt. Er sieht mit verwuscheltem Haar irgendwie knuffig aus. Soweit man das über einen erwachsenen, gut trainierten Mann überhaupt sagen kann.

Cole schlägt die Decke zurück, schwingt seine Beine aus dem Bett und ist in Nullkommanichts zur Tür heraus. Jetzt weiß ich auch, was meine Mutter immer damit meinte, dass ein schöner Rücken auch entzücken kann. Coles Rückenansicht ist verdammt anziehend. Um genau zu sein, auch verdammt ausziehend, denn ich liege immer noch nackt unter der Bettdecke und überlege für einen

Moment, ob ich mir etwas anziehen soll oder darauf spekuliere, dass wir uns noch für eine Morgenrunde entscheiden.

Meine Entscheidung wird mir abgenommen, denn Cole kommt zurück ins Zimmer und wirkt ein bisschen gestresst.

»Hey, ich muss leider gehen. Das war etwas für die Praxis. Es gibt einen Notfall bei einem Klienten. Ich wollte heute eigentlich erst nachmittags mit meinen Terminen beginnen, aber der Fall ist dringend. Ich hoffe, du verstehst das.«

Ich drücke mich im Bett hoch, sorgfältig bedacht darauf, dass die Bettdecke alles schön verdeckt, was es zu verdecken gilt. Nicht dass ich mich für meinen Körper schämen würde, aber mit Coles Aussage ist sämtliche Erotik aus dem Moment gewichen und der Alltag steht an.

»Gar kein Problem. Job geht vor. Wenn ein Klient dich braucht, ist das jetzt wichtiger.«

»Danke, dass du das auch so siehst. Ich mache es wieder gut. Bleib liegen. Es ist noch früh und du hast Urlaub«, fährt er fort, während er sich anzieht. Dann tritt er neben mein Bett und gibt mir zu meiner Überraschung einen Kuss auf die Wange. »War schön mit dir. Wir sehen uns.«

Da ich nicht weiß, wie ich darauf reagieren soll, entscheide ich mich für die wenig eloquenteste Antwort, die mir in dem Moment einfällt. »Du warst gut. Du darfst wiederkommen.«

Wie verabschiedet man sich auch von einem Mann, mit dem man den Deal eingegangen ist, unverbindlichen Spaß zu haben, und der einem ein paar verdammt heiße Stunden beschert hat? Gut, ein *Danke, war auch sehr schön mit dir* hätte es auch getan, aber mein leicht sexbenebeltes Gehirn funktioniert noch nicht nach so einer Nacht.

Cole steht im Türrahmen und scheint mit meiner Antwort klarzukommen. Er schüttelt den Kopf und zwinkert mir zu.

»Das sollte mal ein Mann zu einer Frau sagen.« Er lacht und ist im nächsten Moment aus der Tür heraus. Ich schlage die Hände vor das Gesicht und lasse mich zurück in die Kissen sinken. Wo er recht hat, hat er recht.

Halleluja, Ladys. Unterschätzt nicht die Magie eines Vibrators. Und wenn ein Mann euch zusätzlich behilflich dabei sein kann, genießt es. Ach ja, und Augenbinden sind auch nicht schlecht. - Miss S.

Halleluja! - NoStringsinLondon

Dass ich das noch erleben darf. *NoStringsinLondon* stimmt mir bei etwas zu. Vielleicht sollte ich diesen Tag rot im Kalender anstreichen.

Einige Stunden später sitze ich mit einem Kaffee gemütlich auf dem Balkon und habe meinen Laptop geöffnet, um zu schauen, ob bereits neue Kommentare und Fragen auf meinem Blog eingetrudelt sind. Und tatsächlich, nicht nur *NoStringsinLondon*, der zu einem regelmäßigen Besucher geworden zu sein scheint, war wieder aktiv, sondern es sind auch ein paar weitere Fragen unter *Frag Miss S* eingetrudelt.

Wie gut es Leah doch formuliert hat: *Manchmal ist dein Herz dein bester Ratgeber. Für die anderen Fälle hast du mich.*

Ich habe eine Aufgabe und so fehlen mir meine Praxis und meine Patienten nicht ganz so schrecklich. Natürlich ist das gelogen, aber gerade habe ich eh keine andere Wahl, denn ich will mich nicht damit auseinandersetzen müssen, dass noch mehr Klienten ihre Termine bei mir absagen, weil sie mir und meinen Ratschlägen nicht mehr trauen.

Eine Paartherapeutin, die ihre Beziehung nicht im Griff hat, ist definitiv nicht die beste Werbung für eine Praxis. Aber das ist ein anderes Thema, mit dem ich mich frühestens in zwei Wochen beschäftigen werde.

Seit dem kleinen Minibeitrag von *Elements* nimmt die Interaktion auf dem Blog zu. Es sind immer noch nicht viele User, die mir Fragen stellen, aber von Tag zu Tag werden es mehr. Vor allem unter den Kommentaren toben sich viele aus. Meine stetigen, gegensätzlichen Sichten zu *NoStringsinLondon* scheinen dabei für viele das Highlight zu sein. Vielleicht sollte ich ihm danken, dass es hier so bunt hergeht? Sicher nicht.

Ich scrolle durch ein paar der Fragen und bleibe bei der von *Aloha89* haften.

Liebe Miss S,

ich habe einen neuen Mann kennengelernt und es ist wirklich toll mit ihm. Was sind deiner Meinung nach die entscheidendsten Themen, die man zu Beginn einer Beziehung besprochen oder ausdiskutiert haben sollte? - Aloha89

. . .

TATSÄCHLICH HABE ICH IN MEINER PRAXIS IMMER WIEDER feststellen müssen, wie selten Paare wirklich miteinander reden. Und damit meine ich nicht nur, über alltägliche Dinge zu sprechen, sondern eben auch über Essenzielles. Und das bedeutet nicht automatisch die Frage nach Hochzeit und Kindern. Ich trinke einen Schluck Kaffee, stelle die Tasse dann auf dem kleinen Tisch vor mir ab und beginne zu tippen. Könnte es einen besseren Platz geben, um zu arbeiten? Das Wetter an diesem Tag ist traumhaft und die Sonne scheint warm auf meine Haut. Meine nächste Wohnung wird definitiv einen Balkon haben.

LIEBE ALOHA89,

das ist eine sehr schöne Frage, die du mir da stellst. Ich finde es wichtig, dass man sich nicht zu lang an Fragen aufhält wie: Was ist deine Lieblingsfarbe? Wo gehst du gern essen? So lernt man nur oberflächlich etwas von diesem Menschen. Viel wichtiger sind Fragen, bei denen du erkennst, ob er einen Plan für die Zukunft hat. Scheue dich nicht vor diesen Fragen: Was bedeutet Beziehung für dich und welche Form und Konstellation von Beziehung kommt für dich infrage? Wollt ihr beide monogam leben oder vielleicht sogar eure Beziehung öffnen? Glaub mir, so ersparst du dir später viel Kummer. Auch spannend finde ich Fragen wie: Wie siehst du die Rollen von Frau und Mann? Was bedeutet für dich Mann und Männlichkeit und was Frau und Weiblichkeit? Warum ich das wichtig finde? Viele Probleme in Beziehungen sind heutzutage darauf zurückzuführen, dass es unterschiedliche Vorstellungen von Gleichberechtigung gibt und somit ein anderes Rollenverständnis innerhalb einer Partnerschaft besteht. Die Erkenntnis, dass Gleichwertigkeit zwischen

Mann und Frau herrscht, ist wohl immer noch nicht in allen Köpfen angekommen. Wenn du als moderne Frau auf einen Mann triffst, der nicht mit einer autarken und erfolgreichen Frau umgehen kann, die, Gott bewahre, auch noch gebildet ist, dann solltest du überlegen, ob du dir nicht lieber die Zeit und Mühe sparst. – Miss S

Zufrieden mit meiner Antwort drücke ich auf Posten und lege den Laptop an die Seite. Es ist noch früh am Tag. Für einen Augenblick überlege ich, ob ich Leah von meinem Arrangement mit Cole erzählen soll, entscheide mich aber dagegen. Sowieso weiß ich nicht, wie das alles nun ablaufen soll. Klingeln wir beim anderen, wenn uns nach Sex ist? Rufen wir uns an? Schicken wir WhatsApp? Das alles sind viel zu viele unbeantwortete Fragen für einen Menschen wie mich, der nicht gut mit Situationen umgeht, die er nicht kontrollieren kann. Beim Gedanken an Leah fällt mir das Memoboard wieder ein und so springe ich auf und laufe in die Wohnung, um den nächsten Zettel umzudrehen. Was ich am Anfang fürchterlich und angsteinflößend fand, rettet nun meinen Tag. Innerhalb von Sekunden muss ich prusten.

Nr. 5 - Heute soll etwas auf dem Programm stehen, das dir die zwischenmenschlichen Dinge wieder etwas näherbringt. Und wie kann das besser gehen, als sich mit einem Mann zu beschäftigen, der ein großes Problem mit Frauen hatte? Tadaaa: Es ist Zeit für eine Jack the Ripper Tour durch das Londoner East End. Viel Spaß!

. . .

EINE SCHNELLE INTERNETRECHERCHE SPÄTER HABE ICH MEIN Ticket für heute Abend gebucht und stelle mich auf einen gruseligen Spaziergang durch den historischen Londoner Stadtteil Whitechapel ein. Sich zwei Stunden mit den brutalen Morden zu beschäftigen, die 1888 das viktorianische England schockiert haben, ist also genau das, was ich laut Leah jetzt gebrauchen könnte. Ohne es zu wissen, hat sie meinem Tag eine sehr interessante Mischung gegeben. Von hemmungslosem Sex in der Nacht zu Prostituierten meuchelnden Serientätern am Abend ist alles dabei. Das muss mir auch erst mal jemand nachmachen.

23

Nach zweistündiger Führung durch das Londoner East End auf den Spuren Jack the Rippers grausamer Mordserie wird es mir wohl niemand verübeln, dass ich mich auf dem Heimweg für die Tube entscheide und nicht zu Fuß die knapp zwei Meilen bis zu Leahs Wohnung laufe. Selbst auf dem kleinen Stückchen von der U-Bahn bis zum Lincoln Square drehe ich mich mehr als nur einmal um, um sicherzugehen, dass niemand hinter mir ist.

Immer wieder wandern meine Gedanken zu dem Foto von der verstümmelten Leiche von Mary Jane Kelly, das das einzige Tatortfoto von Jack the Rippers Opfern ist. Ich weiß schon, warum man auf der Tour gewarnt wird, sich das Bild nur anzuschauen, wenn man einigermaßen starke Nerven hat. Umso froher bin ich, als ich die Haustür erreiche und endlich die Lobby betrete. Die nächste Sightseeing-Tour werde ich definitiv am Tag bestreiten.

Als ich die Lobby betrete, fällt mein Blick auf Louis, der

hinter seinem Tresen arbeitet. Ich hoffe inständig, dass ich es bei einem kurzen Gruß belassen kann, doch ich habe leider nicht mit seinen Kontaktversuchen gerechnet.

»Hey, Saoirse, wie geht es Ihnen?«

Irgendwie war damit zu rechnen, dass er versuchen wird, mich aufzuhalten, wenn er mich schon einmal erwischt.

»Sehr gut«, gebe ich wahrheitsgemäß von mir und muss zugeben, dass das nicht gelogen ist. Natürlich denke ich noch an die Sache mit Alec, erkenne aber, dass es von Tag zu Tag einfacher wird. Wer hätte gedacht, dass so ein Abstand und absolute Funkstille tatsächlich helfen.

»Ich habe eine gute Zeit.«

»So gut, dass Sie wirklich nicht mit mir ausgehen möchten?«

»Ich habe derzeit keine Dates«, antworte ich und er macht ein gespielt entsetztes Gesicht.

»Ein Date? Wer hat gesagt, dass das ein Date sein muss? Wenn ich mich recht erinnere, habe ich mich lediglich als Londonführer angeboten.«

»Natürlich. Tatsächlich entdecke ich London gerade sehr gern auf eigene Faust.«

»Autsch.« Louis fasst sich an die Brust und verzieht das Gesicht. »Das war jetzt aber ein klassischer Korb.«

Ich verziehe den Mund zu einem Grinsen und zucke mit den Schultern. »Sollte ich jemals einen Londonführer benötigen, werde ich auf Sie zurückkommen.«

»Versprochen?«

»Indianerehrenwort«, antworte ich und mache das dazugehörige Zeichen. Ich kann auch lügen, ohne rot zu werden.

»Na gut, dann will ich mal nicht so sein. Dann wünsche ich Ihnen jetzt eine gute Nacht und ich werde noch ein bisschen im Selbstmitleid ertrinken.«

An Louis' Gesichtsausdruck kann ich erkennen, dass er nur scherzt, und so verabschieden wir uns und ich nehme den Aufzug zu Leahs Wohnung. Ich glaube, ich muss dringend mit Leah über ihren ganz schön aufdringlichen Concierge sprechen.

Oben auf der Etage angekommen, überlege ich für einen kurzen Moment, ob ich noch bei Cole klopfen soll, entscheide mich aber dagegen. Vielleicht ist es gar nicht so schlecht, wenn er derjenige ist, der sich meldet. Ich bin zwar nicht der Typ für Spielchen, aber er soll auch nicht denken, ich hätte jetzt nichts Besseres zu tun, als jeden Abend mit ihm zu verbringen. Außerdem höre ich mein Bett verdammt laut nach mir rufen. Die letzte Nacht war kurz. Und voller Körpereinsatz. Schließlich bin ich heute Abend auch noch zwei Stunden durch Whitechapel gelaufen. Ich finde, mein Körper hat eine Mütze Schlaf verdient. Eine gewaltige.

Bevor ich das Licht auf meinem Nachttisch lösche, werfe ich einen letzten Blick auf meinen Blog und frage mich einige Augenblicke später, ob Männer nicht doch einfach kleine Arschlöcher sind.

Liebe Aloha89,

zu der typischen Frauenantwort bekommst du jetzt noch eine, mit der du wirklich etwas anfangen kannst. Eins der entscheidendsten Themen, die du am Anfang einer Beziehung klären solltest, ist a) wie wichtig ihm Sex ist, b) wie wichtig ihm viel Sex ist und c) ob er irgendeinen Fetisch hat, von dem du besser im Voraus wissen solltest. - NoStringsinLondon

24

Ich habe mir noch nie Gedanken dazu gemacht, aber jeder Sonnenaufgang, den wir sehen, ist einzigartig. Keiner gleicht dem anderen und was wir an einem Tag erleben dürfen, wird so in der Art nie wieder für uns sichtbar werden. Keine Wolke gleicht der anderen, kein Sonnenstrahl wiederholt sich. Auch das Spiel von Licht und Schatten ist jedes Mal neu. Die Natur ist doch etwas Wundervolles.

Als ich gestern Morgen Leahs nächsten Zettel in der Hand hielt, habe ich mich gefragt, warum sie mich so früh morgens losschicken will, aber jetzt weiß ich, dass sie mir dieses magische Schauspiel der Natur gönnen wollte.

Die Sonne steigt über Primrose Hill auf und ich blicke, auf meiner Picknickdecke sitzend, über die Stadt. Es ist noch so früh am Morgen, dass nur vereinzelt Menschen meinen Weg hierher gekreuzt haben. Auch jetzt sehe ich nur in einiger Entfernung ein Pärchen eng aneinandergekuschelt auf einer Decke sitzen. Leah hat nicht zu viel versprochen, was dieses Fleckchen Erde nördlich des Regent's Park betrifft.

Von dem achtundsiebzig Meter hohen Hügel hat man einen atemberaubenden Ausblick über die Stadt. Kein Wunder also, wieso es in dieser Gegend einige der teuersten und exklusivsten Wohnungen von ganz London gibt. Es fühlt sich besonders an, wenn man nichts außer dem Himmel über sich und der Großstadt zu seinen Füßen hat. In der Ferne erblicke ich St. Paul's Cathedral, The Shard, das London Eye und die Houses of Parliament. Für Londonbesucher, die für einen Augenblick dem Trubel der Großstadt entfliehen wollen, ist Primrose Hill definitiv ein gelungenes Ziel. Vor allem, weil man von hier in knapp zehn Minuten in Camden Town ist, das ebenfalls immer viele Touristen anzieht.

Die letzten zwei Tage habe ich damit verbracht, mir einen Plan für die Zeit nach London zu machen. Um ehrlich zu sein, ist die Situation ernüchternd, denn eine wirkliche Vorstellung, wie ich die Sachen daheim in Whitewall in Angriff nehmen soll, habe ich nicht. Ich brauche eine neue Wohnung. Mir muss es irgendwie gelingen, meine Klienten und das Gefühl zurückzugewinnen, dass ich mich im Ort frei bewegen kann, ohne an jeder Ecke Anna und Alec zu vermuten. Ob ich es wahrhaben will oder nicht, die Hälfte meiner geplanten Zeit hier in London ist bereits vorbei.

Trotzdem merke ich, dass ich Fortschritte mache. Kleine, aber immerhin. Dass abgesehen von Leahs Aufgaben, von denen nur noch eine übrig ist, und ihrem nahezu täglichen Zuspruch am Handy auch Cole daran nicht ganz unschuldig ist, ist mir heute Morgen besonders bewusst.

Seitdem er vorgestern in der Früh meine Wohnung verlassen hat, habe ich nichts mehr von ihm gehört. Ob sein Angebot doch nur ein Weg war, mich erneut ins Bett zu bekommen? Ob er es sich anders überlegt hat? Himmel, warum sind Männer so furchtbar kompliziert?

Ich blicke auf mein Handy und lese immer wieder den Post über meinen Blog auf dem Instagramaccount von *Elements*. Wahnsinn. Er hat über eintausend Kommentare bisher. Für meine eigene mentale Gesundheit habe ich nur ein paar davon gelesen, denn mit Negativität möchte ich mich nicht umgeben. Glücklicherweise ist die Stimmung auf meinem Blog gut. Vielleicht liegt es daran, dass ich mit meinen Beiträgen den Nerv vieler Leserinnen treffe. Vielleicht liegt es aber auch daran, dass alle mitbekommen wollen, wie ich mich nahezu täglich mit *NoStringsinLondon* in die Haare bekomme. Können wir bitte für einen Moment festhalten, dass es mein Blog ist? Tatsächlich gibt es hin und wieder sogar Userinnen, die ihn direkt nach seiner Meinung fragen. Als würde er jeden Beitrag auf der Seite lesen. So langsam bekomme ich das Gefühl, dass er genau das tut. Ich bin mir noch nicht sicher, ob *NoStringsinLondon* in meinem Kopf ein heißer Typ ist oder doch eher Fraktion Kellerkind mit dicker Hornbrille, der noch bei seiner Mutter lebt. Wie auch immer, das Thema Sex steht ganz oben auf seiner Agenda, denn er wird nicht müde, mich jeden Tag aufs Neue mit irgendetwas zu provozieren.

In seinem gestrigen Beitrag wollte er mir doch tatsächlich weismachen, dass der Mann viel mehr Spaß an Sex hätte, wenn es mehr Frauen gäbe, die Pornos schauen würden. Es sei doch viel besser, Frauen zu daten, die regelmäßig solche Filme konsumieren, denn diese wären sexuell neugieriger und auch experimentierfreudiger, was jeden Mann erfreuen würde.

Aber mein Blog über Beziehungsfragen ist beim Thema Pornos angekommen. Ich ziehe meinen Laptop aus der Tasche und beginne zu tippen.

Hallo ihr Lieben,

meinem heutigen Blogbeitrag verleihe ich den Titel »Männer haben nur eine erogene Zone«. Vielleicht sollten wir beginnen, NoStringsinLondon für seine Aktivität zu danken, regt er mich und uns doch immer wieder zu neuen Überlegungen an. Gut, er hat noch nicht gemerkt, dass er häufig mit seinen Meinungen danebenliegt, aber ich gebe nicht auf, in seinem Fall auch den Bildungsauftrag nicht zu kurz geraten zu lassen, den wir Frauen bei Männern wie ihm haben. Statt uns von ihm provozieren zu lassen, drehen wir den Spieß einfach um und greifen seine Aussagen auf, um ihn eines Besseren zu lehren. Ein richtiger Mann kann schließlich nicht nur jagen, sondern ist auch lernfähig. So hoffe ich zumindest.

Auch wenn wir nicht davon ausgehen können, dass wir NoStringsinLondon beziehungsfähiger machen, sein Name scheint sprichwörtlich für ihn Programm zu sein, bin ich mir sicher, er kann durch unsere Beiträge noch etwas für sich mitnehmen. Und schließlich tun wir das nicht allein für ihn, sondern auch für all die Frauen, die seinem mehr oder weniger vorhandenen Charme erliegen werden.

Es steht außer Frage, und damit gebe ich NoStringsinLondon recht (hört, hört!), dass Frauen, die offen für erotische Filme sind, sexuell neugierig und dadurch wahrscheinlich auch experimentierfreudig sind, beides wichtige Faktoren für eine erfüllte Sexua-

lität. Aber, liebe Männer, während es euch schon reicht, einen nackten Frauenkörper zu sehen, um erregt zu werden, braucht es für uns ein bisschen mehr. Ein nackter Männerkörper allein - Henry Cavill einmal ausgenommen - reizt uns Frauen nämlich nicht. Ob wir ihn anregend, stimulierend und verführerisch finden, hängt oft davon ab, was unser Gegenüber sagt. Wie er uns anschaut, was er mit uns macht. Vielleicht gibt es deswegen auch Erfindungen wie erotische Literatur und erotische Hörgeschichten. Der Film, der in unserem Kopf abläuft, ist Fantasie pur. Heiße Fantasie.

Ich bin nicht prüde. Gott bewahre. Aber Pornos haben mich noch nie angesprochen. Warum, wollt ihr wissen? Sie sind mir zu visuell geprägt. Und wieder wollt ihr wissen, warum. Weil sie in der Regel von Männern für Männer gemacht wurden.

Nur weil wir vielleicht keine Pornos schauen, bedeutet das nicht, dass es in unserem eigenen Kopfkino nicht heiß hergeht. Fantasie ist das Schlüsselwort. Und darin sind wir verdammt gut. Wahrscheinlich würden NoStringsinLondon die Ohren schlackern, wenn er wüsste, wie heiß die Szenarien in unserer Fantasie sein können. Niemand sagt, dass Frauen nicht auf Sex in der Öffentlichkeit stehen. Dass uns nicht ein dominanter Mann anmacht oder wir geleckt werden wollen, bis wir nicht mehr können und glauben, vor Lust zu zerspringen. Wir wollen es vielleicht nur nicht sehen.

Liebe Männer, wenn ihr also etwas mit euren Frauen erleben wollt, dann schaut keinen Porno. Hört ihn. Ihr werdet überrascht sein, was erotische Hörgeschichten auf den Weg bringen. Auch für Paare. – Miss S

25

»Saoirse, was ein guter Beitrag. Das müssen wir für *Elements* aufnehmen. Ich habe neulich schon von einem neuen Verlag gehört, der erotische Hörgeschichten herausbringt. Vielleicht schauen wir uns das mal genauer an. Sowieso finde ich, du solltest bei uns arbeiten. Als Expertin für Beziehungs- und Sexfragen.«

Ich sitze auf dem Balkon von Leahs Wohnung und habe es mir mit einem alkoholfreien Hugo und einem guten Buch bequem gemacht. Es ist angenehm warm draußen, und nach dem großen Spaziergang am Morgen nach Primrose Hill lasse ich es nun etwas langsamer angehen. Im Sommer gibt es nichts Besseres, als die Stadt zu Fuß zu erleben. Um die heiße und oftmals stickige Tube zu umgehen, sind Busse bereits eine gute Alternative, aber irgendwie habe ich, seitdem ich hier bin, das Spazierengehen für mich entdeckt. Und da Primrose Hill ein gutes Stück von Whitechapel entfernt liegt, war der Entschluss heute Morgen schnell gefasst, die drei Meilen von Leahs Wohnung dorthin zu Fuß zu bewältigen.

Auf Leahs Aussage hin muss ich lachen.

»Lass gut sein. Ich hatte nicht vor, Sex dauerhaft zu meinem Thema werden zu lassen. Vor allem nicht so offensiv. Schuld ist nur …«

»Ja, ja. Ich weiß. *NoStringsinLondon*. Wir lieben ihn.«

»Anscheinend alle«, erwidere ich und verdrehe die Augen.

»Ist doch klar. Er ist das große Mysterium. Und wie hast du heute selbst geschrieben? Frauen haben Fantasie. Und glaube mir, viele deiner Leserinnen haben eine ganz genaue Vorstellung davon, wie er aussieht. Und was er mit ihnen macht. In meinem Kopf sieht er aus wie Michael Fassbender.«

»La, la, la.«

»Tu nicht so. Du hast auch mindestens schon einmal darüber nachgedacht, wer er wohl sein könnte.«

»Stimmt gar nicht.«

»Du sollst mich nicht anlügen. Das ziemt sich nicht.«

»Das ziemt sich nicht? Bist du neuerdings einem Jane Austen-Roman entsprungen? Mich dünkt, dein Vokabular ist auf Abwegen.«

Leahs Lachen dringt durch den Hörer.

»Mein Vokabular ist nicht auf Abwegen. Trotzdem tut er dir gut. Wer auch immer er ist. Du bist aktiv oder muss ich dich erst an die heißen Dessous und das Sexspielzeug erinnern?«

»Was haben die mit ihm zu tun?«

»Ich sage nur die Liste.«

»Du spinnst. Themenwechsel. Wann kommst du zurück nach London?«

»Bald.« Wie so oft scheint Leah in einem Taxi zu sitzen,

denn ich höre, dass sie jemandem eine Adresse nennt. »Vor deiner Abreise bin ich zurück. Ich habe noch knapp vier Tage unterwegs zu tun, sodass wir deine letzten Tage in London zusammen verbringen können.«

»Das klingt ganz wunderbar.«

Als ich ein Geräusch von direkt nebenan höre, schaue ich überrascht auf. Tatsächlich, die Balkontür ist aufgegangen und Cole tritt heraus. Er lebt noch. Sofort rauscht ein Kribbeln durch meinen Körper, dass ich umgehend auf die sexuelle Anziehung schiebe, die ich für ihn empfinde. Wie immer sieht er fantastisch aus in seiner Chino und dem gut sitzenden Hemd, das er in die Hose gesteckt hat. Auch ohne dass ich es sehen kann, weiß ich, dass er elegante Schuhe dazu trägt. Er hat einfach Stil.

»Ich muss auflegen, Leah«, sage ich, als Cole die Hand zum Gruß hebt. »Ich werde mir übrigens den letzten Zettel von dir noch aufheben, sonst ist es ja morgen schon vorbei.«

»Mach das. Es läuft dir nicht weg.«

Dann verabschiede ich mich von Leah, stehe auf und gehe zu der kleinen Mauer, die unsere beiden Balkone voneinander trennt.

»Hey.«

Er legt seinen Kopf ein wenig schräg und lässt seinen Blick an mir entlangwandern.

»Selber hey. Wie ich sehe, lässt du es dir auf dem Balkon gut gehen? Wartest du wieder darauf, von irgendwo Sexgeräusche zu hören?«

»Für Madison hoffe ich, dass sie das gestöhnte Schauspiel nicht noch einmal meistern muss. Wie geht es dir?«

»Gut. Viel zu tun. Entschuldige, dass du nichts von mir gehört hast.«

Er stützt sich mit den Armen auf der Mauer ab und wirkt müde.

»Kein Grund sich zu entschuldigen. Du bist mir keine Rechenschaft schuldig. Du siehst geschafft aus. Anstrengender Tag?«

»Anstrengende Woche. Ich habe auch noch nichts gegessen. Hättest du vielleicht Lust, mich zu begleiten?«

»Du meinst zum Essen?«

Er nickt und da ich mich sehr über die Einladung freue, platzt es aus mir heraus:

»Nichts lieber als das. Wo soll es denn hingehen? Reicht eine Jeans oder muss ich mich herausputzen?«

»Elegant. Wir gehen ins Ritz Carlton.«

Ich reiße bei Coles Worten die Augen auf.

»Wir gehen wohin?«

»Du hast mich schon verstanden. Ich würde dich dort heute gern hin einladen.«

»Ähm, ich weiß gar nicht, ob ich etwas Passendes zum Anziehen dahabe.«

»Hast du. Ein Kleid ist ausreichend. Nur ich muss mich in ein Jackett samt Krawatte zwängen.«

Ich antworte nicht sofort, sondern lasse meine Gedanken zu ihm in dem schicken Aufzug wandern. Dann schaue ich auf die Uhr an meinem Handgelenk. »Meinst du, ich habe eine Stunde Zeit? Ich muss noch Restaurationsarbeiten an mir vornehmen.«

»Du spinnst. Du siehst gut aus. Aber ja, eine Stunde ist vollkommen okay. Ich hole dich dann ab.«

»Einverstanden«, rufe ich und setze mich auch schon in

Bewegung. Als ich über meine Schulter blicke, ist Cole bereits wieder vom Balkon verschwunden. Dieser Mann steckt einfach voller Überraschungen und es wird nicht langweilig mit ihm. Trotzdem wüsste ich gern, was er in den letzten Tagen getrieben hat. Ich schüttle den Kopf und verdränge die Gedanken, denn dass ich mich heute Abend gut unterhalten werde, steht außer Frage.

»GIBT ES ETWAS ZU FEIERN?«

Als Cole und ich aus dem Taxi steigen, bin ich froh, dass er mir seinen Arm reicht, denn der Anblick des Fünf-Sterne-Hotels verschlägt mir den Atem.

»Nein. Ich wollte dich nur ausführen.«

»Ich hoffe, du erwartest dafür keine Gegenleistung.«

Manchmal sollte ich erst denken, bevor ich rede. Ich merke sofort, dass mein Satz zu weit gegangen ist, denn Cole versteift sich neben mir.

»Ich erwarte nichts«, ist seine nüchterne Reaktion und für einen Moment glaube ich, ich habe uns mit diesem einen Kommentar den Abend versaut, doch dann legt er seine Hand auf meinen Rücken und führt mich zum Eingang.

Ich kann nicht glauben, dass ich gleich auf den Spuren von Winston Churchill, Charles de Gaulle und Queen Elizabeth II wandern werde. Das Ritz in London hat schon viele berühmte Gesichter gesehen und dient immer wieder als Schauplatz für Filmproduktionen.

Der Service hier ist exzellent und als wir das Restaurant betreten, weiß ich auch, warum es oft als eines der schönsten Restaurants Europas betitelt wird. Das Licht ist gedämpft, was ein nahezu träumerisches Ambiente kreiert. Von der Decke hängen Kronleuchter, die alles majestätisch wirken lassen. Kein Wunder, denn ein Großteil der imposanten Räumlichkeiten ist dem Stil Louis XVI. nachempfunden. Sofort fühlt man sich in eine andere Zeit versetzt, was sicherlich nicht nur an der mit einem Wolkenhimmel bemalten Decke des Restaurants liegt.

»Du siehst toll aus«, raunt Cole mir ins Ohr, während wir von einem Kellner zu unserem Tisch geführt werden. Dieses Kompliment aus seinem Mund zu hören, bedeutet mir viel und sofort ist da wieder dieses wohlige Gefühl, das sich ausbreitet. Himmel, was macht dieser Mann bloß mit mir? Ich weiß, dass er mich sexuell reizt und mehr als nur ein bisschen erfüllt, aber wenn seine reine Anwesenheit mich bereits so in den Bann zieht, dann ist das etwas anderes.

Eine Weile später bekommen wir die Getränkekarte gereicht und der Ober entfernt sich höflicherweise, um uns genügend Zeit zum Aussuchen zu geben.

»Ich habe viel an unsere letzte Nacht denken müssen«, sagt Cole plötzlich, ohne hinter seiner Karte aufzuschauen.

Hilfe, hoffentlich hört uns niemand.

»Ha-aaast du?«

»Natürlich. Wie könnte ich nicht? Du bist atemberaubend.«

Ich spüre, dass ich rot werde.

»Danke«, hauche ich und weiß für einen Moment nicht, wohin mit meinen Händen. Obwohl ich die Karte bereits auf den Tisch gelegt habe, ergreife ich sie erneut und klammere mich förmlich an ihr fest.

Coles aufmerksamem Blick entgeht nichts.

»Kein Grund, nervös zu sein. Dafür hast du gleich noch Zeit genug.«

»Zeit genug? Wie meinst du das denn?«

Cole beugt sich vor, um zu antworten, jedoch werden wir in diesem Moment vom Kellner unterbrochen, der sich wieder unserem Tisch nähert.

»Haben Sie sich entschieden?«

»Das haben wir.« Cole bestellt uns zunächst ein Glas Weißwein, bevor er sich wieder an mich wendet.

»Ich würde gern das Essen für uns wählen. Darf ich?«

Da ich einen Blick auf die Karte werfen konnte, weiß ich, dass alles darauf hervorragend klingt und ich keine bösen Überraschungen zu erwarten habe.

»Sehr gern«, antworte ich und nicke ihm zu. »Ich bin gespannt, was du wählst.«

Augenblicke später erlebe ich, wie er uns ein Drei-Gänge-Menü ordert. Allein bei dem Gedanken daran läuft mir das Wasser im Mund zusammen.

Das Restaurant ist gut besucht, jedoch wirkt es nicht überfüllt und die Gespräche sind so leise, dass man ungestört mit seinem Gegenüber kommunizieren kann.

»Was meintest du eben damit, dass ich noch genug Zeit hätte, nervös zu sein?« Natürlich hake ich noch einmal nach, als der Kellner uns verlässt, um die Bestellung an die Küche zu übermitteln. Für einen Moment antwortet Cole nicht, doch dann zieht er ein Schächtelchen aus seiner Anzugjacke und legt es vor mir auf den Tisch.

»Was ist das?«

»Nun, du musst es schon öffnen, um es herauszufinden.«

Überrascht blicke ich ihn an und nehme die kleine Schachtel mit zittrigen Händen an mich. Für ein Schmuckstück ist sie zu groß, abgesehen davon wüsste ich auch nicht, warum Cole mir Schmuck schenken sollte.

Ich hebe den Deckel und ziehe scharf die Luft ein, als ich sehe, was ich in den Händen halte. Es ist das Vibrationsei, das in meiner Überraschungsbox gesteckt hat. Cole muss es unbemerkt an sich genommen habe.

»Wie? Wann?«, presse ich hervor, denn auf einmal habe ich eintausend Fragen.

»Vorhin. Als du im Bad warst.«

»Ich verstehe«, murmle ich und schließe die Box wieder. »Und was hast du damit vor?«

Für einen Augenblick schaut Cole mich nur an. Dann atmet er tief ein und wieder aus.

»Vielleicht hast du Lust auf etwas Aufregendes. Wie du vielleicht gesehen hast, enthält die Box nur das Ei. Die Fernbedienung ruht gerade in meiner Hosentasche.«

»Du meinst hier?« Meine Stimme bebt.

Er nickt. »Wenn du willst. Ich will dich zu nichts zwingen. Aber es ist vielleicht spannender, als das nur zu Hause auszuprobieren.«

Beim Blick in seine Augen sehe ich, dass sie vor Verlangen brennen. Ich erkenne, dass ihn diese Situation anmacht. Gewaltig. Und das Verfahrene an der Sache ist, mich auch.

»Was soll ich tun?«

Ich beuge mich ein Stückchen über den Tisch und lege meine Hand kurz auf seine. Er dreht seine Hand um und verschränkt unsere Finger miteinander, bevor er mir mit dem Daumen über den Handrücken streicht. So, wie er es oft tut. So, wie es mich immer anmacht. So, wie ich es unfassbar gernhabe.

»Geh auf die Toilette und führ es dir ein. Mehr musst du nicht tun. Dann kommst du zurück und wir schauen, was es mit uns macht.«

Ich muss verrückt sein, dass ich wirklich darüber nachdenke, Coles Anweisungen in die Tat umzusetzen. Wie war das mit dem Urlaubsabenteuer, das Cole mir vor wenigen Tagen vorgeschlagen hat? Herrje, hätte ich geahnt, dass damit auch solche Aktionen in der Öffentlichkeit gemeint sind, ich hätte … Ja … Was hätte ich eigentlich?

Ich hätte genauso gehandelt, wie ich es getan habe. Ich hätte zugestimmt.

Dieses Mal bin ich es, die tief einatmet und sich dann erhebt. Ich schiebe das kleine Schächtelchen in meine Handtasche, nicke Cole zu und entschuldige mich kurz vom Tisch.

Liebes Universum, bitte lass den Akku leer sein.

GERADE ALS ICH ZURÜCK ZUM TISCH KOMME, NÄHERT SICH der Kellner mit unserem Essen. Cole erhebt sich und rückt mir den Stuhl zurecht, während ein weiterer Kellner uns Wein einschenkt.

Ich spüre Coles Hand, die sich auf meine Schulter legt und kaum merklich zudrückt.

»Lass es dir schmecken.«

Seine Hand streift über meinen Rücken, bevor er um den Tisch geht und selbst wieder Platz nimmt. Er nickt mir zu und ich greife zu meinem Besteck. In dem Moment, in dem ich den ersten Bissen vom Lammrücken in den Mund nehmen will, pulsiert es in meinem Schoß. Der Akku ist also definitiv nicht leer.

Ich reiße die Augen auf und atme überrascht ein.

Verdammt. Er setzt es in die Tat um, ohne Zeit zu verlieren.

»Uuuh«, entfährt es mir vielleicht ein bisschen zu laut, denn am Nachbartisch drehen sich zwei Köpfe in unsere Richtung.

»Ein bisschen heiß«, überspiele ich die Situation und deute auf den Lammrücken.

Mein Gegenüber quittiert die Situation mit einem Augenzwinkern. Natürlich denkt Cole nicht daran, sein Spiel zu unterbinden und so nehme ich ganz deutlich die Vibration in meinem Becken wahr. Wie aus dem Nichts lässt das Vibrationsei meine Lust erwachen. Ein Kribbeln durchströmt mich und unwillkürlich muss ich schlucken.

Ich greife nach meinem Glas Wein und setze es an die Lippen. In dem Moment, als die köstliche Flüssigkeit in meinen Mund läuft, verstärkt sich die Vibration.

Das Ding hat unterschiedliche Stufen? Cole, das kannst du mir nicht antun!

Ein wildes Verlangen breitet sich in mir aus und ich kann nicht glauben, dass ich zu so etwas in der Öffentlichkeit in der Lage bin. Ich bin froh, dass niemand sieht, wie sich meine Brustwarzen aufrichten, doch als sich Coles und mein Blick treffen, wird mir klar, dass er weiß, wie erregt ich bin. Ein süffisantes Grinsen umspielt seinen Mund, während meine Hände zittern, als ich mit der Gabelspitze erneut den Lammrücken berühre.

»Ich hoffe, du bist mit meiner Wahl zufrieden?«, raunt Cole mir zu.

Meint er das Essen oder dieses verfluchte Ding zwischen meinen Beinen?

»Ja-aaa«, keuche ich leise und stelle erleichtert fest, dass er sich nun auch seinem Essen widmet. Für eine Weile unterhalten wir uns und fast glaube ich, Cole hat genug von dem Spiel. Doch als der Kellner kommt, um unsere Teller abzuräumen, verstärkt sich erneut die Vibration zwischen meinen Beinen und ich rutsche unruhig auf meinem Stuhl hin und her.

Konzentriere dich, Saoirse. Du kannst hier jetzt nicht vor allen Leuten laut aufstöhnen. Genau das wird nämlich passieren, wenn er nicht langsam die Stärke der Vibration wieder runterreguliert. Mein ganzes Höschen muss inzwischen feucht sein, so erregt bin ich.

»Darf ich Ihnen noch etwas bringen?«, erkundigt sich der Kellner höflich.

»Eis«, keuche ich leise. »Die Eiskarte, bitte.«

Verdammt, Cole, hör auf.

Die Eiskarte kommt und während ich auswähle, reguliert Cole die Vibrationen so, dass ich sie nur noch leicht spüre. Als der Kellner sich vom Tisch entfernt, nehmen sie wieder zu.

Ich flehe innerlich und erwische mich gleichzeitig dabei, wie ich diese Situation unfassbar erregend finde. Inzwischen spielt leise Klaviermusik im Restaurant und auch die Gespräche der anderen Gäste haben an Lautstärke aufgenommen. Selten war ich darüber so froh wie in diesem Moment. Ich weiß nämlich nicht, ob ich mein sichtlich lauteres Atmen sonst hätte vertuschen können.

Es ist nicht nur das Vibrieren zwischen meinen Beinen, das mich so anmacht und reizt. Es ist auch das Gefühl von Kontrolle, die Cole mit Hilfe der Fernbedienung über mich hat. Es ist, als könnte er ahnen, wie viel ich aushalten kann und was ich brauche. Wahnsinn.

Das Vibrieren zwischen meinen Beinen hört auf, als der Kellner den Nachtisch bringt und vor uns setzt. Gerade, als ich den ersten Löffel der kalten Köstlichkeit in den Mund stecke, setzt es wieder ein.

Nicht schon wieder!

Ich konzentriere mich auf meine Atmung, schließe kurz die Augen und biege kaum merklich meinen Rücken durch, was das Ei in eine Position zu bringen scheint, die noch stimulierender ist als bereits vorher.

»Herrlich erfrischend, oder?«

»Eine selten dämliche Frage«, presse ich hervor und Coles Reaktion ist das erneute Drücken der Fernbedienung. Dieses Mal pulsiert das Ei in wilden Intervallprogrammen und ich lege abrupt meinen Löffel ab und klammere mich an der Tischkante fest.

»Stopp«, stammle ich und atme tief ein. »Bitte gib mir einen Moment.«

»Wie du möchtest«, erwidert er, stoppt das Ei und beobachtet mich intensiv, während er selbst seinen Nachttisch aufisst.

Ich seufze auf und mein Körper dankt es ihm, dass er kurz entspannen kann. Ich bin mir sicher, dass meine Augen vor Lust glänzen und hoffe, dass niemand außer Cole das sieht.

»Deine Erregung steht dir.«

»Das hätte jemand mitbekommen können.« Unsicher

schaue ich mich im Raum um, doch niemand schaut in unsere Richtung.

»Noch hat es ja keiner«, antwortet er und ich reiße entsetzt die Augen auf.

»Noch?«

Cole kommentiert meine Frage mit einem Augenzwinkern und schweigend beenden wir unseren Nachttisch und stoßen anschließend mit unserem Wein ein letztes Mal an.

»Es ist ein sehr schöner Abend mit dir. Berauschend.«

Ich kann nicht anders als ihm mitzuteilen, was ich denke.

»Das ist er. Und er muss noch nicht vorbei sein. Aber ich könnte gleich zahlen?«

Ich will gerade antworten, da spüre ich, wie das Pulsieren zwischen meinen Beinen wieder einsetzt. Diesmal um einiges heftiger als zuvor. Es ist, als hätte Cole einfach ein paar Stufen übersprungen.

Abstand. Wenn ich den jetzt nicht zwischen ihn und mich bringe, zerspringe ich und werde das ganze Restaurant niederstöhnen. Ich brauche Abstand. Nur so kann ich sichergehen, dass die Impulse der Fernbedienung das Vibrationsei, das in mir steckt, nicht erreichen.

»Ich … Ich muss mich kurz frisch machen.«

Langsam erhebe ich mich von meinem Stuhl und habe das Verlangen, das Polster meines Sitzes in Augenschein zu nehmen. Mein Slip fühlt sich so feucht an, dass ich Angst habe, vor Lust Spuren hinterlassen zu haben. Wieder verstärkt Cole das Pulsieren und kurz muss ich mich am Stuhl festhalten, um nicht den Halt zu verlieren.

Ich balle meine Hände zu Fäusten, denn sie zittern verräterisch.

»Mach das«, ermutigt er mich und tupft seinen Mund mit der Serviette ab.

Ich nicke und als ich kurze Zeit später den Gang zu den Toiletten entlanglaufe, spüre ich, dass das Ei ausgegangen ist. Viel länger hätte ich es auch nicht mehr ausgehalten. Ich öffne die Tür zu den Toiletten und bin froh, dass ich hier allein bin. Am Waschbecken spritze ich mir ein paar Tropfen Wasser ins Gesicht und kühle meine Handgelenke ab. Im Hintergrund nehme ich wahr, wie sich die Tür öffnet und zucke zusammen, als plötzlich jemand hinter mich tritt.

»Du bist unfassbar erregend.«

Es ist Coles Stimme, die ich direkt hinter mir wahrnehme und sein warmer Atem streift mein Ohr. Sofort stellen sich meine Brustwarzen wieder auf und ich keuche, als das Pulsieren zwischen meinen Beinen vom Neuen beginnt.

Fuck. »Nicht schon wieder«, keuche ich und stütze mich auf dem Rand des Waschbeckens ab. Scharf ziehe ich die Luft ein, als ich Coles Erregung dicht an meinem Po spüre.

»Nicht, Cole, man könnte uns erwischen.«

»Wenn du wirklich willst, dass ich aufhöre, dann sag es«, raunt er dicht hinter mir und schiebt eine Hand unter mein Kleid.

Verstand, bitte setz wieder ein.

Zwecklos.

Ruckartig drehe ich mich um und stoße ihn von mir. Mein Atem geht schwer und ich sehe, wie sich sein Brustkorb heftig hebt und senkt. Dann ziehe ich ihn mit mir und schiebe eine der Toilettentüren auf.

Bitte lass niemanden in den nächsten Minuten zur

Toilette müssen. Ich kann nicht dafür garantieren, dass ich leise sein kann.

Cole umschlingt meine Hüfte, wirbelt mich herum und drängt mich mit dem Rücken gegen die Toilettentür. Ohne Zeit zu verlieren, schiebt er mein Kleid hoch und geht vor mir auf die Knie.

Was hat er vor?

Die Lust, die mich überkommt, ist so heftig, dass ich meinen Kopf nach hinten gegen die Toilettenwand fallen lasse. Ganz deutlich nehme ich wahr, wie seine Hand an meinem Bein hochgleitet. Er streift über die Innenseiten meiner Oberschenkel und verteilt Küsse wie sanfte Flügelschläge auf meiner Haut. Fast automatisch hebe ich mein Bein und lege es auf seine Schulter.

»Ich ... Ich bin so unfassbar erregt«, presse ich hervor und kann nicht glauben, was Cole als Nächstes tut. Er zieht die Fernsteuerung aus seiner Tasche und statt das Ei auszustellen, intensiviert er das Pulsieren. Ich glaube zu zerspringen. Meine Hände krallen sich in seine Schultern und dann hört das Vibrieren auf.

Endlich. Ich hätte es auch nicht mehr länger ausgehalten.

Cole scheint andere Pläne zu haben, denn plötzlich zieht er das Ei aus mir heraus und statt mir Ruhe zu gönnen, presst er seinen Mund auf meine erregte Mitte. Ich kann nicht anders und beginne, am ganzen Körper zu zittern. Ich beiße mir auf die Lippe, setze alles in meiner Macht daran, einen Schrei zu unterbinden. Es wird auch nicht einfacher für mich, als Cole einen Finger zwischen meine Schamlippen gleiten lässt und ihn Augenblicke später in mich schiebt.

»Du bist so feucht«, raunt er mir zu und ich kann nur mit bebender Stimme antworten.

»Ich weiß.«

»Komm für mich«, flüstert er zwischen meinen Beinen und als hätte ich nur auf seinen Befehl gewartet, durchfährt mich eine Welle der Lust, die über mir zusammenschlägt. Der Orgasmus, der mich ergreift, ist heftig und ich gebe mich ihm hin. Im selben Moment erhebt sich Cole und presst seine Lippen auf meine. Erstickt meinen Schrei, während er mich weiter mit seinem Finger stimuliert und ich mich meiner Erregung hingebe. Ich will laut stöhnen, doch Cole lässt mich nicht.

»Sssssh«, befiehlt er mir zwischen zwei Küssen zu. Denkt aber nicht daran, sein Fingerspiel zu unterbrechen. »Dich könnte jemand hören.«

Ich reiße die Augen auf und schaue ihn nahezu wütend an. Oh, und wie er diesen Augenblick meines Kontrollverlusts genießt. Es braucht keine Worte, sein Blick spricht Bände. Wieder küsst er mich und langsam ebbt mein Zucken ab und seine Lippenbekenntnisse werden gefühlvoller.

»Ich befürchte, wir werden gleich gestört. Sonst würde ich dich jetzt auf der Stelle nehmen.«

Cole beugt sich zu mir und lässt ein letztes Mal seine Zunge über meine Lippen gleiten. Dann ergreift er meine Hand und drückt sie auf seinen Schwanz, der steinhart ist.

»Glaube mir, die Qualen, die ich dir eben angetan habe, gibst du mir gerade doppelt und dreifach zurück.«

Mein Blick ist weiterhin auf seine Hose gerichtet. »Das tut mir jetzt aber leid.«

»Biest.« Er nimmt meinen Kopf in seine Hände. »Lass uns heimgehen.«

Ich spitze die Lippen und ziehe eine Augenbraue hoch. »Wie kommst du darauf, dass ich nicht fertig für heute Abend bin? Schließlich bin ich gekommen.«

»Weil ich es in deinen Augen sehe.«

Er hält meinem Blick stand und seine Augen schimmern verräterisch.

»Ich hoffe, in London sind heute ausreichend Taxis unterwegs«, keuche ich und verdränge schnell das Gefühl, das sich in einer ganz kleinen Ecke meines Herzens bemerkbar machen will.

Dies hier ist ein Urlaubsabenteuer, Saoirse. Versau es dir nicht.

26

Ich habe nicht gewusst, wie lang sich eine zwanzigminütige Taxifahrt wirklich anfühlen kann. Wenn ich dachte, dass ich beim ersten Mal, als Cole und ich den *Cocktail Club* verlassen haben, schon ungeduldig war, ist das nichts im Vergleich zu jetzt. Die knapp zwei Meilen vom Ritz zurück zum Lincoln Square ziehen sich. Wie Kaugummi.

Alles in mir will ihn spüren. Will ihn in sich aufnehmen, ihm auch Befriedigung schenken.

Ich bin nur froh, dass Cole es unterlassen hat, mir das Vibrationsei wieder einzuführen, denn noch einmal hätte ich es nicht geschafft, mich so zu beherrschen wie eben im Restaurant. Ich bin mir sicher, hätte mich jemand genau beobachtet, hätte er erkannt, was in mir vorgeht.

Auch jetzt noch spüre ich die Erregung, die meinen Körper ergriffen hat. Ich habe das Gefühl, Coles Zunge und seine Finger noch an mir zu fühlen. In mir.

Wie kann es sein, dass mich ein Mann so scharfmacht?

Und wie kann ich bitte all die Jahre auf diese Lust verzichtet haben, die Sex mit ihm mir bereitet?

»Ich bin immer noch hart.«

Coles Geständnis so dicht an meinem Ohr hilft mir in meiner jetzigen Lage nicht sonderlich. Meine Augen schnellen zum Taxifahrer, der aber auf den Verkehr konzentriert zu sein scheint. Coles Atem ist warm und auch ohne ihm in die Augen zu schauen, weiß ich, dass sie vor Verlangen glühen. Sein ganzer Körper ist reine Glut. Die Wärme, die von ihm ausgeht, ist kaum zu beschreiben.

Ich weiß nicht, wie es uns gelingt, aber tatsächlich schaffen wir es, angezogen hoch in Leahs Wohnung und auf den Balkon zu kommen. Als hätten wir beide die gleiche Idee gehabt, dass uns nur eine Abkühlung in diesem Zustand helfen kann.

Ohne etwas zu sagen, stehen wir nebeneinander dicht am Geländer und schauen in die dunkle Nacht. Wie jeden Abend erstrahlt die Stadt in Aberhunderten von Lichtern. Es ist noch herrlich angenehm draußen und der Wind, der sanft mein Haar umspielt, tut meinem erhitzten Körper gut.

»Ich hole uns etwas zu trinken«, sage ich und will zurück in die Wohnung gehen, doch Cole hält mich fest. Er streicht mir eine Strähne aus dem Gesicht und schiebt sie hinter mein Ohr.

»Gleich.«

»Gleich?«

»Ja. Ich will dich einen Moment ansehen.«

Wie gut, dass Cole in der Dunkelheit nicht so einfach erkennen kann, wie ich rot werde. Schnell versuche ich, die Situation zu überspielen.

»Und was siehst du?«

Er lacht.

»Romantisch bist du nicht, oder?«

»Ich wusste nicht, dass Romantik hier ein Thema ist. Wenn ich mich recht erinnere, stand vor knapp einer Stunde Sex ganz oben auf dem Programm.«

»Das ist immer noch so. Trotzdem kann man auch einfach mal den Moment genießen, ohne sofort wieder übereinander herzufallen.«

»Ich wollte nicht über dich herfallen, ich wollte uns etwas zu trinken holen.«

»Ich sagte ja, gleich.«

Er schließt seine Arme um mich und seine Hand streichelt über mein Kleid, während sein Atem meine Haut streift. Sofort steht mein Körper wieder in Flammen. Ich weiß es, Cole weiß es.

»Was habe ich bloß aus dir gemacht?«

Ich höre das amüsierte Lachen tief in seiner Brust und kann selbst nicht anders, als aufzulachen.

»Ich weiß nicht. Vielleicht hast du mich verdorben.«

»Das glaube ich nicht. Ich habe einfach Dinge in dir geweckt, die geschlummert haben.«

»Schon möglich.« Ich zucke mit den Schultern. »Ich weiß auf jeden Fall, was gerade nicht schlummert.«

»O Gott, ich habe ein Monster erschaffen.«

Cole hält meine Hände fest, die sich gefährlich seinem Schritt nähern.

»Spielverderber.« Ich kann wunderbar auf Kommando schmollen. Das findet Cole auch, denn seine Antwort erfolgt prompt.

»Provozier mich nicht.«

»Würde mir nie einfallen.«

Zu meiner Überraschung tritt er einen Schritt zurück und im nächsten Moment nehme ich wahr, wie er seinen Gürtel öffnet und den Reißverschluss seiner Hose aufzieht. Angestrengt atme ich ein.

Bevor ich auch nur in Ansätzen anders reagieren kann, befinde ich mich plötzlich in der Luft und meine Füße verlieren den Kontakt zum Boden. Als würde ich nichts wiegen, trägt Cole mich zu der Lounge-Ecke auf Leahs Balkon. Er stellt mich vorsichtig wieder ab und setzt sich selbst auf einen der Sessel. Meine Augen werden groß, als ich sehe, wie sein steifer Schwanz zum Vorschein kommt.

»Du hast jetzt die freie Entscheidung«, sagt er in einer Seelenruhe, bei der ich mich wundere, wie er dazu in der Lage ist. »Du kannst uns etwas zu trinken holen, oder du überlegst dir doch, Platz zu nehmen.« Dabei klopft er auf seinen Schoß.

Natürlich zieht seine Härte meinen Blick magisch an. Wie könnte sie das auch nicht? Auch wenn wir Frauen das vielleicht nicht immer sofort zugeben, Penisse können faszinierend sein. Wir sind uns doch einig, dass vor allem das erste Mal mit einem neuen Mann aufregend ist. Man hofft auf einen prallen und gut proportionierten Ersatz für seinen Lieblingsvibrator und bekommt es mit einem dieser chinesischen Faltenhunde zu tun. Cole hat Glück gehabt, als die schönen Penisse verteilt wurden, denn nicht nur hat er die richtige Größe, sondern ragt auch noch gerade und ohne seltsame Kurve empor.

»Wenn ich es nicht besser wüsste, würde ich meinen, du machst dir gerade Gedanken über meinen Schwanz.« Er schaut zwischen seinem Glied und mir hin und her.

»Um ehrlich zu sein, mache ich mir gerade nur Gedanken darüber, wann du mich endlich nimmst«, lüge ich.

Als hätte er nur auf ein Zeichen von mir gewartet, zieht er ein Kondom aus der Hosentasche und streift es sich über. Dann umfasst er meine Hüften und ich stolpere förmlich über ihn. Erregung ergreift meinen Körper und so lasse ich mich langsam auf seinen Schoß nieder. Ich schiebe mein Höschen an die Seite und mit einer fließenden Bewegung dringt Cole in mich ein. Das alles scheint ihm zu langsam zu gehen, denn plötzlich drückt er mich an meinen Schultern auf sich und ich stöhne laut auf. Das Gefühl, wie er mich dehnt und komplett ausfüllt, ist atemberaubend und mir bleibt nichts anderes übrig, als zu keuchen. Wie schafft er das bloß, dass ich ihn so sehr will?

»Hast du eigentlich eine Ahnung, wie unfassbar sexy du bist?«

Cole legt seine Arme um mich und zieht mich dichter an seinen Oberkörper. Dann beugt er sich zu mir und sein heißer Atem streift meine Haut. Als Nächstes spüre ich seine Zunge, die an meinem Hals kleine Kreise zieht. Das alles passiert, während ich mich weiter auf ihm auf und ab bewege. Wie gut es sich dabei anfühlt, dass er immer wieder von unten in mich stößt und mich so anfeuert. Jedes Mal dringt er noch tiefer in mich. Jeder seiner Stöße bereitet mir neue Sphären der Lust und immer wieder trifft er diese eine Stelle in mir, die mich meinem Orgasmus näherbringt. Dafür, dass ich vor ihm nie einen Orgasmus beim Sex hatte, sind die Male mit ihm der pure Wahnsinn. Wie auf unsichtbare Art lehrt er mich, mir das zu nehmen, was ich brauche. Lehrt mich, meine Lust anzunehmen und mich fallen zu lassen. Seine Finger bohren sich in meine Haut und als er mir sanft in den Hals beißt, stöhne ich auf. Die Tatsache, dass wir draußen sind, blende ich aus, denn in diesem Moment zählen nur meine Erregung und die Vereinigung mit Cole. Wieder und wieder trifft er diesen sensibelsten Punkt in mir und ich zergehe. Das wird noch verschärft, als er plötzlich das Kleid von meinen Schultern zieht und meine Brüste freilegt. Nahezu hungrig beißt er in meine Brustwarze, lässt seine Zunge über sie gleiten. Seine linke Hand spielt mit der anderen Brustwarze, kneift sie, zieht an ihr, streichelt über sie.

Mein Stöhnen wird intensiver und keuchend presse ich mich immer wieder fester auf ihn. Reite ihn. Ich schlinge meine Hände um seinen Hals und intensiviere mein Tempo. Unsere Blicke treffen sich und Coles Augen sind dunkel vor Lust. Das Licht der umliegenden Häuser spiegelt sich in ihnen und fast sieht es aus, als würde in seinen Augen ein Feuer lodern.

Ich kralle meine Hände in seine Haut und dieses Mal ist es Cole, der heftig unter mir aufstöhnt. Als hätte er nur auf ein Signal von mir gewartet, beginnt er, noch heftiger in mich zu stoßen und ich lasse meine Stirn gegen seine fallen. Unser heißer Atem verbindet sich und ich schließe meine Augen, konzentriere mich auf das Rauschen, das sich mit jedem Stoß weiter in meinem Körper ausbreitet. Ich will Erlösung. Brauche sie. Wieder und wieder lasse ich mich auf ihn fallen, reite ihn und drücke mich ihm entgegen. Dann ist es so weit und Cole kommt. Er stößt noch dreimal in mich und presst seinen Mund auf meinen, um seinen Schrei zu dämpfen. Im nächsten Moment komme auch ich. Ich fühle, wie er in mir zuckt, spüre, wie heiß seine Haut an meiner ist. Jetzt gerade will ich nichts mehr, als diesen Augenblick mit ihm solange es geht auszukosten. Coles Hände fahren meinen Rücken entlang und dann berührt seine Stirn die meine.

»Wahnsinn«, entfährt es ihm, bevor er sich aus mir zurückzieht und sich rasch des Kondoms entledigt. Ich will von seinem Schoß aufstehen, doch er hält mich fest und zieht mich an sich.

»Lass uns noch gemeinsam runterkommen», raunt er mir zu und legt seine Arme um mich. »Du heißes Ding, du.«

Auch ohne zu fragen, weiß ich, dass er diesen Moment genauso sehr genießt wie ich.

Plötzlich zuckt sein Körper und er setzt sich aufrechter hin, was dazu führt, dass ich ebenfalls meine Position ändern muss.

»Hörst du das auch?«

Ich lausche in die Stille der Nacht, doch kann nichts wahrnehmen. Also schüttle ich den Kopf.

»Da! Schon wieder. Da klopft doch wer.«

Jetzt höre ich es auch und drehe meinen Kopf in Richtung meiner Balkontür, von wo das Geräusch zu uns dringt.

»Waren wir so laut, dass sich die Nachbarn beschweren?«

»Ich glaube nicht, dass das jemand tun würde. Keine Ahnung.«

»Mist«, sage ich und erhebe mich notgedrungen von Coles Schoß. Sofort schließt er seine Hose und auch ich ziehe mein Höschen wieder zurecht und richte mein Kleid.

»Wie spät ist es?«

»Keine Ahnung«, antwortet er. »Mein Handy ist in der Jackentasche und die liegt drinnen auf deinem Tisch.«

Er fährt durch sein Haar und rümpft die Nase. »Musst du schauen, wer es ist?«

Ich zucke mit den Schultern und streiche mit der Hand unter seinem Kinn entlang. »Ich befürchte. Auch wenn ich dich gerade noch sehr gern erleben würde.«

»Erleben?«

Er zieht die Augenbrauen zusammen und legt seinen Kopf schräg. »Dann schaust du besser sehr schnell, wer so spät noch etwas von dir will und wimmelst ihn ab. Ich will dich nämlich auch noch einmal vö … erleben.«

Mit einem Schmunzeln wende ich mich von Cole ab und laufe rein. Das Klopfen an der Wohnungstür ist noch immer da. Ich reiße die Tür auf und erstarre augenblicklich.

»Hey, Saoirse.«

»Alec.«

Ich schnappe nach Luft und halte mich an der geöffneten Tür fest. Während mein Atem eben noch wegen meiner Lust heftig ging, spüre ich jetzt leichte Panik in mir aufsteigen.

»Was tust du hier?«

»Ich habe dich vermisst, Saoirse.«

Alec streckt eine Hand nach mir aus, doch ich weiche zurück.

»Ich musste dich einfach sehen. Es gibt so viel, über das wir reden müssen.«

»Ich wüsste nicht, über was.«

Wie kann es sein, dass der Portier ihn einfach so zu mir hochlässt, ohne mir Bescheid zu geben?

»Wie bist du am Portier vorbeigekommen?«, frage ich, ohne seine Antwort abzuwarten.

»Ich habe ihm gesagt, dass ich dein Verlobter bin und du mich erwartest.«

Bei dem Wort »Verlobter« wird mir speiübel und ich mache eine mentale Notiz, Leah definitiv auf Louis anzusprechen. Er hätte zumindest oben in der Wohnung anrufen können, um den Besuch anzukündigen.

Ich verschränke die Arme und lasse meinen Blick an Alec entlangwandern. Er ist noch immer attraktiv, aber nichts an ihm löst mehr diese Sehnsucht in mir aus, die ich irgendwann einmal für ihn verspürt habe. Stattdessen empfinde ich vielmehr so etwas wie Wut und Ekel.

»Woher weißt du überhaupt, wo du mich findest?«

»Wusste ich erst nicht. Du hast mich ja überall geblockt und mir nicht Bescheid gegeben, wohin du fährst.«

Als hätte ich dazu im Geringsten Lust gehabt.

»Ich habe natürlich deine Eltern gefragt, aber die haben mir die Tür vor der Nase zugeschlagen und gemeint, ich solle bleiben, wo der Pfeffer wächst.«

Ich liebe euch, Mum und Dad.

»Dann habe ich krampfhaft überlegt, wo du hin sein könntest, und irgendwann fiel mir ein, dass deine Cousine Leah in London wohnt. Du hast oft erwähnt, dass du sie dringend mal wieder besuchen wolltest, vor allem in der neuen Wohnung. Leah zu googeln war einfach. Ich war auf ihrem Instagramaccount und habe gehofft, dass du irgendwo in ihren Storys auftauchst, aber nichts.«

»Dir ist schon klar, dass das leichte Stalkerqualitäten hat? Bist du vielleicht mal auf die Idee gekommen, dass ich nicht von dir gefunden werden wollte?«

Fast habe ich ein bisschen Mitleid mit Alec, wie er dort vor der Tür steht und sich um Kopf und Kragen redet.

»Irgendwann kam dann der Post zu deinem Blog.«

Ich erstarre und spüre, wie sich meine Finger in meine Oberarme krallen.

»Ich habe keinen Blog«, stammle ich und fühle mich auf seltsame Weise ertappt.

»O Saoirse. ›Heart(br)ok(en)‹ schreit nach dir. Ich höre deine Stimme förmlich durch deine Beiträge dringen. Niemand kennt dich so gut wie ich und weiß, wie du Gespräche führst und zu deinen Klienten bist. So viel Verletzlichkeit, die aus deinen Beiträgen auf dem Blog spricht. Die Sehnsucht nach mir. Nach unserer gemeinsamen Zeit. Ich hatte solche Angst, dass du über mich hinweg sein könntest, aber dieser Blog hat mir gezeigt, dass du mich immer noch liebst.«

Okay, jetzt dreht er völlig am Rad.

»Saoirse? Ist alles in Ordnung?«

Ich zucke zusammen, als ich plötzlich Coles tiefe Stimme hinter mir wahrnehme. Tatsächlich hatte ich völlig vergessen, dass er auch noch da ist. Ich fahre zu ihm herum und nicke.

»Ja. Das ... ähm ... Das ist Alec.«

Mit einer Kopfbewegung deute ich auf meinen Ex-Freund, der ungebeten vor meiner Wohnungstür steht.

»Ah, okay«, murmelt Cole und betrachtet uns einen kurzen Moment. Dann zieht er wortlos sein Jackett an, das über einem der Stühle am Wohnzimmertisch hängt.

»Willst du etwa gehen, Cole?«, frage ich überrascht, als er sich auf den Weg zur Tür macht und sich dicht an Alec vorbeischiebt.

»Ja. Ich hatte völlig vergessen, dass ich morgen Früh einen wichtigen Termin habe. Ich brauche meinen Schlaf und wir waren ja eh so weit fertig.«

Hat er das jetzt gerade wirklich gesagt? Wir waren so weit fertig?

Völlig perplex starre ich ihn an, bin aber über seinen spontanen Abgang so verdattert, dass mir keine passende Erwiderung einfällt. Stattdessen springt Alec für mich in die Bresche.

»War schön, dich kennenzulernen. Ich kümmere mich jetzt um Saoirse. Wir haben so viel aufzuholen und zu bereden.«

»Brauchst du mich noch?« Coles Frage dringt an mein Ohr, als er bereits wieder auf dem Flur steht. Für einen kurzen Moment überlege ich, doch dann schüttle ich den Kopf. Was soll Alec mir schon tun?

»Nein, ich komme klar«, sage ich daher und blicke ihm direkt in die Augen, die ich auf einmal nicht mehr lesen kann. Sie sind leer und das ist das erste Mal, dass sie mir so erscheinen. Stattdessen haben sich zwei tiefe Falten zwischen seinen Augenbrauen gebildet. Vielleicht ist er müde. Schließlich ist es schon spät und unser Stelldichein auf dem Balkon hat unser beider Kraft gekostet.

»Bis dann«, höre ich ihn noch sagen und im nächsten Moment verabschiedet er sich und geht auf direktem Weg in seine Wohnung. Als die Tür hinter ihm ins Schloss fällt, steigt ein Gefühl in mir auf, das mich unruhig werden lässt. Es ist, als wäre in diesem Augenblick etwas beendet, das wir zwar nicht wirklich gestartet haben, wir aber auch nie zurückbekommen werden.

27

Saoirse,

Ich vermisse dich furchtbar und kann nicht glauben, dass es vorbei sein soll. Wie kannst du sagen, dass sich ein Kampf nicht lohnen würde? Dass du nicht mehr zu mir zurückkommen wirst. Bitte denk noch einmal über alles nach. Es kann nicht vorbei sein. Ich liebe dich doch. Ich werde auf dich warten, bis du dich meldest, weil du nicht mehr ohne mich kannst. Ohne uns kannst. - Alec

SEUFZEND LASSE ICH MEINEN LAPTOP NEBEN MICH AUF DIE Matratze fallen und ziehe das Bettlaken bis zum Kinn. Was hat er an dem Satz *Bitte melde dich nicht mehr bei mir* nicht verstanden? Jetzt meint er, meinen Blog dafür ausnutzen zu müssen und meinen Namen öffentlich zu posten? Wie übergriffig. Hat er sie noch alle? Gott sei Dank ist es mitten in der Nacht und ich konnte seinen Beitrag hoffentlich ohne weitere Zwischenfälle löschen. Die Chance, dass ihn Menschen gesehen haben, ist ziemlich gering. Ich bin nicht

Kylie Jenner mit Millionen von Followern, denen nichts entgeht.

Auf keinen Fall werde ich jemals wieder zu Alec zurückgehen und ihm auch keine weitere Möglichkeit geben, mir noch einmal etwas zu erklären oder Dinge geradezurücken, denn es gibt nichts mehr zu klären. Als Alec eben vor mir stand, habe ich ein für alle Mal erkannt, dass unsere Zeit vorbei ist. Dass ich ihn nicht mehr in meinem Leben will und ihn nicht mehr brauche. Wie kann er glauben, dass ich ihm eine Chance biete, Sachen wiedergutzumachen, nachdem er mich so verletzt hat? Es ist aus zwischen uns und auch wenn ich vor wenigen Tagen noch gedacht habe, ich wäre noch nicht so weit, mich komplett von ihm zu lösen, weiß ich, dass schon längst ein neues Kapitel für mich begonnen hat.

Tatsächlich gibt es nur einen Menschen, dem ich von meinem kleinen Erfolg berichten möchte. Davon, dass ich Alec keine fünf Minuten später aus der Tür gejagt und ihm seine Grenzen aufgezeigt habe. Cole weiß, wie sehr ich unter der Schmach zu Hause gelitten habe und wird sicherlich stolz auf mich sein, dass ich jetzt endlich für mich eingestanden bin. Irgendetwas ist zwischen mir und Cole. Je mehr ich mir darüber Gedanken mache, desto mehr spüre ich, dass ich keine Antwort auf das habe, was ich gerade empfinde. Wir sind so etwas wie Freunde geworden. Freude, die eben mehr sind als nur das.

Ich greife nach meinem Handy, das neben mir auf dem Nachttisch liegt, und wähle seine Nummer. Ich weiß, dass es spät ist, aber manche Dinge sind zu wichtig, als dass man sie nicht sofort erzählt. Manche Erfolge müssen sofort gefeiert werden. Es klingelt ein paarmal, doch Cole nimmt nicht ab. Ich lege auf und versuche es erneut, aber auch beim zweiten Mal muss ich erkennen, dass ich Cole nicht erreiche. Vielleicht ist er doch bereits eingeschlafen und hat sein Telefon auf lautlos gestellt. Es ist auch bereits spät in der Nacht und er muss morgen wieder arbeiten. Ich disponiere also um und tippe ihm schnell eine Nachricht.

S: Hoffe, ich habe dich nicht geweckt. Wollte nur stolz berichten, dass Alec ein für alle Mal aus meinem Leben ist und ich ihn in die Wüste geschickt habe. Ich bin endlich für mich eingestanden und habe etwas für mich getan. Wozu Abenteuer doch gut sind. Schlaf gut. xo

Ich schicke die Nachricht ab und hoffe, dass er wenigstens ein bisschen stolz auf mich ist. Das sind meine letzten Gedanken, über denen ich kurze Zeit später einschlafe.

28

Der Vorteil an Urlaub ist, dass man ohne Wecker wach werden kann und niemand einen treibt. Trotzdem setze ich mich an diesem Morgen zügig auf, als ich die Augen aufschlage und ziehe meinen Laptop auf den Schoß. Viel zu groß ist die Sorge, dass Alec noch einmal etwas gepostet haben könnte. Meine Befürchtungen sind jedoch umsonst. Stattdessen sind ein paar neue Kommentare dazugekommen. Ich hole mir einen frischen Kaffee und setze mich anschließend zurück aufs Bett, um mich ein wenig dem Blog zu widmen. Als ich die Kommentare durchgehe, bleibe ich an einem hängen, der durchaus mehr Reaktionen bekommen hat als andere.

Liebe Miss S,

wie weit bist du eigentlich mit dem Abarbeiten deiner Liste? - Leah :)

. . .

UND OB ICH WEIẞ, UM WELCHE LEAH ES SICH BEI DER FRAGE handelt. Allein der Smiley hinter ihrem Namen verrät sie. Unwillkürlich muss ich grinsen. Meine Cousine ist und bleibt einfach unverbesserlich. Womit ich nicht gerechnet habe, ist, dass ihr Kommentar durchaus auch viele andere meiner Leser und Leserinnen anspricht. Allein darauf gibt es zehn weitere Reaktionen. Himmel, was geht denn hier ab?

DAS HABE ICH MICH AUCH SCHON GEFRAGT - SLEEPLESSINHULL

WELCHE MEINST DU @LEAH? IHRE EIGENE ODER DIE VON NoStringsinLondon? ;) - TakeThat4eva

HAT EIGENTLICH NOCH WER MITGEMACHT? - HarryStylesforPresident92

ICH ;) - JUSTMARIA

OB NOSTRINGSINLONDON AUCH EINE LISTE HAT, DIE ER abarbeitet? - Nightowl123

DER HAT BESTIMMT SCHON ALLES GEMACHT! - Harrysmyhusband

. . .

Genau, der schreckt vor keiner Aufgabe zurück! - FelicityB

Vielleicht vor einer, die @Miss S ihm stellt. Ich bin mir sicher, sie hat tolle Ideen. - ParisianLover

Ich würde sofort Nr 1 seiner Liste mit ihm machen! - YeeesQueeeeen

@Miss S - die Ladys hier haben super Ideen. Welche Aufgabe würdest du ihm stellen? - Leah

Ich schüttle den Kopf bei so viel Energie, die die Frauen früh am Morgen schon haben. Tzzz ... Als ob ich *NoStringsinLondon* eine Aufgabe stellen würde. Wahrscheinlich würde er sich eh über meine Idee innerhalb von Sekunden lustig machen und behaupten, sie wäre dem Kindergarten entsprungen. So viel Mühe stecke ich sicherlich nicht in einen Typen, der sich hier auf dem Blog regelmäßig als sehr kontraproduktiv präsentiert und grundsätzlich die Dinge anders sieht als ich. Dass Männer auch immer meinen, ihnen gehöre die Welt.

Ich zucke zusammen, als neben mir das Handy piept.

Ist es endlich eine Nachricht von Cole? Nach dem Aufwachen habe ich natürlich sofort auf mein Handy geschaut, aber nichts. Keine Nachricht von ihm. Zu meiner Überraschung ist es meine Mutter.

. . .

Ma: Alec ist zurück in Whitewall und erzählt überall, was du für eine Bitch geworden wärest. Ich würde sagen, alles richtig gemacht. Bin stolz auf dich. Kuss, Ma.

Eine halbe Stunde später kenne ich die ganze Geschichte und lege das Telefon an die Seite, denn natürlich musste meine Mutter mir in epischer Breite erzählen, was Alec zu Hause alles über mich berichtet hat und dass er froh sei, sich für Anna entschieden zu haben. Natürlich habe ich es mir nicht nehmen lassen, ihr die richtige Version des Vorfalls in London zu erzählen. So bin ich mir sicher, dass sie irgendwann bei Anna ankommen wird. Etwas, was mich nicht mehr auch nur im Geringsten tangiert. Jeder bekommt das, was er verdient. Oder um es in Leahs Worten zu sagen: *Karma's a bitch*.

Glaubt er wirklich, er kann Frauen gegeneinander ausspielen und zu der einen zurückgehen, wenn es mit der anderen nicht klappt? Manche Dinge machen selbst mich sprachlos.

Ich blicke auf die Uhr. Ich habe es tatsächlich geschafft, den ganzen Vormittag im Bett zu verbringen und bin dicht an einem Lagerkoller. Wer hätte noch vor knapp zwei Wochen gedacht, dass es mich mal allein vor die Tür in einer fremden Stadt zieht? Ich definitiv nicht. Aber zu meiner Überraschung muss ich feststellen, dass es mir auf magische Art und Weise nichts mehr ausmacht. Klar, ich bin immer noch lieber in Gesellschaft von jemandem, habe aber auch gemerkt, wie viel ich verpassen würde, wenn ich einfach zu Hause bliebe, aus Angst, etwas nicht zu schaffen oder wegen der Meinung anderer Leute. Verrückt.

Für einen Moment überlege ich, Leahs letzten Zettel umzudrehen, aber den hebe ich mir bis zum Schluss auf. Ich scrolle auf meinem Blog auf die Listen, die eben schon Thema gewesen sind. Tatsächlich habe ich meine eigene, wenn man es überhaupt so bezeichnen möchte, in gewissen Variationen fast komplett geschafft. Gut, manchmal habe ich sie etwas abgewandelt, aber trotzdem bin ich ein kleines bisschen stolz auf mich.

Ich entschließe mich dazu, heute einfach mal loszulaufen und mich treiben zu lassen. Keine schlechte Idee, wie ich finde, denn so muss ich weniger an Cole denken, der sich immer noch nicht gemeldet hat.

Ich springe aus dem Bett, hüpfe unter die Dusche und ziehe dann bequeme Sachen und Turnschuhe an, um möglichst gewappnet für den Tag zu sein. Gut gelaunt öffne ich die Wohnungstür und bleibe wie angewurzelt stehen, als ich Cole auf dem Flur sehe, der ebenfalls gerade seine Wohnung verlässt. Er fährt herum und in seinem Blick kann ich nicht sehen, ob er sich freut, mich zu sehen, oder überall gerade lieber wäre als hier. Irgendwie ist er undurchschaubar.

»Hi«, sage ich und hebe die Hand zum Gruß.

»O Saoirse, hi. Wie geht's?«

Er wirkt nervös, was ich so gar nicht von ihm kenne.

»Gut geht es mir. Ist alles in Ordnung bei dir? Ich habe dir gestern noch geschrieben. Hoffe, ich habe dich mit meinem Anruf nicht geweckt?«

»Ach so, nein. Handy war auf lautlos. Ja, habe ich gesehen. Sorry, ich habe super viel um die Ohren.«

»Scheint so«, erwidere ich und blicke auf den Stapel an Akten in seiner Hand. »Nimmst du deine Arbeit mit nach Hause?«

»Arbeit?«

Ich deute auf die Akten, die er inzwischen unter dem Arm jongliert.

»Ach, das meinst du. Nein.«

Himmel, so zerstreut kenne ich ihn gar nicht. Irgendwas stimmt da nicht.

»Cole, ist wirklich alles okay? Du wirst ein wenig durch den Wind.«

»Ich habe diese Woche ein paar sehr fordernde Klienten«, platzt es aus ihm heraus und er zuckt mit den Schultern. »Ich verliere da schon mal den Überblick über die Zeit und schaffe es nicht, mich zu melden.« Er deutet auf die Akten unter seinem Arm. »Ich bin auch jetzt schon wieder auf dem Sprung.«

»Natürlich. Ich will dich auch nicht aufhalten. Aber …«, beginne ich und halte gleich wieder inne, als ich Coles Blick auf mir spüre.

»Aber was?«

»Also, ich habe heute Abend noch nichts vor und wollte vielleicht etwas Leckeres kochen. Wenn du willst, dann komm doch vorbei? Du scheinst heute nicht sonderlich den Kopf für Zeit in der Küche zu haben.«

Er nickt. »Damit könntest du recht haben.«

Ein zaghaftes Lächeln huscht um seine Lippen und sofort fühle ich mich ein bisschen besser. Dieser nachdenkliche und gestresste Cole gefällt mir nicht.

»Das klingt nach einer guten Idee«, antwortet er schließlich und nickt. »Ich muss jetzt aber wirklich los.«

Zusammen fahren wir runter in die Lobby und als wir uns verabschieden, verlässt er das Gebäude nach links, während ich mich in die andere Richtung bewege.

29

Natürlich warte ich an dem Abend vergeblich auf Cole. Und auch am nächsten Tag höre ich nichts von ihm. Auch nicht am Tag darauf. Wie eine Blöde checke ich immer wieder mein Handy und horche auf, ob ich ihn auf dem Flur vernehme, aber er scheint vom Erdboden verschluckt. Ich verbringe extra viel Zeit zu Hause und auf dem Balkon, immer darauf aus, einen Lichtschimmer in seiner Wohnung zu sehen oder in der Hoffnung, dass sich die Balkontür öffnet und er heraustritt. Nichts dergleichen passiert.

Es ist nicht so, dass mein Herz blutet, aber tatsächlich mache ich mir so langsam Sorgen. Böse Stimmen könnten jetzt behaupten, dass mir der Sex fehlt, aber tatsächlich ist es Coles Gegenwart, die ich vermisse. Um ehrlich zu sein, hat mich niemand in letzter Zeit so sehr zum Lachen gebracht wie er. Ich will nicht einfach bei ihm klopfen oder ihn noch mal anrufen. Wenn er mich nicht sehen will, ist das so. Dann kann ich das auch nicht ändern. Schließlich ist er mir zu nichts verpflichtet und kann machen, was er möchte. Vielleicht habe ich mich doch geirrt und wir sind eben nicht so etwas wie Freunde, sondern nur Menschen, die einfach ein paarmal miteinander im Bett gelandet sind, weil sie sich sympathisch sind. Vielleicht bin ich aber auch einfach ein bisschen bedürftig und der arme Mann hat schrecklich viel um die Ohren und deswegen keine Zeit. Es kann nicht jeder wie ich Urlaub haben. Trotzdem bin ich traurig, weil ich weiß, dass sich meine Zeit in London dem Ende neigt und wir uns dann nicht mehr sehen werden.

»Saoirse, wo ist mein Empfangskommando? Ich bin zurück!«

Ich falle fast vom Sessel, als ich Leahs Stimme hinter mir höre. Mit ihr habe ich überhaupt nicht gerechnet. Ruckartig springe ich auf, überwinde die paar Meter, die zwischen uns liegen, und falle meiner Cousine um den Hals.

»Was machst du denn schon wieder zurück in London? Ich habe erst in zwei Tagen mit dir gerechnet.«

»Na, ich hoffe, meine Überraschung ist geglückt?«

»Aber so was von. Ach Mensch, ich hätte uns doch etwas Leckeres gekocht. Und auch noch einmal aufgeräumt.«

Auch wenn ich ein ordnungsliebender Mensch bin, blicke ich kurz an ihr vorbei und hoffe, dass nicht zu viel in der Wohnung von mir herumliegt und die Sachen, die ich mir aus ihrem Kleiderschrank geborgt habe, alle wieder vorbildlich aufgehängt sind. Gut, Letzteres kann ich auf die Entfernung nicht überprüfen, aber zumindest weiß ich, dass der Eingangsbereich und die Küche aufgeräumt sind. Das ist also schon mal die halbe Miete.

»Papperlapapp«, antwortet Leah völlig unbekümmert und drückt mich ein weiteres Mal an sich. »Heute Abend gehen wir aus. Da muss niemand in der Küche stehen. Meine Küche muss sich außerdem auch wieder daran gewöhnen, dass sie eher eine dekorative Funktion in meiner Wohnung einnimmt, anstatt ständig benutzt zu werden. Hach, es ist so schön, dich zu sehen. Gut siehst du aus. London bekommt dir.«

»Danke«, erwidere ich geschmeichelt und weiß, dass Leah recht hat. London bekommt mir wirklich. »Wie war der Businesstrip? Froh, wieder zu Hause zu sein?«

»Interessant war es und durchaus informativ. Aber ich bin froh, wieder in London zu sein, absolut. Hier gibt es schließlich auch einiges für mich zu tun.«

»Na, dein Magazin wird dich sicherlich vermisst haben.«

Energisch schüttelt sie den Kopf.

»Ich habe ein super Team, das in meiner Abwesenheit top funktioniert. Das bekommen die auch für eine Weile ohne mich hin. Aber hallo? Müssen wir uns nicht um das wirkliche Problem kümmern?«

Irritiert blicke ich sie an. »Das wirkliche Problem? Von was redest du?«

»Na, er ist verschwunden!«

Panisch vergesse ich beinahe zu atmen. Wie kann sie von mir und Cole wissen? Hat er ihr etwa irgendetwas erzählt?

»Ähm …« Ich schlucke. »Ich weiß gerade nicht, wovon du redest.«

»Ach, Saoirse, du bist ja ganz blass. Ich meine natürlich *NoStringsinLondon*. Sag bloß, das ist dir nicht aufgefallen.

Von ihm kommt seit Tagen keine Regung. Hast du eine Ahnung, was in der Agentur los ist?«

Erleichtert, dass sie nicht Cole meint, atme ich durch. »Nicht im Geringsten.«

»Alle fragen sich, warum er auf einmal nicht mehr auf deine Beiträge antwortet oder überhaupt auf deinem Blog in Erscheinung tritt.«

»Ist das so?«

Natürlich ist mir das auch aufgefallen, aber im Gegensatz zu Leah scheine ich der ganzen Sache wenig Beachtung zu schenken. Es gibt Wichtigeres. Wo Cole abgeblieben ist, zum Beispiel. Aber das kann ich ihr ja schlecht mitteilen.

»Seit vier Tagen herrscht Funkstille. Du hast das noch mit den Pornos gepostet und danach kam nichts mehr.«

Ich zucke mit den Schultern. »Na, vielleicht hatte er einfach keine Lust mehr auf einen Blog, wo lauter Frauen ihr Leid klagen. Oder ich habe ihn dann doch endlich in seiner Männlichkeit gekränkt, als ich vom Aussehen männlicher Geschlechtsmerkmale geschrieben habe.«

»Das glaubst auch nur du«, antwortet sie und hakt sich bei mir unter. »Lass uns reingehen. Ich muss meine Koffer auspacken und dringend unter die Dusche. Und dann suchen wir uns ein Restaurant raus und schmieden Pläne.«

»Ich habe nicht die leiseste Ahnung, von was du redest.«

»Na, ist doch klar. Wir überlegen, was wir machen müssen, damit Mr NoStrings wieder auftaucht.«

Leahs Art von feiern und überlegen, wie man *NoStringsinLondon* wieder aktivieren kann, sieht so aus, dass sie nicht nur auf Twitter und Instagram einen Beitrag postet, sondern wir zwei Stunden später in einer Karaokebar sitzen. Mit uns am Tisch zwei ihrer Kolleginnen, die wilde Theorien darüber austauschen, wer der unbekannte Mr Unverbindlich wohl sein könnte.

»Du musst ihn unbedingt anmachen. Irgendetwas posten, auf das er reagieren muss.« Jolie, die Größere der beiden, hüpft unruhig auf ihrem Stuhl hin und her.

»Ja, oder wir schalten die Polizei ein.« Kimberlys Vorschlag klingt dezent übertrieben.

»Das werden wir schön sein lassen. Leute, es ist ein einfacher Blog. *NoStringsinLondon* ist wahrscheinlich ein Junge, dessen Schule wieder angefangen hat. Er hat nun mehr mit seinen Hausaufgaben zu tun und kommt nicht mehr mit dem Kommentieren von Beiträgen nach.«

Bin ich die Einzige, die hier am Tisch noch einigermaßen bei Verstand ist?

»Es ist kein Schulbeginn. Das habe ich doch schon längst überprüft. Ich bleibe dabei. *NoStringsinLondon* ist kein kleiner Junge, sondern ein gestandener Kerl. Er muss einfach ein gestandener Kerl sein. Die Kommentare kann man nicht abgeben, wenn man noch grün hinter den Ohren ist.«

Leah ist immer schon ein Mensch gewesen, der sich leicht begeistern lässt und sofort Feuer und Flamme für etwas ist. Dass das jetzt ausgerechnet bei der Suche nach einem Unbekannten sein muss, den es höchstwahrscheinlich gar nicht so gibt, wie wir ihn uns vorstellen, überrascht selbst mich.

»Es ist ja nicht so, als würde mein Blog nicht funktionieren, wenn er sich nie wieder meldet.«

Leicht genervt über die Entwicklung dieses Gesprächs schlürfe ich meinen Cocktail. Verstohlen habe ich die Karte danach abgesucht, ob sie hier in der Bar auch einen Leg Spreader anbieten, aber leider ist die Auswahl stark begrenzt, was Cocktails angeht. Also ist es ein Long Island Iced Tea geworden. Definitiv auch nicht das harmloseste Getränk, das es gibt. Ich darf nicht mehr als zwei heute Abend trinken, sonst schwanke ich nach Hause.

»Du musst den Blog übrigens auf jeden Fall weiterführen, wenn du wieder in Whitewall bist. Und keine Widerrede. Ich habe das schon als Punkt auf die Agenda für die nächste Redaktionssitzung am Montag gepackt. Wir pushen dich vom Magazin aus.«

»Ich glaube nicht, dass ich das in der Art weiterführen kann. Schließlich ist mein Urlaub vorbei. Gut, wenn natürlich all meine Klienten nicht mehr zurückkommen und ich ab sofort am Hungertuch nagen muss, könnten wir gegebenenfalls noch einmal ins Gespräch kommen.«

»Dann lassen wir uns etwas einfallen. Ich überlege auf jeden Fall, dir einen wöchentlichen Slot im Magazin zu geben.«

»Wie jetzt?« Verdattert blicke ich sie an, während Jolie und Kimberly euphorisch in die Hände klatschen.

»Na, so eine Rubrik *Frag Saoirse* zum Beispiel. Und dann können wir uns immer noch überlegen, ob du inkognito bleibst und eine Illustration von einem Bild von dir als Platzhalter fungiert, oder ob du in Erscheinung trittst. Das kannst du dir dann bis dahin überlegen.«

Leahs Zuspruch freut mich, allerdings gehört sie zu den

Menschen, die mich grundsätzlich mit ihren Ideen überfahren.

»Ich werde darüber nachdenken«, stammle ich leicht überfordert und bin gerade dabei, einen erneuten Blick in die Getränkekarte zu werfen, als Leah mir aufgeregt mit ihrem Finger auf die Schulter tippt.

»Oooooooh, gleich bist du dran!«

Ich schaue von der Karte auf und verstehe nichts. »Ich bin dran? Womit?«

Sie deutet auf die Bühne, was zur Folge hat, dass mein Herzschlag sich verstärkt.

»Vergiss es. Ich kann nicht singen.«

»Das juckt hier niemanden.«

»Ich falle vor Menschen in Ohnmacht.«

»Lügnerin.«

»Ich will nicht.«

»Kinder, die was wollen, bekommen etwas auf die Bollen.«

Ich verdrehe die Augen und gucke meine Cousine genervt an. Natürlich kann ich in einem direkten Battle mit ihr nicht gewinnen. Es wäre auch zu schön gewesen.

»Ich habe eh keine Chance, oder?«

Ich sehe mich drei Frauen gegenüber, die allesamt heftig mit dem Kopf schütteln. Wie herrlich.

»Na, gut. Auf eure Verantwortung. Vielleicht weise ich die Leute vorher auf die Notausgänge hin. Ich will nicht schuld sein, wenn ihnen die Ohren abfallen. Darf ich mir wenigstens das Lied aussuchen, wenn ich mich hier schon vor allen zum Affen machen muss?«

Natürlich schüttelt Leah erneut den Kopf. Und natürlich sucht sie das Lied aus, das nicht passender hätte sein können.

I will survive von Gloria Gaynor.

Liebes Universum, schick mir das Loch, in das ich versinken kann.

30

Zwei Long Island Iced Tea, Saoirse. Du wolltest nur zwei trinken.

Es wäre dezent untertrieben zu behaupten, dass sich nicht alles dreht, als ich im Taxi zurück zum Lincoln Square sitze. Gott sei Dank ist mir nicht übel, aber Karussellfahren hatte ich heute eigentlich nicht auf dem Tagesplan stehen. Warum genau musste ich noch einmal die hohen Schuhe anziehen? Und warum hat es nicht auch ein Wasser sein können? Und wieso sind die Lichter der entgegenkommenden Fahrzeuge bloß so hell?

Leah, Kimberly und Jolie sind schuld. Sie hätten mich aufhalten müssen. Wenn man sich auf andere verlässt, ist man verlassen. Okay, das klingt theatralisch, aber ich wäre gerade wirklich lieber bei klarem Verstand.

Ich lege meinen Kopf gegen die kalte Fensterscheibe und schließe die Augen. Sekunden später bereue ich das Ganze auch schon wieder, denn gefühlt dreht sich jetzt alles noch schneller.

Bitte, lieber Taxifahrer, keine indische Musik. Nicht mitsingen.

Ich fasse mir mit der Hand an den Kopf und hoffe inständig, dass diese Fahrt bald vorbei ist. Taxifahren ist definitiv etwas, das ich in Whitewall erst mal nicht mehr tun werde. Ganz abgesehen davon, dass dort so gut wie alles fußläufig zu erreichen ist und ich außerdem selbst ein Auto habe.

Nach gefühlten Ewigkeiten hält das Taxi endlich an und glücklicherweise gelingt es mir, auszusteigen, ohne mich der Nase lang hinzulegen. Ich atme die angenehm kühle Nachtluft ein und kann nicht glauben, dass Leah tatsächlich noch weitergezogen ist. Die Frau hat Ausdauer. Gut, es könnte auch an dem Typen gelegen haben, den wir kurz vor Schluss noch kennengelernt haben, aber ihr Abschiedsgruß war mehr als eindeutig: »Warte nicht auf mich.«

Ich betrete die Lobby und husche zügig in Richtung Aufzug. Dann drücke ich den Knopf und steige ein, als er die Lobby erreicht. Müde lehne ich mich gegen die Wand im Inneren und habe sichtlich Schwierigkeiten, die Augen aufzuhalten. Als der Aufzug in unserer Etage ankommt, trete ich heraus und knalle beinahe mit einer Gestalt zusammen, die anscheinend nur auf den Fahrstuhl gewartet hat. Ich spüre einen Arm, der sich um mich legt und verhindert, dass ich ins Straucheln gerate. Das Nächste, das ich wahrnehme, ist eine Stimme dicht an meinem Ohr.

»Verdammt.«

Natürlich erkenne ich die Stimme sofort und trotz meines leicht desolaten Zustandes kann ich den Tonfall deuten, der die Aussage begleitet. Mein Herz stolpert für eine Millisekunde, als ich zu ihm hochblicke.

»Verdammt?« Ich sammle mich, streiche mein Kleid gerade und befreie mich aus Coles Griff. »Ernsthaft? Verdammt? Was Besseres fällt dir nicht ein?«

Selbst ein Blinder erkennt, dass Cole gerade überall sein möchte, nur nicht hier. Bevor er etwas antworten kann, rede ich weiter. »Kein Ding. Ich bin gleich aus deinem Blickfeld verschwunden.«

»Saoirse«, presst er hervor und fährt sich mit der Hand durch die Haare. »So war das nicht gemeint.«

»Ach nein? Wie ist es denn dann gemeint?«

Ich stemme die Hände in die Hüften und schaffe es für ganze fünf Sekunden, sie dort zu belassen. Dann fuchtele ich wie eine Irre mit meiner Hand vor seiner Nase herum.

»Was ist eigentlich mit dir los? Findest du mich nicht mehr sexy?«

Himmel, wo kommt das denn auf einmal her?

Long Island Iced Tea, Saoirse. Schieb einfach alles auf den Long Island Iced Tea.

Geschockt von dem, was ich sage, gerate ich ins Torkeln und wieder ist es Coles Hand, die mich festhält und mich davor bewahrt, mich auf meinen Hosenboden zu setzen.

»Du hast getrunken.«

»Na und? Was geht dich das an?«

Er reagiert nicht auf meine provokante Frage, sondern schweigt. Das macht es nicht sonderlich besser.

»Ich habe dich etwas gefragt. Bin ich nicht mehr anziehend für dich?«

»Das ist es nicht, Saoirse«, presst er hervor und scheint sichtlich bemüht, Herr der Lage zu bleiben.

»Ich bin ganz Ohr.«

»Ich habe jemanden kennengelernt und möchte sehen, wohin das gehen kann.«

Bäääähmm.

Sein Ernst? Wenn jemand ein Mittel sucht, mit dem man innerhalb von Sekunden nüchtern werden kann, Cole hat eins im Angebot.

»Bullshit«, sage ich leise und blinzle die Tränen weg, die sich plötzlich in meinen Augen sammeln.

»Es ist kein Bullshit«, korrigiert Cole mich. »Es ist einfach passiert. Du und ich, wir haben uns auf etwas Unverbindliches geeinigt und schließlich bist du auch in ein paar Tagen weg.«

»Richtig. Meinst du nicht, dass du einen besseren Weg hättest wählen können?«

Ungläubig blickt er mich an. »Hätte ich dich etwa um Erlaubnis fragen sollen?«

Am liebsten würde ich ihn anschreien, aber ich zwinge mich, ruhig zu klingen. Also atme ich tief durch und sage: »Mit der Neuigkeit warten, bis ich weg bin.«

»Und stattdessen was tun? Noch mal eine Runde mitnehmen?«

»Warum nicht? Macht ihr Männer doch gern so. Abgesehen davon war deine Devise wohl eher, mir aus dem Weg zu gehen und gar nichts zu unternehmen.«

Das Gefühl, das sich in mir ausbreitet, ist kaum zu beschreiben. Ich fühle mich schrecklich vor den Kopf gestoßen.

»Findest du das jetzt fair, Saoirse?«

»Ich finde die ganze Sache äußerst komisch. Vor ein paar Tagen hast du noch mit mir geschlafen. Ach, das klingt zu harmlos. Du hast mich mit diesem Vibrationsei gequält. Ich hoffe, es war zu deinem Vergnügen. So nach dem Motto ›Schauen wir mal, was sie alles mitmacht‹. Ich hätte gern vorher gewusst, Teil eines Experiments zu sein.«

Cole stößt die Luft aus und zum ersten Mal sehe ich so etwas wie Zorn in seinen Augen.

»Jetzt gehst du zu weit, Saoirse. Das lasse ich mir nicht vorwerfen. Ja, ich hätte dir vielleicht früher sagen müssen, dass ich jemanden kennengelernt habe. Hätte dir nicht die paar Tage aus dem Weg gehen sollen. Aber Fakt ist, ich war nicht daheim, sondern bei ihr. Und per WhatsApp fand ich das jetzt nicht angebracht.«

»Wie edel von dir«, sage ich ironisch. Ich habe keine Ahnung, wie unser Gespräch so umschlagen konnte, aber ich fühle mich elend. Hundeelend. Und das hat nichts mit dem Alkohol zu tun, wie ich zu meinem Entsetzen feststellen muss.

»Alles Gute euch.« Ich drehe mich auf dem Absatz um. Es kann mir nicht schnell genug gehen, Abstand zwischen ihn und mich zu bekommen.

»Saoirse, ich …«

Coles Stimme dringt aus einiger Entfernung an mein Ohr, doch es fühlt sich an, als ob ich in einem Tunnel bin und er furchtbar weit weg.

»Schon gut. Du musst nichts mehr sagen«, antworte ich, redlich bemüht, ein Schluchzen zu unterdrücken. Ich tippe den Code zu Leahs Wohnung ein und als sich die Tür öffnet, kann ich nicht schnell genug darin verschwinden. Mit einem lauten Knall fällt die Tür hinter mir ins Schloss.

Ich lasse mich gegen sie fallen und rutsche langsam an

ihr herunter zu Boden. Als mein Hinterteil das Parkett berührt, wird mir bewusst, was gerade geschehen ist.

Verdammt.

Wie konnte mir das passieren?

Wieso habe ich es nicht kommen sehen?

Wieso musste ich mich in Cole McCarnell verlieben?

In den Mann, mit dem ich nur unverbindlichen Sex haben wollte?

Und wieso geht es ihm nicht genauso wie mir?

Verdammt.

31

Manchmal trifft man die richtige Person zur falschen Zeit. Und manchmal ist es genauso schmerzhaft, die falsche Person zur richtigen Zeit zu treffen.

Meine Lieben, das Leben hat seine eigenen Wege, mit uns umzugehen und uns Aufgaben zu stellen. Man denkt, man hat sich emotional aus einer alten Beziehung gelöst. Man kann wieder atmen. Fühlt sich befreit und öffnet sein Herz für all die neuen Dinge, die einem begegnen. Man denkt, dass alles richtig ist. Dass man am richtigen Ort ist. Der Zeitpunkt stimmt. Man öffnet die Tür des Herzens wieder für das Schicksal. Für jemand ganz Besonderes. Doch plötzlich bringt dir dieser Jemand eine neue Herausforderung, an der du wachsen wirst. Aus der du lernen wirst. Musst. Manchmal hinterlässt dir das Schicksal keine offene Wunde, die nie mehr verheilen wird. Es schickt dir die Zeit, die dir hilft, an dir zu arbeiten und zu wachsen. Dich selbst zu heilen. Nimm dieses Geschenk an und entscheide dich für dich. Irgendwann wird die richtige Person in dein Leben treten und du wirst verstehen, warum es mit all den anderen vorher nicht geklappt hat. - Miss S

»COUSINCHEN, WO IST DER ZETTEL?«

Ich stehe neben meinem gepackten Koffer im Flur von Leahs Wohnung und starre auf das Memoboard vor mir. Mein Zug geht in knapp einer Stunde und es wird langsam Zeit, dass ich aufbreche. Louis hat bereits angerufen und Bescheid gegeben, dass das Taxi unten auf mich wartet.

»Welcher Zettel?«

Leahs Stimme dringt aus der Küche zu mir herüber und klingt für meinen Geschmack viel zu unschuldig.

»Der, den ich mir eigentlich aufgehoben hatte. Der, den ich gestern schon gesucht habe. Auch wenn ich die Aufgabe, die du darauf notiert hast, nicht mehr schaffen werde, will ich wenigstens wissen, welche es gewesen wäre.«

»Oh, der muss wohl runtergefallen sein, als die Putzfrau da war und sie hat ihn sicherlich aus Versehen weggeschmissen.«

»Leeeeeahhh, was könnte ich gerade für ein Problem mit dir haben?«

Sie steckt den Kopf aus der Küche. »Weiß nicht?»

»Leah!« Meine Stimme klingt tadelnd und so langsam werde ich nervös, weil ich es nicht haben kann, dass der Taxifahrer auf mich warten muss.

»Ach, Mensch«, höre ich sie dann plötzlich sagen und sie kommt auf mich zu. Dann zieht sie den vermissten Zettel aus ihrer Hosentasche. »Ich wollte dir den nicht mehr geben, weil er nicht mehr passt.«

Überrascht ziehe ich die Augenbrauen hoch. »Wieso sollte er nicht mehr passen? London steht noch und ich hätte gestern gut noch etwas unternehmen können.«

»Ja, schon.«

»Aber?«

»Na ja, nach der Sache mit …« Sie hält inne und beißt sich auf die Unterlippe.

»Cole. Du kannst ruhig seinen Namen aussprechen. Ich zerfließe nicht sofort in Selbstmitleid. Vergiss nicht, ich habe inzwischen Übung darin, mich abzulenken, wenn mir wieder einmal ein Mann das Herz bricht. Und ja, ich weiß. Niemand kann etwas dafür, wenn er sich verliebt.«

Natürlich habe ich Leah von der Sache mit ihrem Nachbarn erzählt. Ich hatte keine andere Wahl, denn als sie nach dem Karaokeabend nachts nach Hause kam, hat sie mich wie ein Häufchen Elend auf dem Balkon angetroffen.

»Ich fühle mich echt ein bisschen schuldig.«

»Weil er dein Nachbar ist? Ich bitte dich. Du konntest doch nicht ahnen, dass da was zwischen uns laufen könnte.«

Sie zuckt mit den Schultern.

»Ich hätte dich vielleicht warnen können. Aber du hast ihn ja in all unseren Telefonaten nicht einmal erwähnt. Wie hätte ich das also ahnen können, dass er der Typ ist, mit dem du die Listen abarbeitest?«

Natürlich werde ich bei Leahs letztem Satz rot, was ihr mehr als nur ein bisschen gefällt. Sie zwinkert mir zu.

»Was hättest du mir denn sagen sollen? Achtung: Hab keinen Sex mit ihm im Ritz Carlton?»

»Ihr hattet im Ritz Sex?«

Leah reißt den Mund auf und starrt mich ungläubig an.

Dass ich es mal schaffe, sie sprachlos zu machen, hätte ich auch nicht gedacht.

»Nein. Also, nur so halb.«

»Wie kann man denn nur so halb Sex haben?«

»Egal. Ich habe mich bereits einmal entliebt, ich schaffe das auch ein zweites Mal.«

»Trotzdem hätte ich dir gern einen schönen Abschluss hier in London gewünscht.«

»Lass mich raten. Und das hängt mit dem Zettel da in deiner Hand zusammen?«

»Vielleicht.«

»Darf ich ihn trotzdem lesen?«

Sie nickt und reicht ihn mir stumm. Mit nahezu zitternden Händen drehe ich die kleine Karte um und beginne zu lesen.

Nr. 7 - Verliebe dich neu. In London. Das Leben. Einen Mann. Und wenn alles zusammenkommt, umso besser. Du bist wunderbar!

Okay, jetzt kommen die Tränen doch wieder, die ich schon den ganzen Morgen verdammt tapfer zu unterdrücken versuche. Es ist nicht nur die Tatsache, dass Leah mir das wünscht. Ich erkenne in der Nachricht auch, wie sehr sie mir wünscht, dass ich mich selbst wiederfinde. Und ob sie es glaubt oder nicht, das habe ich hier in London.

Die Sache mit Cole hat mich eiskalt erwischt. Ich habe immer gedacht, es wäre nur eine lockere Liaison mit ihm. Aber dann hat sich da plötzlich dieses verräterische Gefühl in meinem Herzen ausgebreitet und mich entmachtet. Es war nicht allein die Tatsache, dass er gut aussieht. Oder dass der Sex so atemberaubend mit ihm war. Es ist, weil er es geschafft hat, etwas aus mir herauszukitzeln, das ich nicht für möglich gehalten hätte.

Mich selbst zu lieben.

Alles an mir.

Mein Herz genauso wie meine Lust.

Wenn ich auch London mit einem gebrochenen Herzen verlasse, so habe ich wenigstens das. Und noch so viel mehr, denn ich weiß, dass mich »Heart(br)ok(en)« weiter begleiten wird. Dafür hat Leah gesorgt.

»Und du bist sicher, dass ich dich nicht zum Bahnhof bringen soll?«

Ich schüttle den Kopf.

»Nein. Du hast schon so viel für mich gemacht und außerdem eine ewig lange To-do-Liste. Ich bin ein großes Mädchen. Ich schaffe das allein.«

»Und in Whitewall ist alles geregelt?«

»Mein Dad holt mich am Bahnhof ab und ich komme erst mal da unter, bis ich weiß, wie ich das mit der Wohnung machen will.«

»Und die Klienten?«

»Werde ich kontaktieren. Und dann werde ich sehen, wer zu mir zurückkommt und wer nicht.«

»Das klingt nach einem Plan. Und wenn alle Stricke reißen, kommst du nach London.«

Ich grinse meine Cousine an und schlüpfe in meine Jacke.

»Ich kann doch nicht schon wieder Urlaub machen.«

»Für immer«, sagt sie achselzuckend und richtet den Kragen meiner Jeansjacke. »Du passt hierher.«

»Das sagst du nur, weil du meine Kochkünste so liebst.«

»Das sage ich vor allem deswegen, weil ich dich jetzt schon vermisse und sehe, was London in den letzten drei Wochen mit dir gemacht hat. Lass dich nicht wieder von dem Kleinstadtmief und den bösen Menschen dort einnehmen.«

»Nicht alle Menschen dort sind böse.«

»Gut, dann nur die, die mit A beginnen.«

»Vergiss nicht, meine Mutter heißt Ada.«

»Du weißt, was ich meine.«

Mit diesen Worten zieht sie mich fest an sich und ich wünschte jetzt schon, dass ich bleiben könnte.

32

Und manchmal ist Mann auch einfach dumm. - NoStringsinLondon*

»ICH HABE DIR GESAGT, ER KOMMT ZURÜCK! ALLES NUR EINE Frage der Zeit!«

Leahs Stimme am Telefon ist so laut, dass ich fast das Gefühl bekomme, sie säße neben mir.

»Und schau dir an, was auf dem Blog abgeht. Wahnsinn. Wir drehen hier in der Redaktion auch alle durch.«

Zwei Tage nach meiner Rückkehr aus London sitze ich im Schneidersitz auf meinem Bett bei meinen Eltern und starre auf die Zeile, die wohl einige Menschen in reine Ekstase versetzt. *NoStringsinLondon* hat wirklich wieder etwas gepostet. Und dann gleich so etwas.

»Ich bin mir sicher, da steckt Ironie hinter.«

»So ein Blödsinn«, antwortet Leah und ich höre, wie sie im Hintergrund irgendjemandem sagt, er solle bitte den

Kopierer reparieren. »Als ob. Der gibt zu, dass er im Unrecht war.«

»Schön und gut, aber mit was?«

Irgendwie traue ich dem Braten nicht. Ganz im Gegensatz zu meiner Cousine, die völlig aus dem Häuschen scheint.

»Das gilt es herauszufinden. Und wie du siehst, bin ich nicht allein mit meinen Gedanken.«

Auf was Leah anspielt, sind die zahlreichen Kommentare, die sich unter seiner Antwort zu meinem letzten Blogpost gesammelt haben.

»Du hast von falscher Zeit und falschen Personen gesprochen und er kommentiert auf die Art und Weise? Oh, ich sag dir, der hat auch schon einmal so eine Erfahrung gemacht.«

Ich überfliege zum wiederholten Mal die Kommentare und stelle fest, dass sie mehr und mehr werden. Himmel, was geht hier ab?

ENDLICH HAT MANN ES AUCH MAL KAPIERT - Sillytofallinlove

DU BIST ZURÜCK - HEARTOFGOLD

#TEAMNOSTRINGSINLONDON - STRINGS4LIFE

. . .

Ich habe deine Ratschläge und deinen lustigen Input vermisst - Xuxu09

Bis auf ein paar wenige Reaktionen wird die Rückkehr von *NoStringsinLondon* gefeiert und ich frage mich wirklich, was dieser Kerl an sich hat, dass alle auf ihn fliegen. Klar, hin und wieder waren seine Beiträge lustig, aber trotzdem wollte ich ihm oftmals den Orden für den größten Macho, den es auf diesem Planeten gibt, verleihen. Was jetzt dieser kryptische Beitrag von wegen Mann und dumm sein zu bedeuten hat, weiß ich auch nicht. Auf jeden Fall hat er dafür gesorgt, dass der Traffic auf meinem Blog wieder zugenommen hat. Nachdem Leah mir den Kontakt zum Social Media-Manager ihres Magazins vermittelt hat, weiß ich nun auch, dass das wichtig für mein Wachstum ist und dafür, dass Firmen bezüglich Kooperationen auf mich zukommen könnten und ich mit dem Blog Geld verdiene. Natürlich habe ich mich erst mal darüber gewundert, warum ich überhaupt für eine Kooperation interessant wäre, aber nachdem mich die erste Firma wegen Sextoys angeschrieben hat und eine weitere mir gern kostenlos einen Tantramassagekurs anbieten möchte, damit ich im Anschluss meinen Lesern davon berichte, frage ich mich echt, was hier gerade passiert.

»Dir ist schon klar, was ich als Nächstes tun werde?« Leahs Frage holt mich aus meinen Gedanken zurück und ich klappe den Laptop zu, um mich auf unser Gespräch konzentrieren zu können.

»Nicht wirklich. Aber ich bin mir sicher, du wirst es mir gleich verraten.«

»Ich werde *NoStringsinLondon* ausfindig machen. Wenn dieser Kerl irgendwo in dieser Stadt sitzt, dann finde ich ihn. Und wenn es das Letzte ist, das ich tue.«

Ich verstumme. Ich habe immer gedacht, Leah würde Witze machen, aber so langsam glaube ich, sie meint es wirklich ernst.

»Hör auf, mich zu veräppeln.«

»Mache ich nicht. Ich finde ihn und dann bringen wir euch beide zusammen. Also für ein Interview. Von Angesicht zu Angesicht. So im Sinne von männlicher versus weiblicher Ratschlag.«

»Das ist ein furchtbarer Arbeitstitel«, stöhne ich und lasse mich zurück in die Kissen fallen, nachdem ich den Laptop an die Seite gelegt habe.

»Aber wärest du dabei?«

»Wie jetzt?«

»Na, wenn ich ihn finde. Vorausgesetzt das gelingt mir. Würdest du dich auf ein Treffen einlassen? Wir berichten exklusiv im Magazin darüber.«

»Dann finden die Leute ja heraus, wer ich bin! Ich gehe nicht davon aus, du willst das ohne Bild bringen?« Erschrocken setze ich mich ruckartig wieder auf.

»Na und? Dann wissen sie halt, wer *Miss S* ist.«

»Aber ich habe auf dem Blog über Sex gesprochen und so.«

»Ich wiederhole meine Frage gern: Na und?«

»Das kannst du auch nur sagen, weil Sex für dich das Normalste von der Welt ist.«

»Für dich doch inzwischen auch. Oder soll ich dich an deine Londoner Orgasmen erinnern?«

»Wie schön du versuchst, seinen Namen nicht zu erwähnen.«

»Wen? Du meinst den Orgasmusbereiter?«

»Cole. Er heißt Cole. C-O-L-E.«

Leah stöhnt ins Telefon. »Ich weiß. Ich bin ihm heute Morgen übrigens auf dem Flur begegnet. Er sieht furchtbar übermüdet aus. Entweder hat er tierisch viel Arbeit oder seine Neue fordert ihn gewaltig.«

»Es gibt Dinge, die will ich nicht wissen.«

»Ich weiß. Aber er hat sich nach dir erkundigt.«

Ich stutze. »Hat er?«

»Ja. Er wollte wissen, ob du gut zu Hause angekommen bist.«

»Und was hast du gesagt?«

»Ja.«

»Wie, ja? Mehr nicht?«

»Nö. Wieso auch? Geht ihn schließlich nichts an.«

Ich liebe meine Cousine für ihre konsequente Art.

»Er hat gefragt und eine Antwort bekommen. Mehr hat seine Frage schließlich auch nicht hergegeben. Ich habe das so gemacht, wie Männer es immer tun. Ich habe auf der Sachebene gehört. Habe ich erwähnt, dass ich neulich ein furchtbar interessantes Interview gelesen habe zur menschlichen Kommunikation und Kommunikationstheorie generell?«

»Nein. Aber du musst mir das jetzt auch nicht erläutern. Aus beruflichen Gründen bin ich bestens informiert.«

»Was mich zur nächsten Frage bringt. Hast du deine Klienten schon erreicht?«

»Heute liebst du es aber auch, in der Wunde zu bohren,

oder?« Frustriert greife ich nach der Tasse Kaffee, die neben mir auf dem Nachtschrank steht.

»Bekomme ich dann jetzt eine Antwort auf meine Frage?«

»Welche?« Ich nehme einen großen Schluck und stelle zum wiederholten Mal in diesem Leben fest, wie göttlich ein leckerer Kaffee doch sein kann.

»Saoirse, ich bitte dich. Das weißt du genau.«

Ich verdrehe die Augen, mir natürlich mehr als bewusst, dass Leah das nicht sehen wird. So wie sie mich kennt, weiß sie eh, dass ich das mindestens einmal während unseres Telefonats getan habe.

Soll ich zusagen? Interessiert es mich wirklich, wer dieser *NoStringsinLondon* ist? Habe ich etwas anderes Spannendes, das aktuell in meinem Leben so abgeht? Nein. Ich kann es drehen und wenden, wie ich möchte: Ich habe nichts zu verlieren.

Ich atme tief durch, schließe meine Augen, als würde das auch nur irgendetwas ausmachen, und gebe Leah die Antwort, die sie hören will. »Okay.«

»Okay, was?«

Sofort höre ich die Aufregung in ihrer Stimme.

»Okay, mach dich dran und finde diesen Idioten!«

Ich muss nicht betonen, dass Leah am anderen Ende in wahre Begeisterungsstürme ausbricht und ich nicht weiß, was ich besser fände. Wenn sie *NoStringsinLondon* auftreiben könnte, oder er für immer ein Mysterium bliebe.

33

Wie sehr ich es hasse, im Zentrum der Aufmerksamkeit zu stehen. Schon immer. Wenn es in der Schule darum ging, etwas vorzuführen, war ich die Person in der letzten Reihe. Nicht weil ich es nicht gekonnt hätte, nein, ich hatte einfach so viel Panik, etwas falsch zu machen, dass ich mich lieber in den Hintergrund gestellt habe.

Die Situation gerade in der Redaktion fühlt sich nicht sonderlich anders an. Auch wenn ich weiß, dass es hier heute um mich geht, um meinen Blog und diese Begegnung mit *NoStringsinLondon*, ich hätte nichts dagegen, mich einfach in Luft aufzulösen.

Schon immer habe ich die Leute bewundert, die sofort einen Raum einnehmen können und mit jedem per Du sind. Die sich, ohne mit der Wimper zu zucken, in den Mittelpunkt stellen, laut lachen, hemmungslos mit anderen ins Gespräch kommen und sofort zu sämtlichen Partys eingeladen werden, die in der nächsten Zeit so anstehen. Ich bin die, die am Rand steht. Die stille Beobachtende.

Die, die auf andere kühl und bisweilen arrogant wirkt. Nicht weil ich es bin, sondern weil es mir eben nicht leichtfällt, mich ins Getümmel zu schmeißen und Konversation zu betreiben.

Ich fühle mich wie auf einer Fashionshow, denn beinah alle Frauen im Raum wirken heute besonders hergerichtet. Natürlich kenne ich den Grund. Alle hoffen, dass *NoStringsinLondon* unfassbar gut aussieht, sie sieht und sich sofort hemmungslos in sie verliebt. Hach, manche Frauen sind so leicht zu durchschauen.

Ich habe mich für einen langen, fliederfarbenen Tüllrock entschieden, zu dem ich ein einfaches weißes Top kombiniert habe. Meine Haare sind hochgesteckt und statt mich in hohe Schuhe zu quälen, wie der Großteil der Frauen hier im Raum, befinden sich flache Sandalen an meinen Füßen. Natürlich trage ich Make-up, aber es ist nur leicht und tatsächlich habe ich das Gefühl, hier im Raum nicht wirklich aufzufallen. Wunderbar. Immer wieder nehme ich wahr, wie in einer Ecke des Raumes die Stimmen lauter werden, gelacht wird. Alles wirkt auf mich ein bisschen bizarr.

Plötzlich geht die Tür auf und Leah, die ich schon die ganze Zeit vermisst habe, tritt hinein. Sofort schaut sie sich im Raum um. Sie scheint jemanden zu suchen. Als sie mich sieht, verändert sich ihr Ausdruck, jedoch kann ich ihn nicht deuten. Sie lächelt mich an, aber in dem Lächeln liegt mehr als nur Vorfreude. Leah wirkt nervös. Und dieser Umstand gefällt mir überhaupt nicht. Unruhig spiele ich mit einem der Ringe, die ich am Finger trage.

Dann räuspert sie sich und sofort verstummen sämtliche Gespräche um mich herum.

»Ihr Lieben, ihr wisst, dass heute ein aufregender Tag ist. Nicht nur für alle Fans von Saoirses Blog ›Heart(br)ok(en)‹, sondern auch für sie selbst. Es ist uns tatsächlich gelungen, *NoStringsinLondon* aufzuspüren und auch er hat sich bereit erklärt, an die Öffentlichkeit zu treten und zusammen mit Saoirse für das gemeinsame Interview zur Verfügung zu stehen. Ich kann euch sagen, ich bin nervös. Ich habe ihn vor einigen Minuten treffen dürfen und ich glaube, ihr werdet nicht enttäuscht werden. Und du, Saoirse ...« Sie hält für einen Augenblick inne und schaut mich an. »Du wirst wohl diejenige sein, die Antworten bekommen wird.«

Antworten bekommen wird? Wie meint sie das denn? Himmel, wenn ich eben nervös war, setzt jetzt leichte Panik ein. Fluchtwege? Wo sind die Notausgänge?

Bevor ich noch länger nachdenken kann, öffnet sich die Tür erneut und eine große Gestalt tritt in den Raum. Sofort geht ein Raunen durch die Gruppe an Menschen um mich herum und ich vergesse zu atmen. Im nächsten Augenblick habe ich das Gefühl, mich setzen zu müssen und zu hyperventilieren, denn ich kann nicht glauben, wer gerade den Raum betreten hat.

Cole.

Will er mich verarschen?

Was tut er hier?

Ungläubig starre ich zwischen Leah und ihm hin und her, doch sie zuckt nur mit den Schultern, während er mich eindringlich anschaut.

Herrje, sah er schon immer so sagenhaft anziehend aus?

Und warum fühlt es sich so an, als sei dieser Raum auf einmal sichtlich kleiner geworden?

»Ich schwöre, Saoirse, ich wusste von nichts«, kommt es aus Leahs Mund, was die Umherstehenden gar nicht bewusst wahrnehmen, denn ich sehe, wie sie die Köpfe zusammenstecken und Cole betrachten wie bei einer Rinderauktion. Es fehlt noch, dass gleich die Gebote losgehen. Als wären wir bei einer Fleischbeschau.

Ich schließe meine Augen und nehme einen tiefen Atemzug. Dann noch einen, als mir endlich richtig bewusst wird, was hier geschieht und mein Körper langsam aus der Schockstarre erwacht.

Der Mann, mit dem ich sagenhaften Sex hatte, für den ich mehr empfinde, als mir lieb ist, ist niemand Geringeres als *NoStringsinLondon*.

Oh, ich werde ihn umbringen.

Mit großen Schritten stürme ich auf ihn zu und zerre ihn vor die Tür, ohne mir auch nur in Ansätzen darüber Gedanken zu machen, was die Umherstehenden denken könnten. Dass ich ihm dabei mit meinen Fingernägeln in den Arm kneife, ist mir absolut egal.

Er lässt das Ganze mit sich geschehen und als wir uns gegenüberstehen, fällt ihm nichts Besseres ein, als mich anzugrinsen.

»Hi«, sagt er nach einer gefühlten Ewigkeit und fährt sich einmal mit der Hand durch die Haare.

Ich bin mir sicher, ich sehe aus wie von der Tarantel gestochen. Zumindest fühle ich mich so.

»Das ist jetzt ein schlechter Scherz, oder?«

Ich schlage ihn mit meiner linken Hand auf den Arm, während ich die andere in meine Hüfte stemme. »Seit wann wusstest du, wer ich bin? Wer hinter ›Heart(br)ok(en)‹ steckt? Die ganze Zeit schon, während wir Sex hatten? Und wie überhaupt? Wie hast du es herausgefunden?«

Natürlich habe ich meine Tränen nicht unter Kontrolle, was mich noch wütender macht.

Auf einmal ergibt alles einen Sinn. Die Antworten, die *NoStringsinLondon* immer gepostet hat, passen zu Cole wie die Faust aufs Auge. Schon allein der Name. Wobei stopp, er hat ja jetzt eine Tussi. Ganz so ohne Verbindlichkeiten kann er also gar nicht sein. Wie? Wann? Tausend Fragen wandern gleichzeitig durch meinen Kopf und ich habe das Gefühl, alles dreht sich. Und all die Zeit hat er sich wahrscheinlich einen furchtbaren Spaß daraus gemacht, mitzuerleben, wie ich von Sex schreibe und ihn gleichzeitig mit ihm habe.

Ich fühle mich furchtbar betrogen.

Hintergangen.

Gedemütigt.

»Können wir bitte reden?« Seine Frage klingt fast flehend, was mich noch wütender macht.

»Ich glaube nicht, dass es noch irgendetwas zu bereden gibt. Diese ganze Sache hier ist eine Farce. Ich hätte nicht kommen sollen. Wieso hast du überhaupt wieder etwas gepostet? Es war doch vorbei. Du hast eine Freundin und ich bin abgeschrieben. Hat *NoStringsinLondon* einfach wieder Aufmerksamkeit und Bestätigung von den Frauen gebraucht?«

»Ich kann verstehen, warum du nicht mit mir reden möchtest. Aber ich schulde dir eine Erklärung. Vor allem, wenn wir gleich wieder vor die anderen treten müssen.«

»Ich muss gar nichts.«

»Ich befürchte, Leah lässt dir das nicht durchgehen. Lässt uns das nicht durchgehen. Und bevor du sie gleich verteufelst, sie hat es auch erst vor einer halben Stunde erfahren, als ich hier angekommen bin.«

Ich muss sämtliche Kraft darauf verwenden, ihn nicht in der Luft zu zerreißen. So langsam spüre ich meine Fingernägel, die ich vor Wut in meine Handflächen gedrückt habe. Was mich noch wütender macht, ist die Tatsache, dass er recht hat. Leah wird mich nicht einfach verschwinden lassen. Dafür hat sie diese Sache zu groß aufgezogen. Ob ich will oder nicht, ich habe keine andere Wahl.

»Gut«, presse ich hervor und funkle ihn an. »Aber nicht hier auf dem Flur.«

Stumm nickt er und lässt sich von mir mitziehen. Auf dem Weg in die Redaktion habe ich einen der weiteren Besprechungsräume am Ende des Flures gesehen, in den ich Cole nun zerre. Dort angekommen, werfe ich die Tür hinter uns zu und baue mich vor ihm auf. So gut das überhaupt geht, denn Cole ist ein Stückchen größer als ich.

»Was möchtest du wissen?«, fragt er und steckt seine Hände in die Hosentaschen.

Ich verfluche, dass ich mich heute für einen Rock entschieden habe, denn mir bleibt nichts anderes übrig, als die Arme vor der Brust zu verschränken.

»Seit wann weißt du, wer ich bin? Also, ich meine, wer hinter ›Heart(br)ok(en)‹ steckt?«

Er schluckt und schaut mich durchdringend an. »Seit dein Ex es gesagt hat.«

»Du hast dich mit Alec unterhalten?« Ungläubig starre ich ihn an und kann nicht glauben, was ich da höre.

»Nein. Aber er hat ihn erwähnt, als er bei Leah in der Wohnungstür stand. Dass er dich so gefunden hätte.«

»Bist du deswegen so schnell abgehauen?«

Er nickt. »Normalerweise hätte ich dich in der Situation nie im Leben allein gelassen, aber als mir klar wurde, mit wem ich da die ganze Zeit geschrieben habe, war ich dezent überfordert.«

Ich beobachte ihn genau, während er spricht und sehe, dass sich kleine Schweißperlen auf seiner Stirn gebildet haben.

»Wie bist du überhaupt auf den Blog gekommen?«

»Wirst du mir glauben, wenn ich es dir erzähle?«

Ich zucke mit den Schultern. »Versuch es.«

»Ich habe etwas wegen des Broken-Heart-Syndroms gegoogelt, unter dem eine meiner Klientinnen leidet. Und bei der Googlesuche ist dein Blog aufgetaucht und ich habe gedacht, dass ich dort vielleicht etwas finde, was meiner Klientin helfen könnte.«

»Aha.«

»Nicht zufrieden mit der Antwort?«

»Wenn ich mich recht entsinne, hast du als *NoStringsinLondon* sofort von Sex und Unverbindlichkeit geschrieben. Nach reiner Recherche sieht das nicht aus. Muss ich dich auf deinen Usernamen hinweisen?«

»Musst du nicht. Aber du vergisst, was ich beruflich mache und dass ich natürlich reagiere, wenn sich jemand zu diesen Dingen äußert, was du ja auch getan hast. Vielleicht war es auch so, dass mich das ein bisschen getriggert hat. Oder zumindest gereizt. Wenn ich ehrlich bin, Sex ist das, was immer funktioniert hat. Es mag arrogant klingen, aber ich weiß, wie ich auf Frauen wirken kann. Und ich glaube, würden die Menschen auch offen über Sex und ihre Lust sprechen, wäre Vieles zwischenmenschlich einfacher. Was meinen Namen betrifft: Ja, ich bin kein Kind von Traurigkeit gewesen und habe mein Singleleben ausgelebt. Aber da habe ich auch nie ein Geheimnis draus gemacht.«

»Das hat sich ja erledigt. Wie war das mit deiner neuen Freundin? Läuft es gut bei euch?«

Er senkt den Kopf und starrt auf den Boden. »Das war gelogen.«

»Wie bitte? Ich kann dich nicht hören.«

»Es gibt niemanden. Es gab niemanden. Ich habe dich angelogen.«

Perplex starre ich ihn an.

»Aber warum das? Und ganz abgesehen davon, warum hast du dich nicht sofort zu erkennen gegeben, als du wusstest, wer ich bin?«

»Was hätte ich denn sagen sollen?«

Sein Blick ist fragend und nichts deutet momentan auf die Selbstsicherheit hin, die er sonst immer an den Tag legt.

»Wie wäre es mit: Hallo, mein Name ist Cole, aka *NoStringsinLondon*, und ich bin schuld, dass du nur noch Sex im Kopf hast.«

Er zieht eine Augenbraue hoch.

»Ist daran jetzt Cole oder mein Alter Ego schuld?«

»Nicht witzig.«

»Ich weiß, entschuldige. Die Wahrheit ist, Saoirse, du hast mich einfach komplett aus dem Konzept gebracht. Mein ganzes Leben habe ich gedacht, dass wenn ich alles auf Sex schiebe, wäre ich gegen Emotionen gefeit. Und dann kamst du. Jedes Mal, wenn wir uns gesehen haben, habe ich gemerkt, wie sehr ich deine Nähe wollte. Und natürlich habe ich den Sex verdammt genossen, aber diese tiefe Verbundenheit, die ich gespürt habe, war so viel mehr. Auf einmal war da ein Gefühl, das ich nicht kannte. Und tief in meinem Hinterkopf wusste ich immer, dass du London wieder verlassen wirst und ich habe versucht, das nicht so an mich herankommen zu lassen. Ich habe einen Ausweg gesucht, um mich selbst zu schützen. Und ja, ich weiß. Es war das Blödeste, das ich machen konnte. Ich hatte Angst, dich zu verlieren. Und wenn ich dir das mit dem Blog gesagt hätte, hättest du mir vorgeworfen, ich hätte die ganze Situation eingefädelt, damit du mit mir ins Bett gehst. Aber das ist nicht wahr. Ich wollte nicht, dass du so ein Bild von mir hast.«

»Also hast du lieber in Kauf genommen, dass ich sauer bin, weil da eine andere Frau ist?«

Er zuckt mit den Achseln. »Immer noch besser, als wenn du böse gewesen wärest, weil ich *NoStringsinLondon* war.«

Ich schüttle den Kopf, als mir bewusst wird, wie dumm die Situation eigentlich ist.

»Was ist?«, fragt Cole und traut sich zum ersten Mal, vorsichtig meinen Arm mit seiner Hand zu berühren.

»Ich hätte doch überhaupt kein Recht gehabt, sauer auf dich zu sein. Du wusstest all die Zeit nicht, dass ich hinter dem Blog stecke. Und na ja, gut, ich hätte sagen können ›Was eine Machotour, die du da auf dem Blog abziehst‹, aber sind wir mal ehrlich, wirklich verstellt hast du dich nicht. Auch im normalen Leben hast du Dinge genauso beim Namen genannt, wie du sie gesehen hast. Mit dem Unterschied, dass du live so manche krasse Sichtweise mit deinem Charme wettmachen konntest.«

»Du findest mich charmant?« Ein Leuchten durchzuckt seine Augen.

»Als hätte daran jemals ein Zweifel bestanden.«

»Ich bin ganz schön dämlich, oder? Vielleicht hätte ich dir einfach sagen soll, dass ich dich mag. Stattdessen war ich in dezenter Panik wegen dieser Gefühle, die vollkommen neu für mich sind.«

Ich gehe einen Schritt auf ihn zu und lege meine Hand auf seine. »Kann es sein, dass du mit Gefühlen verdammt schlecht umgehen kannst?«

Cole prustet bei meinen Worten die Luft aus. »Auch schon gemerkt? Was meinst du, warum ich beruflich dieses Spezialgebiet gewählt habe? Sex kann ich. Emotionen bringen mich durcheinander.«

»Das habe ich gemerkt«, antworte ich und sehe in seinen Augen, dass er die Wahrheit sagt.

»Wer weiß, was passiert wäre, wenn du mir gesagt hättest, dass du etwas für mich empfindest.«

»Und jetzt? Ist es dafür zu spät?«

Cole legt seine Hand unter mein Kinn und zwingt mich so, ihn anzusehen.

»Versuch es«, wiederhole ich meine Aussage von eben und zwinkere ihm zu.

»Gleich«, raunt er und im nächsten Moment presst er seine Lippen auf meine. Ich nehme die Wärme wahr, die von ihm ausgeht und plötzlich spüre ich da noch etwas anderes. Ich spüre den Mut, meinem Herzen wieder zu trauen und verstehe, dass dies hier mehr ist als bloßes

Verliebtsein. Cole schlingt seine Arme um mich und ich lege meine Hand auf seine Brust. Ganz zart spüre ich seinen Herzschlag unter meinen Finger und weiß eins: Vielleicht hat Leah mit ihrem siebten Zettel hellseherische Fähigkeiten bewiesen.

EPILOG

»Hey Saoirse, hey Cole. Mein Name ist Jules und ich freue mich sehr, dass ich es endlich in euren Livestream geschafft habe. Ich muss sagen, ich bin Fan der ersten Stunde und tatsächlich ein bisschen aufgeregt jetzt. Saoirse, ich hoffe, du bist mir nicht böse, wenn ich sage, dass ich von Minute eins an für Team Cole war. Also Team *NoStringsinLondon*.«

Während ich lache, lässt Cole es sich nicht nehmen, sofort zu antworten.

»Hey, Jules! Schön, dass du bei uns bist. Siehst du, Saoirse, ich habe Fans. Ich bin wohl doch nicht der Unmensch, für den du mich immer verkauft hast.«

Cole sitzt mir bei unserem Livestream gegenüber am Mikrofon und zwinkert mir zu, während er unter dem Tisch seine Hand auf meinen Oberschenkel legt.

Hätte mir jemand gesagt, dass ich einmal in London wohnen werde, einen erfolgreichen Blog habe, eine Gemeinschaftspraxis mit einem Sexualtherapeuten führe und regelmäßig auf der Homepage von Leahs Magazine

Elements einen Livestream für Fragen rund um das Liebesleben haben werde, ich hätte es nicht geglaubt.

Wie viel sich doch in den letzten Monaten getan hat. Ich habe meine Zelte in Whitewall abgebrochen und meine alten Klienten an andere Therapeuten vermittelt. Innerhalb von wenigen Stunden war die Wohnung gekündigt und mein Hab und Gut in einen großen Transporter verladen, der sich auf den Weg nach London gemacht hat. Man schafft viel, wenn man es nur will. Obwohl sowohl Cole als auch Leah mir die Wahl gelassen haben, bei ihnen einzuziehen, fiel mir die Entscheidung leicht. Jeden Morgen neben Cole aufzuwachen und abends neben ihm einschlafen zu können, ist das Schönste, das ich mir vorstellen kann.

Natürlich ist es Leah gewesen, die Cole und mir den gemeinsamen Livestream vorgeschlagen hat, weil die Zusammenführung von *NoStringsinLondon* und »Heart(br)ok(en)« einen großen Hype losgetreten hat. Die Leute wollten mehr von uns sehen. So gibt es uns nun einmal wöchentlich auf *Elements Online* für sechzig Minuten im Livetalk. Am Anfang habe ich mich ein wenig gewunden, denn es war nie wirklich mein Plan, vor die Kamera zu treten. Ich habe mein anonymes Dasein mit meinem kleinen Blog sehr genossen, aber aufgrund der Überredungskünste von Cole und Leah hatte ich irgendwann keine Wahl mehr. Letztendlich hat mich das Argument überzeugt, dass ich viele Menschen damit erreiche und ihnen unsere Ratschläge und Ideen vielleicht helfen können. Und wenn ich ehrlich bin, gefällt es mir, dass ich jede Woche einmal für die Kamera gestylt werde. Ein bisschen Mädchen bin ich dann doch gern.

»Was können wir für dich tun, Jules?«, frage ich die Person am anderen Ende und es dauert nicht lang, da platzt sie mit ihrer Frage heraus.

»Also, ich date diesen Typen und das nun schon beinahe ein dreiviertel Jahr. Es ist alles ganz cool und entspannt mit uns, aber ich bin mir nicht sicher, ob er wirklich interessiert an mir ist. Wenn wir uns sehen, haben wir guten Sex, aber er macht auch noch viel mit seinen Freunden und manchmal dauert es eine Weile, bis er auf meine Nachrichten reagiert oder ans Telefon geht. Muss ich mir Sorgen machen oder ist es normal, dass Männer Zeit brauchen, um eine Frau in ihr Leben zu lassen?«

Sowohl Cole als auch ich hören Jules zu und natürlich ist es eine der vielen zwischenmenschlichen Fragen, die wir regelmäßig gestellt bekommen. Meistens sind es Frauen, die solche Fragen formulieren. Ich nehme wahr, dass Cole sich aufrecht hinsetzt und kann mir ein Schmunzeln nicht verkneifen.

»Wenn du nichts dagegen hast, Saoirse, würde ich die Frage gern für dich beantworten. Einverstanden, Jules?«

»O ja! Eine männliche Sicht ist immer besser in so einem Fall.«

Ich lehne mich ein bisschen zurück und nicke Cole zu, denn tief in mir drin weiß ich, was er sagen wird. Ich kenne niemanden wie ihn, der so offen und ehrlich die Dinge anspricht und beim Namen nennt. Und diese Erfahrung wird auch die liebe Jules in ein paar Augenblicken machen.

»Hör zu, Jules. Wir Männer sind eigentlich recht einfach gestrickt, auch wenn ihr Frauen das wahrscheinlich anders seht. Achte auf seine Taten. Ein Mann wird dir Signale geben, wenn du nicht die Frau für ihn bist. Er lässt es dich immer wissen, dass er nicht wirklich eine Zukunft mit dir an seiner Seite sieht. Das Problem ist, dass du die Augen davor verschließt, weil du es nicht wahrhaben willst. Du willst auf dein Herz hören, aber nicht auf das, was dir dein Verstand sagt. Und weil du ihn unbedingt in deinem Leben haben möchtest, ignorierst du die ganzen Warnzeichen, die offensichtlich sind. Du rufst ihn an und erreichst ihn nicht. Du weißt nicht, wo er ist. Wenn du deinen Mann anrufst und du ihn nicht erreichen oder finden kannst, dann will er nicht gefunden werden. So leid mir das tut zu sagen, liebe Jules, du bist es nicht für ihn.«

Auch ohne Jules zu sehen, vermittelt ihr kurzes Schweigen, dass sie schlucken muss. Natürlich haben Coles direkte Worte sie nachdenklich gestimmt, aber auch wenn es hart zu hören ist, wissen wir Frauen insgeheim alle, dass wenn ein Mann Zeit mit uns verbringen möchte, findet er Mittel und Wege. Wenn er uns sehen will, wird er alles in seiner Macht Stehende unternehmen, um uns zu treffen. Leider wollen wir das nur nicht immer wahrhaben.

»Danke«, sagt Jules nach einer Weile. »Danke, dass du das so direkt formulierst, Cole. Irgendwie habe ich mir das bereits gedacht, aber wie du so schön sagst, wir wollen das nicht glauben, dass ein Mann kein Interesse an uns hat. Saoirse, du hast da echt einen Guten erwischt. Glaub mir!«

Jules Worte führen dazu, dass mir ganz warm ums Herz wird und ich nicke in die Kamera.

»Da hast du recht, Jules. Ich gebe ihn auch nicht mehr her.«

»Mich wirst du auch nicht mehr los«, erwidert Cole neben mir lachend und gemeinsam verabschieden wir uns von Jules.

»Ich glaube, wir haben noch Zeit für eine weitere Frage.«

Cole wendet sich wieder in Richtung der Kamera, hinter der Leah steht und zustimmend nickt. Dieses Mal kommt die Frage jedoch nicht von einem Anrufer, sondern von ihr selbst.

»Hey Cole, hey Saoirse. Ich bin Leah. Ich glaube, ich habe auch noch eine Frage an euch. Eigentlich viel mehr an dich, Saoirse. Du hast für ›Heart(br)ok(en)‹ eine Menge an Fragen beantwortet. Nur meine letzte nicht, die ich dir gestellt habe.« Sie grinst. »Soll ich sie vielleicht noch einmal wiederholen, damit jeder von den Zuhörenden im Bilde ist?«

»Warum nicht«, antworte ich und ahne natürlich, welche Frage kommen wird.

Cole, der neben mir sitzt, scheint für einen Moment nicht zu wissen, worüber wir reden. Daher beobachtet er die Situation aufmerksam.

»Also, Saoirse, es ging ja um zwei Listen auf deinem Blog. Einmal die Liste für Singleladys, die du erstellt hast, und dann gab es noch die Liste von *NoStringsinLondon*. Das waren definitiv interessante Aufgaben, die er dir liebend gern gestellt hätte. Wenn du die Chance gehabt hättest, ihm selbst eine Aufgabe zu stellen, welche Gemeinheit hättest du dir für ihn überlegt? Und sind wir ehrlich, du hattest bestimmt damals sofort eine Idee, hast sie aber nie gepostet.«

Natürlich nehme ich augenblicklich wahr, wie Cole sich zu mir dreht und die Arme verschränkt. »Genau, Saoirse, welche hättest du dir für mich überlegt?«

Er grinst und wären wir gerade nicht vor laufender

Kamera, könnte ich ihn schon wieder abknutschen.

»Sicher, dass du das wissen möchtest?« Selbstverständlich kenne ich die Antwort. Natürlich hat Leah recht, dass ich mir damals eine Aufgabe für ihn überlegt hatte. Herrje, ich hatte eine ganze Liste für ihn, aber das verrate ich ihm nicht. Um diese eine Sache komme ich jetzt aber wohl nicht mehr herum.

»Hau raus. Unsere Zuschauer sind mindestens genauso gespannt wie ich.«

»Auf eigene Verantwortung.«

»Immer.«

»Meine Aufgabe an *NoStringsinLondon* hätte wie folgt geheißen: Du darfst erst wieder mit einer Frau intim werden, wenn du auch ›Ich liebe dich‹ zu ihr sagen kannst.«

Cole ist für einen Moment still und beginnt dann aus tiefstem Herzen zu lachen.

»Was ist daran lustig?«, erkundige ich mich und bin ein bisschen baff über seine Reaktion.

»Gar nichts ist daran lustig. Nur hätte dir die Aufgabe nichts gebracht«, beantwortet Cole dann meine Frage, als er sich endlich gefangen hat.

»Wie jetzt? Ich hatte doch keine Ahnung, dass du *NoStringsinLondon* bist.«

»Das weiß ich. Aber *NoStringsinLondon* ist eben auch Cole. Und Cole hat dich damals kennengelernt. Und Saoirse und Cole waren miteinander intim. Und Saoirse hat schon sehr früh etwas mit Cole gemacht.«

Völlig verdattert blicke ich ihn an. »Muss ich mir jetzt Sorgen machen, dass Cole von sich in der dritten Person spricht?«

Um uns herum ist Gelächter zu hören, was ihm überhaupt nichts auszumachen scheint.

»Was ich damit sagen will, Saoirse, vom ersten Moment an, als du in deinem rotweindurchtränkten Pyjama vor mir standest, habe ich mich in dich verliebt. Ich weiß noch, dass ich reingegangen bin und für einen Moment überlegt habe, zu Madison zu sagen ›Ich glaube, ich habe gerade meine Frau fürs Leben gefunden‹. Ich bin mir sicher, dass sie das für totalen Blödsinn gehalten und mich für verrückt erklärt hätte, deswegen habe ich es gelassen. Aber es ist wahr. Du standest auf einmal vor mir und jedes Mal, wenn ich dich gesehen habe, wurde es intensiver und ich wollte unbedingt in deiner Nähe sein. Ich habe dir ja schon einmal gesagt, was meinst du, warum ich dir damals dieses Angebot gemacht habe? Wenn deine Aufgabe also geheißen hätte, dass ich erst wieder mit einer Frau intim werden darf, wenn ich auch ›Ich liebe dich‹ zu ihr sagen kann, dann wäre das zu dem Zeitpunkt, an dem du mir die Aufgabe hättest stellen sollen, schon kein Problem mehr für mich gewesen.«

Ich hoffe, dass mein Mund nicht aufsteht, aber ich kann nicht glauben, was ich da höre.

»Ich liebe dich, Saoirse. Ich weiß, dass du das weißt. Weil ich nicht müde werde, es dir jeden Tag aufs Neue zu sagen. Du hast irgendwann mal zu mir gemeint, ich sei der totale Lebemensch. Das stimmt nicht. Bevor ich dich getroffen habe, habe ich existiert. Du erlaubst mir, zu leben. Ich habe immer gedacht, dass ich deswegen so gut in meinem Job wäre, weil mir Körperlichkeit selbst so wichtig ist. Heute weiß ich, und das zeigst du mir jeden Tag, dass es da noch mehr gibt. Du hast mich damals gefragt, ob ich glücklich bin, und weißt du noch, was ich gesagt habe?«

Ich nicke, während ich versuche, die Tränen aufzuhalten, die sich in meinen Augen gesammelt haben. »Du hast gesagt, dass du total zufrieden mit deinem Leben bist.«

Cole nickt und ergreift meine Hand. »Richtig. Du fandest meine Antwort furchtbar und ich wusste nicht warum. Ich war zufrieden und dachte, das würde ausreichen. Schließlich fehlte mir nichts. Doch jetzt weiß ich, dass du mir zum Glück gefehlt hast. Ich habe dich in meinem Leben gebraucht. Du machst mich zu einem besseren Menschen, zu einem besseren Mann. Ganz einfach durch die Art, wie du die Welt siehst. Und dafür danke ich dir und hoffe, ich kann dir wenigstens ein bisschen von der Liebe zurückgeben, mit der du mir jeden Tag begegnest.«

Und in diesem Moment ist es mir egal, dass wir von Menschen umgeben sind. Dass Kameras auf uns gerichtet sind und wahrscheinlich Hunderte Menschen Zeugen davon werden, was sich hier gerade abspielt. Ich lasse meinen Tränen freien Lauf.

Als ich damals nach London kam, hat mich eine Welle des Schmerzes übermannt, den ich nicht habe kommen sehen. Von dem ich nie geglaubt habe, wieder ganz geheilt zu werden. Dieser Schmerz ist Liebe gewichen. Liebe für einen Mann, der mich sieht. Der mich jeden Tag aufs Neue herausfordert und mich hat erkennen lassen, dass Frau zu sein eben auch bedeutet, sich selbst zu lieben, zu wissen, was man will und braucht und dies auch einfordert.

Dass das bedeutet, dass wir hin und wieder das Bett überhaupt nicht mehr verlassen, hat er sich selbst eingebrockt.

DANKSAGUNG

Es war einmal eine Diana, die es Dank der Eulen nicht mehr gibt. Und das ist auch gut so ;) Sonst wäre diese Geschichte anders geworden und sie ist gut so, wie sie ist. Ich danke euch für euren Rat und den Zuspruch, Storylines auch hin und wieder abzuändern.

Danke an **Sabrina** und **Leonie.** Ich danke euch für eure Arbeit und eure Adleraugen. Eure Hilfen und eure Kommentare waren das, was diese Geschichte gebraucht hat.

Liebste **JD**, schön, dass es dich gibt, und wir immer offen über unsere Geschichten reden können. Auf dass noch viele kreative Frühstückssessions folgen werden.

Danke auch an mein wunderbares **Bloggerteam** - dafür, dass ihr meine Geschichten lest, Rezensionen schreibt und mich tatkräftig unterstützt - #mcqueenbloggercrew <3.

KaBiSa ... danke für ALLES.

Love, Ella

BÜCHER VON ELLA MCQUEEN

Don't let me drown

Learning to love Christmas again

Highland Love Affairs 1: The dreams we had

Highland Love Affairs 2: The nights we shared

Highland Love Affairs 3: The promises we made

Highland Love Affairs 4: The Christmas we needed

Leap into Love: Alles beginnt mit einem Plan

Good Morning, Miss Lexi

I'm sorry, Miss Pippa

ÜBER DIE AUTORIN

Ella McQueen schreibt moderne Liebesromane mit starken männlichen Hauptfiguren und Heldinnen, die über sich hinauswachsen. Emotional - witzig - knisternd - fürs Herz.

Mit ihrem Debütroman "Don't let me drown", der 2020 erschien, erfüllte sie sich einen großen Traum. Inzwischen kann sie sich ein Leben ohne das Schreiben nicht mehr vorstellen, und es vergehen selten Tage, an denen sie nicht an ihrem Laptop sitzt.

Neben ihrer Leidenschaft für romantische Bücher schlägt Ellas Herz für London, das Meer und leckeren Kaffee.

Printed in Poland
by Amazon Fulfillment
Poland Sp. z o.o., Wrocław

14493355R00198